# 空の彼方に

坂本道直

遊友出版
2023

# 目次

# 空の彼方に

※昔から「講釈師見てきたような嘘をつき」とはよく言われますが、このお話も本当のことです。本鈴が響いています。それでは幕を……、おっといけない、このベルは物語の中で二人が視聴するテラ歴史博物館所蔵のビデオ。二人とは？　テラ歴史博物館とは？　それはとりあえずおいて、まず我々も視聴しましょう。

# テラ歴史博物館記録番組『マヤン・ラプソディ』

……始めにスーパーインポーズ（テロップ）が流れる……

〔この記録は、我々を第一期とすると三期に当たる現生人類の通用暦、ヨーロッパ暦紀元前三千年代のメソアメリカが舞台です。長い地球史の中でごく最近起きた太陽系始まって以来の大惨事により絶滅したかにみえた第二期人類は、ごく少数が生き残り世界各地の洞窟等で細々と生命活動を維持して来ました。地表環境の落ち着きと共に、この時期に方々で地上生活再開に踏み切っています。

現生人類の祖先に当たりますが、進化論を辿るように再生し飛行物体の開発にまで行き着いた二期人類の文明は、石器使用にまで落ち込んでしまいました。我々は文明の質から第三期と区分けしました。これは、環境調査のため、たまたま赴いた調査員が捉えた映像と身の危険を顧みず指導者達と接触した情報を基に編集したものです。大惨事の状況は皆様が初等教育で学んだ記録映像、我々の存在も死滅を覚悟しながら記録した情報です。それではお楽しみ下さい。〕

# 外の世界、地上へ

イシュキックは、常に男達の目を惹いていた長い金髪を束ねると決意を新たにし、暗闇の中手探りで長い階段を上り不浄門の外へ出た。禁じられていた世界であった。沢山の宝石をちりばめたような満天の星空、始めて見る星空に茫然としていた。遠い祖先からの言い伝えにある神の御坐所（後代ギリシャ神話でオリオン座と呼ばれる星座を構成するアルニタク、リゲル、サイフの三星が作る正三角形）が彼女の真上にあった。

目を閉じて祈りを捧げる。目を開けると、ひときわ大きく、金色に燦然と輝く星が目に入る。天文博士達が「イコキフ」と名付け、恐れおののいていた金色の星・金星、祖先の遺した膨大な記録にも言い伝えにも全く存在しない星を目の当たりにして、その美しさに、しばらく見とれていた。

（※博物館より……金星は、その時、現生人類が「地球温暖化」として警鐘を鳴らし続けている二酸化炭素による温暖化現象を完璧なまでに完成した直後で、太陽光線の実に九割以上を反射し、その輝きは、まさに黄金の星であった。）

周囲には誰もいない筈なのに、彼女の耳というより脳裏に声が響く。

「その星が太陽と月を導き、そなた達を導いてくれる。これからそなた達の希望の星となろう。それが星自身の望みでもあるようだ。そなたの鋭いが透き通るような儚《はかな》さを秘めた気が、眠りにつかんとするわしを誘《いざな》った。そなたの思いの中に地上への憧れを観た。当然であろう、そなた達の遠い祖先の生活の場じゃ。我等が星の環境もようやくにして復活し、地上に生命活動が始まろう。長かったが時は満ちた。

暗黒の地下から出でよ。そして、以前のように地を賑やかにせよ。わしは眠りにつくが、人々を正しき方向に導く新たなる指導者が遣わされるであろう」

「あなたは、天の心?」

天の心とは、古代マヤ神話に伝わる天地創造の神の一人である。

「天の心? それもよい。本来、わしには名などない。わしは、そなた達の祖先のそのまた祖先、遠い祖先達の文明を指導してきた。だがその文明は壊滅した。その残滓を細々と引き継ぐそなた達の信仰も薄れ、わしを呼ぶ声も少のうなった。わしは、この星の生命圏を統べる御方に同化する時機の訪れと判断しておった。ところが、そなたの祈りがわしを引き出した。ん、どうした? あの金色の星か? あれは外から来たものじゃ。だが、これからは、我等の星とは兄弟のようになるであろう。そなたの祖先達は見てはおらぬ。知りたいか。知りたければ案内《あない》しようぞ」

彼女は無言で肯いた。

## 遠い平穏な日々

強烈なめまいを覚え、イシュキックはふらつく自分を立ち直らせようとしたが、自身に体はなく、意識だけが鮮明になっていた。

「そなたは、今わしの意識の内、わしの記憶の中にあるのじゃ。これは、そなた達の時代より三万五千年くらい前じゃ。氷期で寒いが、人類は、そなた達と同じような日々を送っていた平穏な時代であった。

ただ一年は短く二百六十日しかない。平和で楽しそうに見えるが、この幸せは長続きはしない。と言っても、人類にとっては大変な時間じゃが、破局は、二万年くらいしてからじゃ」

彼女は、神官達が「神の目」と呼ばれる空を観測する「しくみ」で、一年を総計で三百六十五日としながら、祖先の遺した二百六十日の暦を神聖なものと崇めている理由が何となく分かったような気がした。彼女は、支配層には属さない人種であったが、聡明さと秀でた計算能力をかわれ、最高指導層の神官達の仕事の補助をしていた。

## 四万年の昔（節の年代は現生人類の現代を基準）

イシュキックの意識は、子供達が騒いでいた地上を離れ、ぐんぐん上昇していく。広く平らな地表が丸くなり、球となり、握り拳《こぶし》くらいになっていく。

「そう、あれがそなた達、我等の星じゃ。そなた達の神官が説く四隅の柱などはない。太陽のすぐ隣で、今より近くを回っている。そなた達の遠い祖先はこれを理解しておった。どこかで誰かが自己の権威付けのために、新たなる信仰と共に作った作り話がそなた達の今を制しておる」

太陽が茶わんくらいの大きさになると、その周りを、幾つかの星が回っている。

「あれが、神官達も真実の姿を観測しておるが、そなた達の神話で三人の使者とされている星じゃ、いずれも我等の星の仲間じゃ。そなた達の祖先は、赤い小さい星を火星、大きな縞のある星を木星、大きな輪がまわりを囲んでいる星を土星と呼んでおった。それと、そなた達の時代には存在しないが、神話でスィパクナと呼ばれ悪人のように扱われている男が、火星と木星の間にあるあの黒い星とその回りにある星屑じゃ。そなた達の祖先は、星屑までは観測し得なかったが、黒く輝く不気味な星として、確か『黒曜星』と呼んでいた。その時代にも、あの星屑達は時折定位置を離れ、或いは互いの力（質量）の齟齬により衝突して我等が星に降下することもあった。天降石（隕石）がそれじゃ。それで彼等は『破壊破局をもたらす神』として恐れ崇めておった。だが黒曜星自身が意図したものは、ほんの僅かで殆どは制御し得ないものであった。今は亡き星として生い立ちを語っておこうか。その昔、我等の星を含めて太陽を回る仲間達が太陽の成長過程で振り放され、放り出されたものが基となって自己形成を行ったが、黒曜星は少し出遅れたのじゃ。人で言うなら『月足らず、未熟児』として誕生したのじゃ。本来であれば、あの星屑達も集め確固たる仲間となる筈あったが、両脇の火星と大きな木星が影響して、それが叶わずに、星屑達それぞれが独立した状態で漂うことになってしまったのじゃ」

遠くに黒い雲が見えてくる。目をこらすと自然にクローズアップされる。星の集団であった。太陽のように光る大きな星を中心として、小さな星が幾つか回っている。声が囁く。

「あの三番目がそなたの気にしている星、金星じゃ」

金星は、あの輝きは全くなく、青黒い色をしていた。星の集団は、かなりの早さで迫ってくる。

「だいじょうぶだ。本当に近づくのは大分後だが衝突はせん。金星は別じゃがの」

## 三万年の昔

イシュキックは地表を見ていた。以前とは違い、建物は大きく石造りになり、道路も広く機械が動いている。機械から出て来た人々の服装も色彩が豊かだった。よく見ると人々は苦しそうにかがみこんでいた。嘔吐している。空を飛んでいた鳥が、落ちたり衝突したりしている。大地も微動しているように感じた。声の主が説明する。

「心配せんでもよい。そなたには理解できまいが、モノには磁気というものがあっての、気の流れを促す力の流れのようなものじゃ。我等の星の磁気が逆転してしもうたのじゃ。人類にはのうなってしもうたが、鳥は、渡り鳥のように、この磁気を感じて活動しておる。皆、しばらくすれば慣れる。あの星の集団が近づいて来たせいじゃ。太陽の周りの仲間達が、左回りに回転しているのに、あれらは逆に右回りじゃ。それが、この磁気の異常を引き起こしている。（※博物館より：現生人類がラシャン期と名付けている短期の磁気逆転時期）ここの人間達も、そなたの時代より発達した機械で空を観測して、もう分かっている、しかし、どうにもならんのじゃ。皆、それぞれの神様に祈っておろう」

## 二万年の昔

接近してきた星の一団は、太陽の仲間達をかすするように通り過ぎて行った。イシュキックは安心した。しかし、金星と言われた星が、木星と土星の力に捕まるようにして残ってしまっている。置いてきぼりにされたのであるが、今までの動きを維持しながら、あの黒曜星に向かっている。イシュキックは目をつぶった。大音響だけを感じた。目を開けると、黒曜星の影も形もなく、周りの沢山の星屑に囲まれるようにして大きな残骸だけが確認できた。声がした。

「人の活きる生命圏と同じく、天空に於いても現実に見たものが全てではない時もある。そなたの観た衝突は黒曜星が敢えて受けたのじゃ。そのままの行路では木星との衝突が避けられない状況であった。が、未熟児のうえ、成長が止まっているような状態で周囲に迷惑を掛けていることから、星屑達の力も総動員して誘導し果てたというのが裏話じゃ」

金星も少し形が歪《いびつ》となり、全体が赤く炎上して方々で爆発が起きているように見えた。金星は進行する動きを止めていたが、確かにゆっくりではあるが、右回りに回転していた。そばに、金星から別れたと思われる大きな塊があった。声が続いた。

「しかと見たか。これが太陽の仲間達を襲った大事件じゃ。土星の先にもまだ発見されていない仲間が幾つかおる。その仲間の一つと共にいる月が離れて独立したのもこの時じゃ。それより、あれを見よ、あれが、そなたの神官達が崇めている神じゃ」

イシュキックが祈りを捧げた例の三星が作る正三角形の中心に、何万発もの花火をあげたように華やかに光る雲があった。現生人類が、オリオン星雲と呼ぶ星雲の誕生であった。声は続ける。

「あの星の集団が去ったことと今の衝突で、太陽系の仲間達の磁気は、また逆転し元に戻っておる。そなたの祖先達も安心しておろう。ただ、今回の衝突回避を、あの星雲の誕生の故と誤信し、星雲を神聖なものとしておる。まぁそれもよかろう。だがの、真実は逆じゃ。あの星雲が誕生しようとする巨大な力が空間を歪め、付近の星々を追いやったことから始まっておる。金星も家族と一緒に放浪の旅に出されたのじゃ。（※博物館より：殆どの方はご存じのことですが、現生人類がブラックホールと呼んでいる現象の反対世界からの噴出）さて、そなた達の祖先に降りかかる真の災害はこれからじゃ」

静止しているかのように見えた金星は、自己の力により小分割体を随伴し、それまでの時計回りの自転をゆっくりと維持しつつ、木星と土星の力の影響を受けながら、人が長距離を走るような早さでノロノロと太陽に引きつけられて行った。

## 一万三千年の昔

金星は、その小分割体と共に他惑星の影響下に、太陽の近くを回り込むように空間を歪めながら、なんと、イシュキックの星との間に割り込んでしまったのであった。それまでとは違って静かで悲しそうな声が響いた。

「金星はな、あの集団の中で唯一つ、我等の星と同じように『生命溢れる星』であった。本来なら消滅した黒曜星の近辺に落ち着くのが順当であったが、そうなると太陽と太陽の仲間達との綱引きで我等の星がかなり太陽に接近することになる。灼熱に晒され生命の存在が危ぶまれる。金星はなぁ、最後の力を振り絞りながらそれを回避したのじゃ。それで、我等の星は少し太陽から遠のき、それまでの二百六十日の一年が三百六十五日となってしまったのじゃ。金星から別れた大きな塊が、そなた達の神話で、チャプ・トゥクールと言われている水星じゃ。これで太陽の仲間達が揃い、その位置が安定して今に至っておる。金星は燃え続けておる。そなた達の時代にやっと収まるのじゃ。それより、地上を見よ。これまで経験したことのない大惨事じゃ」

イシュキックは目を覆った。イシュキックの星は、激痛に身悶えしていた。あの破壊された黒曜星の残骸が、大量に落下していた。月にも火星にも落ちていた。大きな破片は、火星に二つの月を作っていた。イシュキックの星は、面積の大きい海が殆どを受けていたが、陸上では、丁度氷期の厚い氷が受け止めていた。しかし、人の住んでいる場所へも落下している。逃げまどう沢山の人々。イシュキックは、何故スィパクナが神話の中で悪人とされているのかが解ったが、同時にそれまでの悲しい努力に胸が痛んだ。落下する破片に加え、地磁気の反転・再反転以来、小規模の動きでしかなかった造山活動は、貯まっていたストレスを一気に吐き出すように活発化し、火山は、いたる所で爆発しマグマの海を作っている。

現生人類も知り得たプレートテクトニクスの理論によるプレートの動きも異常な程活性化し大地震が各地で起こり、それに伴う大規模な津波の発生、気象異常による大雨、洪水も各地で頻繁に起こった。そして、時期的にはピークを迎え、まだ続く筈であった氷期が、突如として終了し、温暖化が爆発的破壊的に進行していった。

「目を塞ぐな。しっかり見るんだ。あれだ。あれが、そなた達の人種アトラじゃ」

広大な円形の美しい都市が逃げ惑う人々とともに津波に呑まれ海に沈んでいった。小さな舟と空を飛ぶ鳥のような乗り物の集団が西を目指していた。鳥のような乗り物は途中で海へ落ちていった、小舟も大波の中、木の葉のように揺られ、どんどん沈んでいく。（※博物館より：現生人類にも古代ギリシャのプラトンという哲学者が、その様子を伝えているが信ずる者は少ない）

東に怒濤のような音が聞こえた。大きな陸地が、やはり海の中に滑り込んでいた。舟で逃げる沢山の人々を波が呑み込んでいく。人々は東を目指していた。

「マヤンだ」

イシュキックはつぶやいた。

「あれが、アトランティス、そしてムーと呼ばれた華やかな文化地域の最期だ、そなた達の時代に世界の各所に残る最高の知識を生み出した地域だ。そなた達の神話にあるとおり、山の峰が島となった地域の浅瀬をつたって多くが逃げておる。それより、あれを見よ。あそこじゃ。あの四角錐の建物じゃ。あの付近は残ることになる。あの建物は、いわれも構造も不明のまま、ピラミッドという呼称のみが、そなたの時代に伝わりその後も伝わっていくことだろう。まぁ、そんな事はどうでも良いが。あの付近からも大量の犠牲者が出ておる」

やはり、小舟で西を目指している避難民をイシュキックは、セイムとオルムの民だと思った。

イシュキックが人種を超え、多くの仲間達と改革の狼煙を上げている「地下帝国シバルバー」には、圧倒的多数を占めるモンゴロイド系のマヤンの他に少数民族として西欧白色系のアトラ、アフリカニグロ系のオルム、アラブセム系のセイムの三人種がいた。社会構造は階層社会で、支配階級はマヤンに限られていた。最高指導層は、神官階級で、その中で最高指導者が選ばれる。神官階級は世襲制である。人種間の婚姻は禁じられていた。これを破れば、戦闘による捕虜等からなる奴隷以下の賤民となる。この制度で少数民族は自然淘汰され、より少数となっていった。イシュキックは、アトラに属し、何年かに一度の先祖返りと言われる金髪であった。

# 八千年の昔

　五千年近く続いた大地の身悶えは、まだ各地の火山が噴煙を上げているが、ようやく収まった感があった。その間を文明の残滓を抱き放浪しながら、古代人達は、各地で何とか生き延びていた。しかし、地上は暴風が吹き荒れ、吹き上げられた火山灰は、上空を被い太陽光はめったに届くことはなかった。金星の割り込みにより以前より太陽から遠ざかったという事実も加え、それでも寒冷化しなかったのは、現生人類の世界的緊急課題「温室効果」が逆にプラスとなっていたからである。地上に人影はなかった。

「あそこが、そなたの地じゃ。その少し向こうにも入口が見えるじゃろ。人類は世界各地の地下に生活場所を作り、絶え忍んでおるのじゃ。大きなものを二つ見せてやろう。あれは、自然地形を利用した、カッパドキアと呼ばれる地下施設じゃ。そなたのアトラに近い人種が暮らしておる。セイムもおるか」

　かなり視線が飛ぶ。

「あれは、マヤンと同じ人種が暮らしておる龍游洞と呼ばれる所じゃ。地表が静まり生活可能になるまでには、あと三千年は堪え忍ばねばなるまい。どこも同じだが、何代にも渡るため、人口調節、食糧調達、拡張工事等々問題は果てしなく続いておる。不満による暴動も沢山起きておるが、地上での長期生活は難しいのじゃ。我等は、かつて、この星の最高知性体、人類を正しく善なる方向へ導くべく各地に派遣された、この星の意志の活性化された意識じゃ。我等が指導せし文明は闇の中に消え去った。その残滓を引きずった者共も長い間の耐久生活の中で、為政者に都合のよい神を祀り我等が指導とはかけ離れてしまっているが、我等は目をつぶっておる。とにかく人類に生き残ってもらわねばなるまい」

イシュキックには何のことか全く分からなかった。

「さて、三千年後、そなたの時代、そなたの意識に戻ろうかの」

## 五千年の昔

イシュキックは、頭が朦朧として、しばらく判断能力を失っていた。ようやく、自分がジメジメとした地面に横になっていることが分かり、よろけながら立ち上がる。暖かい声が脳裏に響く。

「だいじょうぶか。どうだ。今に至る道筋が分かったか。分かったら、その知識を持って戻れ。戻って、仲間と共にそなたの務めを果たせ。地上では、黄金の星が太陽を導く、そしてそなた達を導く、太陽の輝きを背に明日の扉を開きに赴け！」

## 地下帝国シバルバー

マヤ神話で語られ、イシュキック達が活躍した「地下帝国シバルバー」の跡は、現生人類がメキシコと呼ぶ国の或る地方に大規模な隧道として現存している。しかし、観光用パンフレットには、スペインと呼ばれる白色系人種による圧政の跡、地元民を奴隷として働かせ銀を採掘した坑道跡とされている。実際にその採取も確かではあるが、途方もない大規模な地下構造は、遠い昔からあり、何時、誰が、何の為に作ったかは全く不明というのが真実のようである。

イシュキックは、不浄門の扉を閉め、足音を忍ばせながら同志の待つ、歴代の最高指導者達が眠る墓地へと急ぐ。昼は、各所に備えられた高い天井の採光口から幾ばくかの明かりがあり、通路の判断ができるが、夜は真闇の世界である、彼女は時々壁にぶつかりながら秘密の集会へ戻る。

『キックか?』

フナブが尋ねる。フナブは、マヤンで神官階層に属し、頭脳明断で既に天文博士として重要ポストにいる若きエリートであった。

「ええ、遅くなってごめん。いろいろあったので」

荒い息づかいでイシュキックが応ずる。

「そんなに経ってないよ、外には出られたのか?」

不思議そうなバランケの口調に、イシュキックは、たいした時間がかかっていないと感じたが、同時にあの壮大なパノラマは、夢だったのかとも思った。だが、その疑問をすぐに捨て、「あれは本当。あれこそ『天の心』の啓示」と思い直す。

「外は、賤民に聞いたとおり生活できそうか?」

バランケは急ぐように答えを促す。バランケもマヤン、しかし彼は、そう遠くない距離に散在しているシバルバーよりは小さい地下組織からの食糧や奴隷の略奪を防ぐ警備隊長であった。同時に住民に掟《おきて》を守らせる警察隊長も兼ねていた。集会は十人くらいであったが、いずれも、各人種そして職種を代表する若者達であった。イシュキックとフナブそしてバランケの三人は、そのリーダー格であった。

「温度はここと同じくらい、地面がベトベトしていたけど太陽がちゃんと出れば乾いてくると思う、生活できるわ」

「空気は？　俺は時々任務で出たが、かなり息苦しかった。今、老人や子供までが長期間呼吸できそうか？」

バランケが聞く。彼は戦闘で何回も地上へ出ているが、敵も味方も大気に混ざった砂塵と火山灰で呼吸が苦しくなり、途中で引き上げている方が多い。

「太陽がいつも出るとは限らないぞ」

フナブがたたみかける。

「呼吸はできたわ。息苦しさも少しだけ。それより聞いて！」

イシュキックが、あの声に導かれての経験を話す。長い話が終わると、内容の異常さに誰も何も言えず、しばらく沈黙が続いた。最初に口を開いたのはフナブであった。

「キックが話すんだから本当だと思うけど、だけどなぁ……。でも、この地が他の星と同じように丸く独楽《こま》のように回っているというのは、俺の考えのとおりだ。あのカメーのバカは四隅に柱があると信じている」

カメーとは正式には、アッハカメーと言い、帝国神官の最高知識者同時に最高指導者でもあった。バランケが言う。

「俺は、キックを信じる。キックを連れて行った声は、多分『天の心』だ。『天の心』が我らに味方して下さっている。そのお告げのとおり、地上では金星に従えばいいんだ。まず計画どおり地上に出よう。だけどフナブ、金星は恐怖の星って言っていなかったか？」

「あれは、カメー達が言っているんだ。古い記録にも言い伝えにも何もない、何代か前から存在が知られるようになった。俺は、黄金の輝きが何故恐怖なのか理解出来ないでいたが、キックの話で全てが分かった。お前の言うとおり、その星を信じよう。それより、カメーのバカは、その黄金の星の怒りを静めるための儀式を行うという。それが、セノーテに、その星の光が入る時に沢山の供物と共に人を入れ捧げると言うのだ。神官の中にも、逆にセノーテの神聖を汚すとして反対する者も多い。だがカメーの粛正を恐れ、皆公式の席では発言できないでいる。そして、その捧げることになる人というのが、どうもキックらしい」

セノーテとは、帝国の中央に位置する「聖なる泉」で帝国の水源としての命綱でもある。ずっと時代が降り中南米古代マヤ文化がキリスト教圏と接触して、一番問題とされた人身供犠（神に生贄として人の心臓を摘出して捧げる）は、この時代にはまだ始まっていない。バランケが他のメンバーに向かって断固とした口調で言う。

「俺も確かな情報として聞いた。神官達が、キックを供物にしようとしているという恐ろしい企てを。計画を早めねばなるまい。彼等には恐怖の星でも我々には希望の星だ、天の心がついている」

沢山の賛同があがる。その時であった、近くにあった松明に火をつけると、イシュキックは素早く跳躍して誰もが畏敬の念を抱き敬虔な祈りを捧げる初代最高指導者の墓の上に飾られている厚い埃の積もった剣を奪うようにして手にしたのだった。

「冗談じゃないわ、私は供物になんかなるものですか、あの声は、私に言った、務めを果たせと。明日の扉を開けに赴けと。務めは供物になることなんかじゃない。戦うわ、みんなのために、みんなと一緒に」

彼女には一つの確信があった。あの声に導かれ、祖先の永遠の故郷アトランティスを上空から眺めた時、避難用の大型船舶の確保をめぐって争奪戦が行われていた。その時の彼等の武器は木剣でもなければ木槍でもなかった、キラキラ反射する物質の剣であった。打ち合うと火花が出ていた。その形が初代最高指導者の墓に飾られている「神剣」と同じであり、あれで戦えばあらゆるものを倒せると思ったのだった。睨むような眼差しで、握りしめた剣を前方に高々とかざす、剣が、ほの暗い灯りを反射する、勇猛なバランケを含めて、誰もが背筋が凍り付くような畏怖感と共に重大な使命感に打たれたのであった。確かに、イシュキックの行動には、現生人類の歴史的知識で言えば、ジャンヌダルクそして、ドラクロワの描いたフランス大革命のシンボル、自由の女神を連想させるものがあった。一瞬の沈黙の後、バランケが言い放つ。

「これから不浄門と正門を壊す、各自、同志の家族、女子供を静かに地上へ逃がせ。それからカメーを人質にする」

「待て、待ってくれ。少し、少しでいい、時間をくれ。貴重な記録を運び出したい。それと他の神官も連れ出したい。長老の中にも賛同している者もいる」

フナブの言にバランケが答える。

「記録なんか、お前の頭にあるだろ。音がすれば怪しまれる。それと同志だけにしろ。露見するぞ」

「記録は、もうまとめてある。古代からの言い伝えに比べれば、俺の頭なんか屑みたいなものだ。それと地上に出てからだ、沢山の人間が生活するんだ、建物も建てなきゃいけない、作物の良い種、作付け時期、何よりも金星を追うのにも彼等の知識が必要だ。頼む」

「まずは、できるだけ血を流さずに地上に出ることだ。唯、お前の言うことも分かる。俺達は、静かに女子供を逃がす。決行は、夜明けまで待つ、それ以上は待てんぞ」

「ありがとう。俺も夜明けには合流する。バランケ、命を大事にしろよ」

「何言っているんだ、お前の方こそしっかりしろよ。俺達の頭脳だからな」

二人は肩をたたき合って別れ、皆解散した。

正門とは、戦闘に出掛ける人達が出入りする広く大きな地上への門であり、通常は衛視がいる。不浄門とは、遺体や、生活廃棄物、排泄物等を運搬する賤民や地上の異常な環境で労働中にかなりの死者を出しながら、大して収穫のない農作業に従事する奴隷階層が出入りする門のことである。

ここで地下帝国シバルバーについて、若干の情報提供をしておきたい。彼等の地下生活場所は、付近に他にもあったが規模は小さくシバルバーの比ではない。シバルバーは、マヤの神話で語られている、言わば地下生活場所の代表的なものであった。社会は、一番上に帝国の政治運営に携わる神官階級、その下に軍事警察機能を担う階級､そして一般庶民､奴隷､賤民が続く。職業は世襲制が一般的で、農業（地上からの微かな明かりを得ての貧弱な作物と畜産物の生産）従事の他は、言い伝え等の書記、服や靴等の作成、食器や農具の作成、居住区拡張等の土木工事、切り出された石への記録彫刻など多岐にわたっている。

マヤン以外の民族は、通常一般庶民と同等であるが、職種はほぼ限定されている。アトラは書記、セイムは土木工事、オルムは石彫に携わっている。神官階級から七人の指導者が選ばれ、その中から最高指導者が出るが他の指導者との合議制で物事が判断されていた。本人の死亡または引退により欠員補充が行われるので、かなりの長老が多い。ところが、三代くらい前から最高指導者の独裁色が強まり、跡継ぎも自分の直系を指定することになり、現在、その職にあるアッハカメーは、中年であるが他を無視し独裁専横政治を行っている。批判者は、神官階級でも反逆者として粛正または地上へ放逐されている。先日は、叔父に当たる神官を含め五人を粛正し、本人も周りを信じられないというような恐怖政治と化していた。その中で黄金の星騒動が出現し、帝国は揺れていた。イシュキック達は、種族、階層、職業にこだわらず連絡網を作り、アッハカメーを倒して帝国を元の平和な体制に戻す決意をしていた。そして、可能であれば、生活の場を地上に移したいという考えに傾いていた。

## 闘争

イシュキックは、体の動きを鈍らせないために自慢の長い髪を切り後ろで束ね、獣皮でできたズボンをはき、やはり獣皮の短めのベストを着用して例の神剣を背負っていた。長身でスマートな彼女は、我々の目からすれば、まさに体型にぴったりとしたコンバットスーツを着た女子戦闘員といったところであろう。彼女は、バランケの部下から訓練を受け、バランケも驚く程に強くなり、自分でもかなり戦えると思っていたが、今回神剣を手にして腕力のなさを実感していた。

とは言っても、この金属の剣を自在に振り回せるほどの男は、地下生活に慣れきったシバルバーでは、バランケを含め数人しかいないであろう。彼女は、あの声の主の言った「そなたの務め」とは、神剣を手に、皆を必死の戦闘に向かわせることだと理解した。

事実、戦闘に集結した男達の目には、見たこともない光る剣を手にしたイシュキックの姿は、戦いの女神のように映った。すでに戦闘は始まっていた。神官の居住区で、フナブ達の行為が察知されることになり、指導部を守る警備隊員と警備隊長バランケの意を汲む警備隊員の間で小競り合いという形で始まったのであった。双方仲間どうし、顔を知っている中で殺し合いにまで発展するには少し時間がかかった。

一方、最近のアッハカメーの横暴を非難していた一般階層は、大半が、とりあえず戦闘に巻き込まれるのから逃れる形でバランケの反乱軍に味方し地上への道を目指していた。奴隷や賤民の間でも暴動が起きていた。

地上に出た後は、皆人として平等に扱うというバランケの言葉と彼の人柄を信じ、警備隊員と死闘を繰り返す者達の他に、普段の鬱憤をただはらすために略奪や暴行を繰り返す者達が騒ぎを大きくしていた。一時は、人数にまさる警備隊側が優勢かと思われたが、イシュキックの剣が、木剣や木槍をいとも簡単になで切りにして、警備隊を恐怖に落とし入れ反乱軍が勢いを盛り返し、本来は隊長であるバランケの下に投降する者も多かった。

アッハカメー以下の指導層が神官居住区に追い詰められていた頃、イシュキックは、セノーテのそばで、暴徒と化した数人の奴隷達に囲まれていた。イシュキックは胸を槍で突かれる。避けたひょうしに着衣が破れ放漫な乳房がのぞく。卑猥な表情が男達の顔に浮かぶ、彼女は両手で剣を払う、一人の手が折れ仰け反る、しかし、他の男により彼女の手から剣がもぎ取られる。彼女の頭の中には、ただ剣のことしかなかった。

「これが敵側に渡れば、味方は崩れる、絶対に渡してはならない」

必死の思いの彼女は、相手の喉に噛みつき、再度剣を手にして立ち上がると、剣をセノーテの方向へ投げた。槍で腹を突かれ、頭を殴られる、遠のく意識の中で遠くに水音を聞き、剣がセノーテの底深く沈んでいく様がまぶたに浮かんだ。微かに「キック」というバランケの声が聞こえ満足感とともに完全に意識を失った。

## 新たな旅立ち

地下帝国シバルバーは炎上崩壊していた。内部で賤民や奴隷が起こした暴動により起きた火災は、長年の間に乾燥し切った建造物を総なめにし、明かり取りの窓や、木柱が焼け天井が崩れ地上に空いた沢山の穴から吹き込む風に煽られ止まる所を知らなかった。死闘を繰り広げた一日が終わり、夜中であった。シバルバーの火災が赤々と遠くに見える丘の上に沢山の人々に囲まれ、フナブがいた。少し離れた木陰に衣類を何枚も敷き、イシュキックが横たわっていた。そばには、バランケがいた。イシュキックの呼吸はか細く全身は冷え切っていた。意識はあれ以来、戻っていない。戦場で何人もの死に付き添ったバランケには、イシュキックの状態が絶望的であることは良く分っていた。神官の居住区を囲み勝利の目途がたった時、バランケは、イシュキックのいないことに気づいた。何となく胸騒ぎがして、その場を部下に任せて戻ると、通路の遠くに、奴隷達に囲まれたイシュキックが、よろめきながら剣をセノーテに放り込むのが見えた。急いで駆けつけ奴隷達全員を刺し殺して、彼女を抱えたが意識はなかった。

腹の傷を布で巻き止血をしたが、既にかなりの血が流れていた。仲間を呼び板に乗せ地上へ送り、心配ではあったが、戦闘指示に戻らざるを得なかった。バランケは、少年の頃から時折見かけるイシュキックに好意を寄せていた。成人してからは、美しい女性となった彼女に狂おしいまでの気持ちを抱いていたが、種族を超えての恋愛は許されない以上、胸の奥に秘めておくしかなかったのだった。

「キック、苦しいか、だいじょうぶか」

長い戦闘経験から、彼女にはもう苦痛を感じる力がなく、最期の別れが近いと分かってはいても、額をそっとなでながら呼びかけるバランケだった。突然奇跡的にイシュキックが薄目を開ける。

「キック、キック気が付いたか」

弱々しい聞き取れないくらいの声が囁く。

「バランケ?」

「そうだ俺だ、戦いは終わった、キックのお蔭で勝った。キック、しっかりしろ」

「カメーは?」

「自分でセノーテに身を投げた」

「そ、可哀想だけど、しょうがないものね」

「キック、もうしゃべるな、体力を維持しろ」

「私はもうダメ。あなたの顔もよく見えないの。バランケ、顔を見せて」

イシュキックは、かすかに手を動かしバランケの顔に触る。

「私は、あそこに生まれて良かった。あなたと出会えて。バランケ、笑わないでね。あなたを好きだった、ずっと想ってた」

「キック、俺もそうだ、死ぬなよ」

バランケは、そっとイシュキックを抱き上げた。その時であった。大勢の大歓声が上がった。

「金星ね、あの星が見えたのね」

イシュキックが消えるような声で囁いたとおり、黄金に輝く星の出現をみんな待っていたのだった。

「夜明けが近いわ」

イシュキックは再び昏睡状態になった。イシュキックを地に降ろしたバランケのそばに、フナブと二人の男が近づいてくる。

「キックはどうだ?」

フナブの声にバランケが首を横に振る。バランケの目が急に輝き、二人の男の手を握る。他の地下生活場にいた部族である。バランケが、地上へ誘ったのであった。丘の上は人でいっぱいであった。まだまだ集まってくる。五万、八万いやもっと、十万近いかも知れない。その人達が皆見つめていた。黄金の星を希望の星を。そしてその星が太陽を導いてくれるのをひたすら待ち続けていた。

やがて大歓声とどよめきが聞こえた。太陽が出たのだ。金星に導かれて。殆どの人が太陽を見たことがなかった。喜びに満ちて、誰かが歌い始めた。誰かが踊り始めた。そして、その輪が広がっていく。みんな踊りながら喜びに泣いていた。イシュキックが再び囁く。

「太陽ね」

「ああ、キックの話のとおり金星が導いてくれた」

「よかったぁ」

イシュキックはバランケの腕に抱かれて、二度と戻れぬ地へ旅立って行った。

数え切れないほどの大群衆に囲まれて、台を積み重ねた壇上にフナブは立っていた。

「みんな聞いてくれ、我々は、始まりが分からない程長い地下の生活に決別し、今日新しく旅立つ。今日、あの黄金の星に導かれ祖先の地を後にする。今日、光り輝く太陽を背に我々の新しい歴史が始まる。この日を永遠に記憶しよう。（※博物館より……この日とは現生人類の通用暦ヨーロッパ暦換算で紀元前三千百十四年八月十三日、発掘された数々のマヤ遺跡での碑文は、この日から数えて何日という絶対的基準となっている）そして我々は忘れない、故郷の地下帝国を。我々は、ここで何代にもわたって生活した。我々はこの洞窟から生まれたといってもよい。これからどこへ行っても、そこの地下に小さな洞窟を作り洞窟に感謝しよう。そして、もう一つ、祖先のその又祖先の遠い遠い我らが血の源の人達が使った一年を二百六十日とする暦を神聖なものとして保存しよう。我らは、これから続く世で、沢山の部族に別れ、いろいろな土地で暮らすだろう。しかし、この三つを我らの血の誓いのしるしとしよう。我らを導くのは、黄金の星、金星だ。あの星の沈んだ方向を最初の目的地とし、新たなる国を造ろう」

大歓声の中、フナブは壇を降り、バランケを伴い再び壇上に上がる。

「最大の同志バランケだ。この革命は、彼と、あの木の下で永遠の眠りについてしまった勇敢なる女性イシュキックがいなければ、成功しなかった。イシュキックの仲間、アトラの民は、この革命のために全員が命を捧げてくれた。イシュキックと全滅した白い仲間達の冥福を祈ろう。白い仲間達は、我々と共にある、今もこれからも。バランケ！　イシュキックの霊と一緒に、みんなで新しい豊かな国を造ろう」

フナブとバランケが固い握手を交わすと、大群衆の歓声と拍手が鳴りやまなかった。（※博物館より……白い仲間には、遠い将来、皆様ご存じのとおり裏切られることになる。）

「さぁ行くぞ」

促すフナブに、

「キックに別れを告げてから追いかけるよ、手厚く葬ってやりたい」

寂しく笑いながらバランケが答える。

「きっと来いよ」

「ああ行くよ」

手を握りあった二人だが、フナブには何となくバランケの気持ちが理解できていた。彼の目は無言で語っていた。

「指導者は二人は要らんだろう」と。

フナブの大部隊と別れて別の道を歩む部族もいた。バランケが誘った他部族だ。イシュキックの所へ戻ったバランケの周囲には、沢山の人々が人種や階層を超えて集まってくる。オルムもセイムもマヤンも。警備隊の部下達は勿論神官、庶民そして奴隷、賤民達、皆、バランケの明るいそして分け隔てない人柄を信頼していた。バランケは、自分の戦闘服を脱ぎイシュキックを包み、粗製だが皆が気持ちを込めて作ってくれた棺に入れ最期を迎えた木の下に埋葬すると、各団体の代表達と話し合った。皆、バランケへの信頼は同じだが、互いの間には溝があった。最初に旅立ったのが、オルムとセイムそれからマヤン以外のモンゴロイド達だった。彼等には、祖先が西へ西へと進んできたという言い伝えがあり、それを辿り東方へ向かった。彼等はオルメカと呼ばれる独特の文化圏を切り開くことになる。

一方、フナブに率いられたマヤンの本流も、祖先が東を目指したという言い伝えから、それを遡り西へと進み太平洋岸に初期文化圏を拓くが、再度東征し、その子孫達は、ユカタン半島にそしてメキシコ南部に絢爛たるマヤ文明の華を咲かせることになる。バランケは残った人々に言う。

「地上には出たが、これから先には沢山の困難が待ち受けていよう。それを乗り越えて行くには、奴隷だ、賤民だなどと言ってはいられない、みんなで協力していかねば生き残ることはできない。みんな平等だ、食糧も労働も。それを承知なら、俺を信じて俺と一緒に行こう」

一同はバランケに従った。バランケは長い戦闘生活で見知っていた所ではなく、全く新しい未知の南を目指した。バランケ達の消息は不明だが、バランケの他民族との融和を図る姿勢から、南米文化圏への捨て石となったと我々は考えている。いずれの人々の上にも、黄金の星金星が変わらずに微笑んでいた。


—完—

※テラ歴史博物館記録番組『マヤン・ラプソディ』の終了です。本番組は、主人公の一人さくら、小川さくらが抱いた疑問に答えるために林間英武《はやしまひでたけ》が用意したものでした。疑問とは、少し前に世間を騒がせたマヤ暦による終末予言の中で、
「三百六十五日という合理的な暦がありながら何故二百六十日という不可解な暦を神聖視していたのかしら?」

ということでした。さて、これからは、少し退屈となりますが順を追って話を進めることにしましょう。

## 「宇《う》都《つ》母《も》知《ち》」と呼ばれる地

### 出会い

やはり、二人の出会いから始めよう。神奈川県藤沢市の北縁に位置する慶應義塾大学湘南藤沢キャンパスの近くに、簡素な社殿を持つ古い神社がある。その名を「宇都母知神社」という。小川さくらは同キャンパスにある環境情報学部の聴講生であった。明日の分からない「新型コロナウイルス感染症(COVID-19)」の影響で聴講授業全てが中止となり、学科の単位取得も兼ねて昨年より始めた科目履修ではあったが、既に取得した単位で終了する手続きのために登校したのであった。オンラインでも可能であったが、最後に当たりキャンパスでの思い出を訪ねてみたい気が先行したのであった。だが、感染確率の高い電車ですぐに戻るのも気後れして、以前に購入した同市教育委員会発行の「文化財ハイキングコース」を参考に近くのコースを見てみることにした。モデルコース、そのものを歩くのではなく、めぼしい物の拾い食いであった。

そこで、近くにある奇妙な名の神社を訪問することにしたのであった。延長五(西暦九百二十七)年完成の『延喜式神名帳』には既に記載のある同神社は、付近の歴史を尋ねるのに最適と思われたのだが、社殿は重厚な歴史を語るようなものではなく、故郷の近くにもある田舎の神社という体裁に少しがっかりしていると、社殿の横からバーバリー風のコートを着こなしている背の高い青年が、のそりと出て来て、なお付近を見つめている。時節柄大きなマスクをしているが、ぼうっとしているようにも、何か思い悩んでいるようにも見えた。

青年の横顔に「日本人ではない」と直感したさくらは、少し距離をおいて、

「Do you have an interest in this shrine?」

と聞いてみた。マスク越しの声なので正確に聞こえたかどうか不安であったが、青年は驚いたように振り返ると流暢な日本語で答えた。

「はい、興味というより、ここへ来てみたかったのです」

「ここは、千年以上も昔の古い神社だそうです」

「はい、知っています。でも、もっと古い歴史があります」

「どんな歴史なのですか？　何でご存じなのですか？」

「どんなは、お答えできますが、何では困ります」

さくらは、その言い方が面白くて思わず微笑んでいた。青年はさくらの微笑に笑いを返しながら答えた。

「昔、雄略天皇という帝が、この地の由来を聞き帝自ら社殿の名『宇都母知神社』を記され、厳粛な儀式で、それまでにあった標識に替えて社殿の着工をされたということです。雄略天皇三年のことで、西暦では四百五十九年に当たります。ですから、千五百年の昔と言ってよいと思います」

「そのようなことが。でもなんでは、お困りなのですよね」

青年の頷きに、

「あの、この神社の名の由来はご存じですか？」

と尋ねる。

「はい、この地の名打戻《うちもどり》からというのが正説のようです。でも、冗談では『ここが宇宙の都とは母のみぞ知る』ということらしいです。母とは、ラテン語に響きが伝えられるテラ、この星地球のことです」との答え。

さくらは、青年の語調がテラの語を語る時、一瞬真剣になった様な気がし、この人は冗談と前置きした由来を信じているように思えた。それに入試に備えての日本史学習の記憶では、雄略天皇は聖徳太子以前の帝、都は飛鳥にあったとしても、打戻などという地方へ出向かれるであろうか。仮にも帝、しかも相当な権力を獲得された方と記憶している。やはり「何で」に結びつく。それ以上聞くのは何となく気後れし、少し間を置いて、

「私は、小川さくらです。あそこに見える大学の聴講生、です」

青年は神社の名の由来を追求しないさくらに安心して話す。

「私は、ハヤシマ・ヒデタケと申します。一般にあまり馴染みのない姓名なので、字はこう書きます」

青年はコートの内ポケットからボールペンを取り出し紙片に漢字を記した。

「林間さん、本当に珍しい姓ですね」

「はい、自分でもそう思います。音読みにして名を先に出すと、エイブ・リンカーンとなりアメリカやヨーロッパでも通用します」

「あら、本当。あのリンカーン大統領と一緒。でも、音と訓なんて、良くご存じですね。こちらのお生まれですか?」

青年の答えずらそうな表情に、さくらは言いつくろう。

「ごめんなさい、つまらないことをお聞きして」

「ああ、いいのです。私のほうこそ、少し事情がありまして」

これから、この二人に、出会いの地藤沢が、かつて雄略天皇の時代に「不二沢」として認識されたが、その名称は昔、遙かに遠い昔の記憶に基づくこと、そして「ハイキングコース」の中で見つけた「義経の首洗い井戸」の遺跡、源九郎判官義経を祀る「白旗神社」に纏《まつ》わる秘話などを訪ねてもらうことになるので、ここで少し二人のプライヴァシイに立ち入ることにする。

まずは、小川さくら。彼女は都内の大学のイスパニア語科三年に在籍し、慶應義塾大学湘南藤沢キャンパスにある環境情報学部の聴講生であった。すらりとした容姿に整った顔立ちで清楚なイメージの彼女は、どこでも男子学生の目を惹いたが、身長百七十四センチという背丈は敬遠されがちであった。高校時代の先輩と懇意であったが、彼が昨年職場の女性と同棲するようになり「モトカレ」となってしまった。

実家は東京の郊外にある小さな造り酒屋で、明治初期に開業し代々「江戸誉れ」という庶民に親しまれた清酒を作り続けてきたが、昨今の日本酒場離れと海外からの安価な酒の流通により一時廃業に追い込まれた。でも逆に来邦する沢山の観光客への土産品として、日本の桜、上野の桜をイメージして「東京桜」と銘柄を替え、従来の一升瓶ではなく琉球ガラスの目にしみ入るような青色の飾り瓶で容量も二合程度で販売し何とか命脈を保っていた。だが、これも感染症の世界的拡大の中で観光客もなくなり負債が累加しつつある現状から、彼女も安穏とはしていられず、「退校手続き」に踏み切ったのは、その事情もあった。

次ぎに林間英武。二メートルはあろうと思われる長身。肌の色は薄い褐色。黒い髪、彫りの深い輪郭の顔立ちは、東洋、西洋、そして中近東の特徴を全て混合したような百二十五才の好青年であった。百という数字に疑問を持たれるかも知れないが、遺伝子操作と細胞活性化の研究成果から、英武達の社会での平均寿命は、五百才近くで、彼等の一年が我々の五年に当たるという計算となる。何だか、しっくりこないという方は、犬を参考にして欲しい。

犬は一年で成犬の大きさとなるが、それからは我々の一年を約四年のスピードで体内細胞が老化し、十才を過ぎた当たりから八年くらいの加速度的なスピードとなり一生を終える。つまり英武は体細胞の若さ、我々の常識からは、二十五才という年齢になる。英武の生活する社会には、名前というものはない。国家という概念もなく、医療福祉を扱う部門、教育部門、紛争解決のための部門等には、それらを統括する機関に出生時に自動登録された認識番号で整理される。コミュニケーションには「私、あなた」という一人称と二人称の代名詞のみで、会話は思い浮かべるイメージが「思念」として伝わる。三人称は、その顔や物がイメージ化されて通用する。当然男女の両性はあるが性交渉は、快楽の他には信頼を深める行為であって生殖・繁殖のための手段とはされていない。我々と接触するに当たり、出立時に現在地球上で使用されている二十程の言語がコンピューターにより脳内に完全にインプットされている。

ここまで語ると英武は、未来からの訪問者と思われるかも知れない。だが英武は未来からのタイムトラベラーでもなく、勿論異星からの訪問者でもなかった。今、現実に我々現生人類と共に、この地球空間に暮らしているのである。我々は、彼等の顔や姿を視認してはいないが、その乗り物だけは、子供達でも知っている、「空飛ぶ円盤」又は「ＵＦＯ」として。ＵＦＯについて誰もが抱く疑問や世間話には、英武がさくら相手に語ることになりますが、巻末に、その補填がありますので興味のある方はご参考下さい。英武は、我々の現住する世界へ派遣されるに当たり、姓名の必要性から、過去情報の偉人に感銘し、その人「エイブラハム・リンカーン」の名を借りて自称したのであった。また、あらゆる伝染病に対する予防措置も受けている。勿論、現在猛威を振るっている感染症に関しても。

さて、二人の話に戻ろう。運命の出会いとでも言うのであろうか、或いは「宇都母知」の地が超古代から編み続けている縁《えにし》の糸のいたずらであろうか、二人は意識せずに互いに惹き合う自己を感じていた。最初に、さくらが誘った。

「私、授業が無くなったので、この神社を訪ねたのですけれど、戻ってラウンジかカフェテリアで休息しようかなと思っています。ラウンジの外には、鴨がいる池があるんですよ。コロナの影響で人が少なくなりましたが、池のほとりの芝生でくつろぐのを、みんな『カモる』と言っています。林間様もカモりませんか?」

「いいですねぇ。少し空腹だし、カモりましょうか」

ラウンジには有名店が入っていた。時節柄、やはり人は少なかった。壁のメニュウを見ながら注文カウンターへ行こうとする二人に声が掛かる。

「サックラァ、サックラァ」

「呼んでいますよ。あそこのテーブルで」

「ハアーイ」

「小川さん、どうぞ行ってあげて下さい。私は構いませんよ。元々一人旅ですから」

「そんな事言わないで下さい。国際サークルの留学生達です。今日はオンラインでなく対面授業があったらしい。いろいろな言葉が飛び交って、意味不明な時もありますけれど」

「面白そうですね。カモるのをやめて、私も一緒に行って良いですか？」

「えっ、宜しいのですか？　無理しないで下さい」

「無理じゃなくて、沢山の情報に接したいです。小川さん、私のことは、ファースト・ネイムで呼んで下さい」

「あっ、そうですね。あの中へ行くとそうなりますよね。私のことも、さくらで」

「はい、さくらさん」

さくらは、英武の言葉にあった「情報に接したい」というのが気になった。「この人は一体……」と考える間もなく、三人が迎えに来た。さくらが英語で英武を紹介する。

「お国は？」

の質問、間髪を入れず、

「国際人です」

と笑い顔で恰も冗句を言うように英武が答え、爆笑を呼ぶ。テーブルをもう一つつけて、マスク越しに若者達の会話が弾む。

「さくらの彼氏、私達がもらっちゃおう」

英武は女子学生の間に座らせられる。さくらは驚いた。英武の語学能力に。スペイン語は、イスパニア語学科で学ぶ自分など遠く及ばない程流暢に、ドイツ語、フランス語、そしてイタリア語。一人の女子学生が、さくらにそっと聞く。

「彼、生まれはどこ？　私はロンドン娘だけど、耳障りなアメリカンイングリッシュでいつも我慢している。通用語だと思って。でも彼、ちゃんと使い別けているの、私にはキングダムで」

さくら自身も、その区別はつかない、無理もない日本の英語はアメリカン一色なのだから。

「分からないの」

「えっ、本当にコスモポリタンなの。そんなのアリかしら。隠しているよ。でも、ハンサムボーイ。羨ましいな」

「あっ、時間だよ」

男子学生が大声で言う。皆同じ授業を受けているらしい。テーブルと椅子を元に戻すと、

「サクゥラ、マタネ」

と皆がぞろぞろと出て行き、二人だけになってしまった。さくらは、英武の隣りに座り、どう切り出そうか迷っていた。行きずりの人なら、国名も知る必要はないし、ここで別れるのが自然。でも、さくらの感情は、もう少し一緒にいたいと訴えていた。二人の間に少し沈黙があった。英武は、さくらの表情から、その気持ちを充分察した。

「さくらさんは、明日もここで授業があるのですか？」

突然、沈黙が終わり、さくらは慌てた。

「あっ……。はい、いえ、明日はここには来ません。都内にある本来の学校に行くつもりです。授業は

オンラインなのですが、友達と会話したいのです」

「専攻は何ですか?」

「イスパニア語学科なのですけれど、英武さんの足元にも遠く及びません」

「私は……まぁそうですけれど。スペインではなくイスパニアですか?」

「はい、そういう名前になっています。英武さん、私……」

英武が手で制する。

「お会いしたばかりで失礼かもしれませんが、私は、さくらさんと、もう少しお話しできればなと思います。私は学習と仕事を兼ねて中国へ派遣されました。あの神社の地は私達にとっては聖地なのです。例えて言うならばエルサレムやメッカのように。それで寄り道しました。でも、そのお蔭で、さくらさんと出会えました。さくらさんは、私を磁石のように引きつけました。でも、私が出身を言わないことに不信感を持たれています。危険人物、ですよね。一つの単語を言えば、その意味は、またまた疑問を呼ぶかも知れませんが、とりあえず納得してくれるのかなと思います」

さくらの反応を見るように、英武は言葉を区切った。さくらは何か恐怖に近い感情を持った。

「何でございましょう?」

「私の乗り物はUFOと呼ばれています。でも、決して、さくらさんに危害が及ぶようなことはありません、噂《うわさ》とは違います」

「……」

さくらは、宇都母知神社の名の由来を聞いた時に何となく違和感を持ち、しかも、その地が「自分達の聖地」だと言う青年に、精神異常という意味ではなく「普通の人」ではないと感じてはいたが、ＵＦＯという単語が出て来るとは思いもよらなかった。

「……普通の方ではないと思ってはおりましたが、別の星からいらっしゃった？……」

英武は安心感を添えるように笑い顔で、

「それも噂で、真実とは違います。私達は異星人ではありません。私達の故郷は、この星地球で今も生活しています。と言って、これも噂として承知しておりますが地底人でもありません。私達には、さくらさん達の言う『国』という考えはありません。もう約二億五千万年の昔に卒業した概念です。しいて言うなら、それも的確ではないですが、私達は『国』ではなく『邦《くに》』です。私達の邦は、テラ、この星地球です。唯、さくらさん達とは、時間という壁で区切られ、お互いがすれ違うことはありません。私達は、さくらさん達を‘the Fellows on our Terra’、『テラの仲間達』と呼んでいます。私達も三億年に近い昔には、さくらさん達と同じ、この実空間のテラで生活していましたが、或る途轍もない事件を引き起こし、一部の者達が、それまでの研究成果から、時空間の申し子とでも言うような今の住み処に潜り込み、残してしまった人々を心配しながら見守って来たのです。さくらさん、安心して下さい。テクノロジーという点では、私達は考えられない程発達していますが、人の持つ感性、人情という点では全く変わってはいません」

「……英武さん、私は……大変なお方と巡り会ってしまいました。丁度、縄文時代の娘さんが現代の若者と出会ったような……」

「ううん、さくらさんは多分、文明の初期段階として縄文時代を例えられたのだと思いますが、その時代名称は、このさくらさんの国、日本国固有のものです。一般的な時代区分としては石器時代になりますが、縄文は、同じ時代の世界各地と比べて、造形へ向ける意欲が爆発したような時代でした。火焔型土器は知っていますか？」

「はい、写真だけですけれど。炎を連想させるような形、信濃川流域で出土したとか」

「あれにも悲話があります。この日本の地は、あの宇都母知神社の存在で、派遣される人が大抵訪れる特別な所です。そして、それなりに足跡が残っています。でも、多分さくらさんが気にされているでしょうから、最初に、あの神社の地について私の知っていること語りましょう。多分、それがそのまま私達の歴史にも連なるでしょうから。これから何かご予定は？　少し長くなると思いますので」

「はい、だいじょうぶです。何もすることありませんから」

それまで、くしゅんとしていたさくらの表情に生気が戻ったような感じがして、英武は笑いながら話し始めた。

## 宇都母知の地が語る悲惨な過去

「存在を二次元的に標示する経度と緯度は無論知っていますよね。さくらさん達の使用している基準では、あの神社の位置は、東経百三十九度二十五分十七.七秒北緯三十五度二十三分三十一.三秒の座標です。これは英国のグリニッジを基準にして現代では少し修正され一般に使用されている座標です。しかし、私達が約二億五千万年の昔から使用している基準では、あの神社の経度は零度零分零秒です。あそこを通過する子午線が基準となっているからです。当然に大宇宙に展開する三次元の座標軸でも、あそこが原点です。さくらさんの学ぶこのキャンパスの建設に伴う人類史の発掘調査では、約二万年前の旧石器時代の遺跡が出土したようです。でも、もっともっと下、そう、地殻の厚さの平均値約三十キロメートルの表層一割程度、三百メートル程の下には、超古代、それも、さくらさん達現生人類が想像もつかない程の遙に遠い霞みの彼方の時代の遺跡が眠っている筈です。

さくらさん、言葉が紛らわしいので、これから、さくらさん達現生人類を単に人類、そして過去にこの地表で生活していた私達人類を人類縁者と呼ぶことにします。約二億五千万年の昔、人類が地球史の地質年代区分でペルム期と呼んでいる想像の時代に、テラこの星地球は、天の川銀河系のディスク（銀河円盤）の周縁部に広がる渦状腕内に沢山の植民惑星を持っていました。そして、この地は、規模は全く異なりますが、性格は、かつての日の沈むことのない大英帝国の都ロンドンのように、所属する銀河系周縁各地からの情報が集まり、また発信する政治、文化、経済の一大中心地として栄え、中央政庁が置かれ沢山のビルがひしめき合っていました。

その中の『宇宙統括本部時空調査局』という機関の中庭に『原点標識』が置かれ、宇宙航行のための認識光波が発信されていました。灯台のような役割です。火星からの認識光波と共に宇宙航行を終え帰還する宇宙船を導いていました。光の速度を超えるスピードを持つ反物質エンジンを手にした人類縁者の遠い祖先達は、人類の最近の歴史に語られる大航海時代のように若干の不安を胸に未知なる世界への冒険に挑んでいきました。恒星系に行き当たる度に地球環境と似かよっている惑星が見つかれば植民地として機械による資源確保を行い、住環境が適すれ移民を募り、その星の居住者が低若しくは無能力者であれば、食糧や家畜、使役動物として人類縁者の版図はディスク付近まで広がっていきました。心配だったのは、地球外高度知性体所謂ETの存在でしたが、行けども、行けども出遇うことはありませんでした。若者達は喜々として新しい星発見の意欲に燃えて進んでいきました、自分達こそ最高の知性体で全宇宙の支配者であるとの誇りを胸に。我等人類縁者の祖先達は、大惨事の後になってやっと気づくのですが、文明など脆《もろ》いものなのです。

今のさくらさん達の文明も、例えば、どこかの国が国際的に追い詰められ、『死なば諸共』といった感覚で発射した核弾頭が引き金となり、核戦争が起きる可能性もあります。実際に人類の歴史を見続けて来た我等の記録には、人類は小規模でしたが、既に試作したばかりの核ミサイルを結果も考えずに使用しています。モヘンジョダロ古代都市遺跡が、それを語っています。核戦争は恐ろしいですが、それによって滅ぶのは高度な文明だけで、地球そのものには影響しません。そして多くの種が絶滅するように見えますが、しぶとく生命体として復活していきます。

文明は起こっては滅び、長い時の経過の中で、その痕跡が消滅し、また起こっては滅んでいくという運命のようです。ですから、我等人類縁者の文明が如何に高度であっても、丁度その時に時を同じくして絶頂期にある文明に出会う確率はかなり低いのです。それでも、たった一つだけ文明の痕跡のある星を見つけました。住民は爬虫類から進化した卵生の知性体で野蛮な生活をしていました。

二つの月を持つ、その星は住環境がこの星地球と似ていたので、我等の祖先達は積極的に移民を開始しました。その星の住人達を奴隷化して開拓を進めました。時折彼等の反乱がありましたが武力制圧して、沢山の住人を処刑しました。丁度ローマ時代に似ているかも知れません。従順な者には教育を施しましたが、彼等はどこからか、前文明の名残を引き出し、独自の言語と文字が流通していきました。その星の管轄政庁は一向に気に留めませんでしたが、この宇都母知の地にあった宇宙統括本部では、かなり論議され、その星へ学者を派遣してソナー等の機器の活用により、地下に埋もれた大きな遺跡があることが分かりました。

現在の人類が行っている綿密な発掘調査ではなく、他星のことですから、学者達も短期に結果を出しました。それによれば、その星には現在のさくらさん達と同じくらいの文化生活があったようで、それが核戦争で滅び、住人は野蛮生活に戻っているという推論でした。そして、学者達の報告により、人権を拡大してその星の住人達にも適用しようとする動きが出て制度化される方向となりました。奴隷として使役することはできなくなるわけです。これに対しその星の管轄政庁が中心となり反旗を翻しました。

遠い星の事ですが、宇宙統括本部だけは、各地の移民者達には、期待と異なる現状から、それぞれの不満があるのを承知しているだけに拡大を恐れ緊急対応を焦りました。しかし、長い間の平和の中で戦争というのは観念として捉えるだけで、『保有している兵器も時代遅れのものばかり』ということで他政庁は冷ややかで、文化推進本部では住人の権利保障の方が重要課題となっておりました。その間隙を縫うように反旗を翻した星の管轄政庁はその近隣の植民惑星を巻き込み、反乱は拡大していきました。

しかし、反乱軍にも戦争経験者はなく、大方は自分達の要求が通ればそれでよいとしている節もあり、最悪の場合でも、どこかの空域での限定空間戦争での決着が頭にあり、自分達の永遠の故郷地球の破壊までは考えてもいませんでした。彼等の希望は、宇宙統括本部から独立した体制を築くことでした。しかし、現場での戦闘には機械だけではなく、現実の戦闘要員が必要となります。各植民惑星から少し時代遅れの戦闘母艦と戦闘機はかなり調達しましたが、雇用条件にかかわらず戦闘要員を希望する者は殆どなく、致し方なく反乱惑星の昔の住人の若者達を拉致同然に連行して臨戦用の操縦技術を無理矢理たたき込みました。訓練は凄まじかったと伝えられています。逃亡を図る者はその場で射殺、事故で用を足さなくなると使い捨て。だが現役軍人が少ないので、現場兵士の管理が甘く、人類の戦闘要員訓練との激しい差別に彼等の間で自然に連携の輪が出来上がっていたことには気づきませんでした。これが最大の盲点となりました。

反乱惑星の首脳部の間でも相当議論があったらしいですが、奴隷上がりの優秀な戦闘員を信用して、通常の反重力駆動の戦闘機ではなく、反物質エンジンによる星間戦争用の戦闘機の訓練を自分達もマニュアルデイターを見ながら実施しました。これは絶対にやってはならない事だったのです。宇宙統括本部でも反物質エネルギーは、正式には星間連絡船用としての利用しか認めていませんでしたが、広い宇宙で何が起きるかは予想できませんので、空域を区切り、空域毎に反物質エンジン駆動の母艦一隻と戦闘機十五機を配置しました。配置された空域の中心となる管轄政庁では、あくまでも宇宙統括本部の指示により作動させ、作動に当たっても本部からの派遣将校の指示に従うことになっていました。

人類は、今、核にこだわり、その平和利用を考えていますが、同じような含みです。しかし、反物質駆動による戦闘機に搭載されている反物質弾頭の破壊力は凄まじく、命中すれば、一発で月くらいの惑星を完全に破壊します。本部の殆どの将校達も実際の使用ではなく、シミュレーションの経験しかありませんでした。この使用目的は、約二億五千万年後の我等でも、その居住惑星を敵ごと葬るか、若しくは、その属する恒星系に大きな『ゆらぎ』を起こさせる場合で、しかも、その恒星系外の遠隔地からの使用でないと、惑星破壊による重力の大きな乱れによるトラップから逃げられなくなります。従って、的中率も低くなります。地球があの大惨事から復活したのは、まさにこの一点にあり奇跡にも近いと言えます。

さて、本題に戻ります。宇宙統括本部と反乱軍は、実際の戦闘態勢には入らずに、互いの条件提示の睨み合いが続いていました。双方、反物質の使用までは考えておらず、反乱軍にしてみれば、旧住人達を、地球外高度知性体として人類と同等に扱うこと自体不愉快で、それが解消されれば降りたいというのが、段々本音となって来ました。彼等の嫌悪感は、旧住人達の異形の形態にありました。常時付き合うとしたら、気持ちは分かりますが、それは先方も同じで互いに我慢しなければならないことなのです。当時の記録映像を見ると、爬虫類の痕跡を留める皮膚を持ち、人体と同じような体型で腕は二本、指も五本ですが指間には水かきがあります。足も二本ですが、その他に尾の進化した指のない足を器用に使い、頭も皮膚で毛はありません。口は大きく裂けるように開き目は丸い黒目の回りに金色の縁があります。

反乱軍は、動物と決めつけていますが、一方ではその能力を利用して戦闘訓練をするという矛盾に気づくことはありませんでした。上層部が、実戦配備命令を出さずに交渉しているので、現場の空気は当然、ダラケます。この機に乗じ、反物質兵器の使用を学んだ旧住人の若者二人が、マニュアルに関する全てのデイターをコピーして持ち出し、同等に優秀な若者達を集め秘密裏に学習会を開き、普段は格納庫にあり周りを形式上の警備しかない重要兵器の乗っ取りを検討していたのです。彼等は更にそれと連動して管轄政庁の油断をついての武装蜂起を企んでいました。決行は十日毎に与えられる公務員の休日でした。油断を突かれ、反物質エンジン駆動の母艦は戦闘機を搭載したまま、離陸用の反重力装置で浮上します。休日対応の担当官が必死で連絡を取っている間に、反物質エンジンが稼働して、あっという間にどこかに飛び去ってしまいました。超光速の軍用機ですから、瞬時であったと思います。

これと時を同じくして武装蜂起が始まり、人類の居住区は荒らされ沢山の人が惨殺されました。正規軍が緊急対応を図りましたが、過去と違い軍事訓練を受け、沢山の戦闘武器を持ち出している若者達が指揮していただけに、一時は撤退せざるを得なかったということです。最終的には、ある程度戦闘準備の整っていた近隣植民惑星からの応援で鎮圧しました。この時点でも反物質エネルギー使用の『緊急事態発生』情報を入れてくれれば、太陽系の防備網が自動稼働したのですが、彼等の頭には人類が沢山惨殺されたことへの報復しかなく、投降者も問答無用で処刑し、彼等の逃げ込んだ居住区に核弾頭で攻撃し種の絶滅を図っていました。一方、乗っ取られた戦闘母艦は太陽系の近くまで接近し、監視網に掛かりました。

慌てたのは宇宙統括本部で、船体から他恒星系からではなく反乱軍によるものと判断して、すぐに火星と木星に基地のある防衛軍の緊急出動を命じました。更に標的が太陽系外にいるのを幸いとして、反物質弾頭の即時発射に踏切ました。核弾頭では速度が落ちることと、向こうにも反物質が存在するので、その消滅もあり賭けのようなものでした。しかも標的が小さいので、数発発射するという暴挙でしたが、緊急事態対応で如何ともできなかったということです。乗っ取られた戦闘母艦では、防衛網に引っ掛かったのではないかと疑ったのは、例の優秀な二人だけで、そうなら瞬時を争うとして、二人は皆には偵察と称して、戦闘機で脱出しました。

一瞬、光を見た様な気がした一人は、予めセットされていた地球に向けて反物質弾頭発射のボタンを押すと同時くらいに後方で大きな光が上がり、戦闘機は塵のように闇に吸い込まれていきました。乗っ取られた戦闘母艦、戦闘機は消滅しましたが、発射された反物質弾頭はすぐに地球に至り、側面を大きくえぐる形で衝突しました。人類の通用暦ヨーロッパ暦で言えば、紀元前二億五千二百十六万七千九百八十年十二月八日のことでした。

命中つまり正面衝突していれば、地球そのものが小惑星帯のように屑として漂うことになっていたでしょう。しかし、被った被害は絶大なものでした。当時の陸地は、現在人類が『パンゲア』と名付けている一つの超大陸と小さな島々した。

さくらさん、普通の爆発とは全く違うのです。まず、まばゆいばかりの光、太陽と同じで肉眼では見れないでしょう。すぐに、多分鼓膜を本当に破る大きな爆発音の後、霧が晴れるように何も残っていないのです。一瞬の消滅なのです。反物質は物質と共存はできません。出会えば衝突しエネルギーと化し双方消滅する定めです。我等にも現在の時間の壁の弱い共有空間に逃げ込む前に誰かが撮った少しの記録しかありませんが、この地上の土が土ではないように見えます。地球という物質世界そのものが、自然界には有り得ない反物質の塊と出会ったのです。都市も基地も森もみんな消滅しました。そんな中で、最大の都市で宇宙統括本部もあった現在の宇都母知の地には黒々と残骸が確認されました。これは、弾頭が現在のヨーロッパの周辺をかすめるようにして衝突したものと判断されています。おそらく衝突した反物質の限界であったのでしょう。

しかし、地上も海中も異変が置き地球史上最大規模の生物の大量絶滅という結果を引き起こしました。その後の観察結果から、水中温の異常な上昇により、海洋生物の方が被害が大きく、衝突前の種の九十六パーセント、陸上生物も八十パーセンの種が絶滅したと算出されています。

そして第二次災害が起きます。各地の沢山の火山が爆発し溶岩が流れ、噴煙が地球を被っていきます。プレートにも強烈な圧力が加わったため、大陸移動が始まります。更に第三次災害、同時期での激しい沢山の火山活動により、噴出された大量の塵と噴煙が地球全体を覆い、大気中の他時期とは比較にならない程の二酸化炭素の増加が、現在人類が危惧している地球温暖化を長期にわたって現出させることになります。その後の調査で、平均気温は約二十五度と推定されました。これは、当時我等の祖先が、何等かの資料に基づき試算した六億年間での最高値とされています。

さくらさんは、巨大隕石落下による恐竜の絶滅は聞いたことがありますでしょう。絶滅とは言っても、それ程の時間をかけずに生命は復活を遂げています。しかし、このペルム期の人為的災害の回復には、長い時間がかかることになります。我々は、植物特に森林の繁茂状態から約一千万を要したと考えています。森林の繁茂が二酸化炭素の含有量を減らし、火山灰の塵を落ち着かせ地球温暖化を解消していきます。さくらさんは、何故我々の先祖が残った人達に手を差し伸べなかったかと思うかも知れませんが、彼等が逃げ込んだ空間は、それまでは理論上のもので、一回だけ弱い時間の壁を突破してすぐに生還しただけでした。星間連絡船何隻かで、入り込んだ空間での命がけの探検と対応に三百年くらい要したと聞いています。

そして、やっと元の空間調査に出ようとしますが、飛行艇を新しくする資材が全くなく、その探索から始まったとされています。何とかそれを解消して新技術による飛行艇で元の世界に出たのが千年後で、やはり火山の噴火が続き大陸移動も収まらず、沢山の塵が舞いレーダーも効かない状態で、人類も完全に絶滅したと判断されました。

ところが、約三万年後に、鉄、ニッケル、チタン等の資材不足を補うために派遣した調査船が飛ばした、今のドローンの進歩したロボット操縦の探査機の記録映像に人類とおぼしき姿が不鮮明だが残っていました。真剣な検討の後、複数の調査船を派遣し、そこかしこの地に人類を発見しましたが、とてもそれまでの人類とは思えないような、環境適応のために退化した姿でした。

当時の記録映像は、男女ともに全身裸で、長い毛に覆われています。しかし、ゴリラ等とは違い体型と頭、顔は我等と同じです。彼等を保護すべきかどうか長い真剣な論議が続きましたが、結論は『地上に残し、文化の発達状況に応じ指導して行く』ということになりました。理由は三点でした。一つは彼等の環境適応のための退化した形態、二点目は、死亡し放置されている遺体から突然変異による組織異常が発見されたこと、これは、現在、癌と名付けられている組織異常で遺伝子操作による対応措置が既に考えられていますね。当時でも我々の技術は、それを上回るものでしたから対応可能だったのですが、祖先達は自分達に全くなかった組織だけに、驚いて人類の異種と判断してしまいました。三点目は、適者生存の当然の帰結ですが、それまでと比し、あまりにも性格が凶暴であることからでした。

それからです。定期的に調査船を飛ばし環境と人類の動向を調べました。約十万年後に、自分達の祖先が巻き起こした大惨事の二次災害、三次災害の余波が何とか落ち着き始めた頃、地殻変動で大きく変わってしまった陸地に、この原点標識を捜しました。コンピューターで割り出した地点はユーラシア大陸の外れで、かなりの巾がありました。

その頃、まだ日本列島は大陸と地続きでした。現地へ飛行すると、微かな認識光波の発信をキャッチしました。地球中心部からの波動を反重力装置の起動に使う当時の最新鋭の技術で永久使用を歌われた認識光波機でしたが、そろそろ寿命のようでした。その微弱な信号の地にロボット作業によるソナーが都の残骸を描いてくれました。遺跡の眠る地層は当時でも五十メートルはあったという記録ですが、その後の長い時の経過の中で地殻変動や自然堆積物により、段々厚くなってしまいました。

ともかく彼等は狂喜して『地球座標基準子午線、宇宙座標原点』を当時の通用語テランの文字で刻んだチタン合金の標柱を建てました。それがこの宇都母知の地ですが、その不思議な名と響きは、日本国の古代の英雄、雄略天皇に由来します」

長い話、講義に近い英武の一方的説明が終わる。さくらは目を輝かせて真剣に聞いていた。

「長いつまらない話で、お疲れでしょう。コーヒー持って来ます」

「あっ、私が行って来ます」

さくらはコーヒーカップ二つを運んで来る。

「質問していいですか？」

「はい、私で分かることでしたら」

「あの、良く宇宙人が来て文化、例えばシュメール等を導いてくれたと聞きますが、それは人類縁者だったのですか？」

「はい、その通りです。宇宙人というより異星人は、四十五億年の地球史の中で一度も来たことはありません。特に現人類の歴史に於いては断言できます。見守っていた我等が来訪を許す筈はありません」

「見守って、時には指導してくれていたのですよね。先程のお話の中で核により滅んだと伺いましたけれど、何故核使用をストップさせなかったのですか？」

「うーん、それは、やはり議論があったようです。結論は、核では地球、そのものに影響はなく、滅ぶのは文明であり人類も他の生命体もどこかに生き残る筈だから、一つの試練として見守るということになったようです。核そのものの研究開発にストップをかける理由はなく、平和利用と戦略利用は表裏で別けられないことと、対立する国際関係の調整は不可能との判断でした。我々が将来手を出すとすれば、人類がやがて反物質利用を開始した時期です。これは我々の歴史が語るように、地球そのものの消滅に結びつきます。それと人工頭脳、高度な知性を伴わせたロボットです。我々の苦い経験からですが『楽、便利』という観点だけて開発すると大変なことになります。もう一つ。これはもう始まっていますが、我々は月の裏側と火星の地下にロボット運営による広大な食糧を始めとする必需品生産工場を設けています。人類による侵略の可能性があれば事前に調整するでしょう」

「あの、今の私達は人類としては何番目なのですか?」

「あっ、それでしたら明瞭に答えられます。我々人類縁者を第一期とすれば三番目です。我々の世界では、皆さんについては第三期人類史博物館として各地の古代からの膨大な歴史資料が保存されています」

「一と三は分かりましたけれど、二は核戦争で滅んだのですか?」

「核の使用は、戦争というより三に入ってからの限定使用です。モヘンジョダロの遺跡やインドの伝承等に記憶が残っています。その後、何故か現在騒がれているウイルス感染症が流行し、人類文明は一時極端な低迷期に追い込まれ、核については忘れ去られてしまいます。二の文明は地球史始まって以来の自然災害により破局を迎えますが、ごく一部が生き残り皆さんの三に続けています。マヤの人々が真相不明のまま現在も尊重している一年を二百六十日とする暦が当時の記憶を伝えています」

「あっ、マヤ？　この世の滅亡が予言されていたとか？　でも何で二百六十日なのでしょう？」

さくらの携帯着信音が響く。

「あっ、失礼……。うん、分かった」

「英武さんご免なさい。家からで、何か急用があるみたい……。その先をお聞きしたいのですが、英武教授、またお会いして戴けます？」

「ははは、私はフリーですから、さくらさんのご都合で。いつでも」

「あの、明日は？」

「明日は……さくらさん、本来の学校で友人と会うのでは？」

「はい、それ断ります。暇人の会話ですから、いつでもいいのです。湘南台にプラネタリウムがあるのですけれど。行きませんか？」

「いいですよ。それよりお急ぎでしょう。詳細は後で。携帯で」

「あっ、私、携帯の番号言いました？」

「ははは、良かった。そう言えばそうですね」

二人は互いの番号を記録して別れることとなったが、さくらが振り返って恐怖の表情で叫ぶように言う。

「英武さん！……さっき、過去にコロナが流行ったことがあるって言いましたよね……」

「うん、名称はコロナではありませんが、天然痘と呼ばれているウイルス感染症と同じで人類のみを対象としてギリシャ時代になるのかなぁ、記憶は定かではありませんが、相当な数の人々が犠牲となりました」

さくらは、英武の淡々とした口調から「この人は何らかの抗体を持って自身は安全なのかも知れない」と思った。

「その時は収まったのですよね」

「そう、沢山の人の犠牲はありましたが、最後は『拡散する』形で終息しています」

「今回もそうなるでしょうか？」

「多分。さくらさん、私が出立時にもらった薬の予備がある筈ですから、明日、お持ちしましょう。それと人類縁者の技術者が、表には出ないで、どこかの研究所に知恵をかしている筈ですから安心して下さい」

さくらは乗り換え電車の待ち時間ももどかしいくらいに急いで帰宅する。心に引っ掛かっていたのは、昨年肺癌の手術を受けた父親であった。片肺を摘出したが、その後寝込む日が多く転移が疑われていた。

出迎えた母親に息を切らせながら聞く。

「用事って何？　お父さん？」

「そう。ごめん。電話しちゃって。救急車呼ぶのを迷っていたのよ。私一人でしょ。あの病気(コロナ)のせいで、入院した病院もすぐには受けてくれないってうわさだし、それで、あなたとお兄ちゃんに電話しちゃったのよ。お兄ちゃんがすぐに戻って、あの時の友達の医者に頼んで薬もらってきてくれて今は落ち着いている。心配かけて悪かったね」

という返事。安心はしたが、同時にどっと疲れが出て一休みしていると英武からメールが来る。何か別世界のようで気持ちが冷めていたが、家からの電話を心配する英武に、たいした事ではなかったと応じ明日の約束をした。

## 湘南台のプラネタリウム

二人は小田急線湘南台駅のバス乗り場で十時に待ち合わせた。英武が先に来ていた。

「お早うございます。お待ちになった?」

「いや、まだ時間前ですから。それより、これが薬です。私達はさくらさん達より体内に雑菌がありません。そんな私が、こちらへのチェック段階で飲んで平気ですから副作用の心配は無用です。あそこの自動販売機で飲料を購入してすぐに飲んで下さい。三錠ありますが、一錠でOKです。残りは親しい方に栄養剤として差し上げて下さい」

「有り難うございます」

さくらはすぐに一錠を飲み込んだ。不思議そうな英武に言う。

「私、水がなくても飲めるんです」

英武が笑いながら応じた。

「野蛮人みたいですね」

二人とも大笑いしながら歩き出すとすぐに球形が二つ並んだ建物に到着する。

「私も未だ入ったことがないのですけれど、小さい方の球が地球儀、後ろの大きな球が宇宙儀と呼ばれているらしいです。プラネタリウムは地球儀の中です」

「本当だ、地球ですね、よく考えましたね。これは一つ報告になる。宇宙儀というのは？」

「私も分かりません。多分、単に地球儀に対応するという事だと思います。中はシアターになっているそうです」

受付で、投影は星空の解説ではなく映画だと聞く。さくらは、英武の顔を見る。

「いいではないですか。星空の解説って、多分、ギリシャ神話が出て来るのだと思います。さくらさんは面白いですか？　ギリシャの神話を聞いて」

「そうですねぇ。はぁそう言うものですかという感じですね」

「そうでしょう。それより、高松塚古墳に描かれたような古代の星座の物語を日本国として、作り上げた方がいいと思いますね」

「創作になってしまうのではないですか？」

「はい、そうですね。ははは。でも、情報だけですけれど、あの星座は古墳の年代とは大幅に違う、謎があるらしいですよ」

「ふふふ、英武さんって面白い方ですね。でも、ひょっとしたら、情報などではなくて、人類縁者様の記録では本当のことが分かっていらっしゃるのでは？」

「さくらさん、鋭いですね。でも結果が分かっていたら面白くないでしょう」

二人は「宇宙劇場」と標示のあるプラネタリウムに入る。感染症対策で人数制限があったが、その必要がない程人影はまばらであった。

「英武さんの世界にもプラネタリウムってあるのですか?」

「ないですね。それに、星空を解説しようとしたら、平地にセットされた椅子の方がいいですね。これは『宇宙劇場』の表示板のように劇場、一つのショウの場ですね。確か、合衆国、アメリカの話だったと思いますが、こういう場を使って星空の下でお葬式をするなどということもあるそうですよ」

番組が始まる。映画に先立ち職員による「今夜の星空」の解説があった。その中で、宇宙の始まりとされる「ビッグバン」についても簡単な紹介があった。さくらも知っている有名な現象、もう少し詳しく聞きたかったが、テーマの今夜の星空に移ってしまった。英武はつまらなそうであった。さくらは、英武の世界では既に解答が出ているような気がして後で聞こうと思った。

続いて映画。映像自体はドームを利用した迫力あるものであったが、内容は月に関する一般的もので、さくらは少しがっかりした。英武はと見ると、今度は目を閉じていた。プラネタリウムを後にして、新しい湘南台の街では、既に老舗の部類に入る喫茶店へさくらが誘う。朝食を食べていないという英武に、さくらは学生間での常識で、

「何品か頼んでシェアしましょう?」

と言うと英武が困った顔をして、

「シェアってどうするのですか?」

と尋ねる。

「あのぅ、一つの注文したものを共有する、分かち合う、つまり一緒に食べるということなのです。こんな時期（コロナ渦）で非常識かも知れませんが……」

「ああ、それいいですね。二つ食べられるのですよね」

さくらは笑いながら応じる。

「本当はお行儀が悪いのでしょうけれど、英武さんが気になさらなければ」

「いいですよ。それでいきましょう」

二種類のピザとスパゲッテイ。小皿にさくらが取り分ける。

「さくらさんって優しいのですね」

「えっ、ふふふ、こうしないと私の分が確保できないでしょ」

二人は笑い合った。食後に店お勧めのチーズパイを頼みコーヒーを飲みながら、さくらが質問する。

「ビッグバンって本当にあったのでしょうか？」

「うん、これはどんな理論を立てようと、誰も実証、見ることができないのですから、あくまで想像の世界でしかありません。さくらさん達からは考えられない程進んだ我々の世界でも最終的には同じです。ビッグバンは実在現象というのがほぼ常識とはなっていますが、全て計算の世界の話です。完璧に、百パーセント、そうだとは言い切れません。人類の宇宙論は、我々が長い時間を掛けて到達した結論に既に取り付いています。唯、残念なのは、反物質世界を無視するという前提で成り立っているという点です。これは、さくらさんなら、お気づきでしょう。人類縁者の遠い祖先達が逃げ込んだ先、今我々が生活している場は両世界の共有とでも表現するような特殊な時空域なのですから」

「良く耳にするワームホールは？」

「広い宇宙ですから、ないとは言い切れません。でもそれを利用して宇宙空間を自由に移動できるというのは明瞭に誤りです。人類の宇宙への進出は、超光速の反物質エンジンによってのみ可能でしょう。ビッグバンの考えられない程のエネルギーも突き詰めれば、収縮した物質の反発力と反物質世界との衝突、つまりは反物質エネルギーによっているのです」

「英武さん、ごめんなさい。私、そういう方面には全く無知で何も分からないのですが、反物質世界って、良くSFに出て来る、鏡の世界のようなものですか？　パラレルワールドとか言われる？」

「うーん、想像の世界ですから何とも……、唯これだけは言えます。鏡のように対称的に、あちらの世界にも自分がいて、さくらさんが男性だったりとするのは、絶対にありません。個々の構成要素ではなく全体のエネルギーの総量が等しく成長しているという点だけをとらえれば、パラレルとも言えるでしょうが、現実の形態としては両世界は重なり合っているのです。巴《ともえ》という図形は知っていますか？数字の六と九がくっついて円形となっているような形。そちらの方が、まだ的を射ています」

「つまらない質問ばかりで済みません。でも、どんな有名な博士よりも英武さんの方が真実をご存じだと思いますので。どうして、人類は反物質世界を無視するのですか？　それと多分、昨日のお話の中にあったと思うのですが、そもそも反物質ってなんですか？」

「ははは、そんなに遠慮することないですよ。知らなくて当然ですよ。立場が逆、つまりさくらさんが人類縁者の世界で誕生して、私がこちらで産まれていれば、私がさくらさんに質問しているでしょうから」

説明しようとする英武を遮ってさくらは、

「今、おっしゃったことも、後でお聞きしたいのです」

「ふぅー、何か講義みたいになってしまって、デイトという感じじゃないですけれど、さくらさんはいいのですか？」

「私が悪いのです。雰囲気を壊してしまってご免なさい」

「いや、そういう意味ではないのですが。簡単に言えば、物質の構成要素として原子は習いましたよね」

「はい」

「教科書には、原子核の周りに電子が回っている姿が描かれていたと思いますが、人類も人類縁者も属する我々の物質世界では、電気エネルギーからは、原子核はプラスで、電子はマイナスなのです。その逆、つまりマイナスの原子核の周りをプラスの電子が回る原子を構成要素とする物質で成り立つ世界が反物質世界なのです。どちらが正というわけではありません。我々が反物質と呼ぶ世界の住人に言わせれば、自分達の住む世界が物質世界で我々は反物質世界の住人ということになります。そのようなものを形成する粒子など本当にあるのかなと疑問に思うでしょうが、既に何年も前に人類は実験を繰り返し反粒子を生成しています。中学いや高校になるのかな、数学で『i《アイ》で表示される虚数』というのを学んだと思いますが、反物質については、この虚数が主役を演じます。そういう説明は、余計分からなくなるか。どう言ったらいいのかなぁ。まず、粒子と反粒子はあるのだと思って下さい。実際にありますので。そして、出会えば、対消滅《ついしょうめつ》と呼ばれる超微細な衝突で双方エネルギー化していきます。双方が一緒にいることはできません。

　ビッグバンの後、この粒子と反粒子は同等に生まれます。生まれた途端に対消滅するものもある一方で、空間を自由に飛び回り、やはり衝突して消滅（エネルギー化）するものもあれば、同族で結合（素粒子化）するものもあって、これが無限に近く繰り返されます。その内、重力を司る重力子と反重力子による二つの『場』が形成されますと、数学の計算で同類項を集めるように、粒子と反粒子、そして同族による結合が図られたものがそれぞれ集まり集団が形成され始めます。同時にそれを囲み保護する時間が決定されます。時間も超対称性が基本で、我々の世界つまり粒子の集まりには実時間が、反物質世界、反粒子の集まりには虚時間が壁を造り双方を遮断します。それぞれの世界で、集まりに遅れた粒子、反粒子は圧倒的多数の反対陣営の中にあって消滅するしかありません。こうして、我々の物質世界が出来上がったのですが、同様に反物質世界も厳然として存在するのです。人類は、まだ時間の対称性に気付いていません。物質世界のみの宇宙にあって、反物質の存在を許す場所などあろう筈がありません。それが、さくらさんの疑問、『どうして、人類は反物質世界を無視するのですか？』に対する簡単な説明です。つまらなかったでしょう？」

「いえ、つまらないとか言うことではなく、よく分からないのです。ついでにもう二つばかりお聞きして宜しいでしょうか？」

「どうぞ、どうぞ。コーヒー、もう一杯たのみましょうか？」

「ええ、そうですね。済みません。何か真剣になってしまって」

「いや、当然ですよ。不思議な世界ですから」

「先程のお話で、物質世界と反物質世界が衝突するってお聞きしたのですけれど。それとブラックホールって本当にあるのですか？」

「うーん、まず我々の宇宙はまだ膨張しています。今、人類の主流は膨張し続けて終わりを遂げるというような説に傾きつつありますが、一時代前に収縮に転じ、やがて全宇宙がサッカーボールくらいに縮まって反発により爆発しビッグクランチと呼ばれる最期を迎えるという説がありました。この説は結構いい所を突いています。しかし、その爆発だけでは、ビッグバンのエネルギーには届きません。

問題は、もう一つの宇宙、一緒に生まれた反物質世界も同様の歩みで進化しているということです。我々の宇宙が収縮に転じると反物質宇宙も同様の動きになります。双方共にサッカーボールとは言いませんが、ある程度の大きさに縮まると、ブラックホールの中がそうなのですが、想像を絶する強烈な重力は時間性も剥奪します。双方を仕切る壁がなくなれば、衝突爆発するのは必定です。これによる巨大なエネルギーが次なるビッグバンとなります。双方、ほぼ同等のエネルギーでの衝突が想定されますが、ここでブラックホールの役割が出て来ます。

ブラックホール自体は、チャンドラ・セカールというインドの天才物理学者が十九歳で計算上明らかにし現実に観測されています。あらゆる物を呑み込み成長する、人類の例えで『蟻地獄』みたいな形態として知られていますが、本当は砂時計のような形で、筒状の先が細くなり砂を絞りながら逆に開かれた下の筒に拡散するように、物質、反物質双方の世界をつないでいます。宇宙の掃除人のようにあらゆるものを呑み込みどんどん力を貯え、その中心部では巨大な重力により時間の性格も剥奪すると、逆に異世界への噴出口となるのです。

これをブラックに対応してレッドホールと呼んでいます。物質世界の銀河周辺部であらゆる物を呑み込んだブラックホールは反物質世界の銀河の中心で、レッドホールとして虚時間に適応する反物質を噴出して銀河の推進力となります。

反物質世界のブラックホールは同様に物質世界のレッドホールとして銀河の中心に開いています。これにより、双方の世界の有するエネルギー総量の均衡を図っているのです。ですから、さくらさんの質問のブラックホールは確実に存在します。もう、嫌になったでしょう。つまらない話で」

「お嫌になったのは、英武さんでしょう。英武さんの世界では小中学生に説明するようなものですものね。嫌われたついでに、もう一つ、ご免なさい、いいですか？」

「はっはっはぁ、どうぞ、さくらさんって、どこまでも疑問を追求するタイプなんですね」

「済みません。コーヒーを味合う時間を奪ってしまって。さっき、私が英武さんの世界で生まれて、英武さんがこの人類世界で生まれるっておっしゃったように思いますが、そんな事があるのですか？」

「うーむ、それは……難しい。今人類には沢山の宗教がありますよね。それに抵触するようになりますので、人類縁者としての回答はありますが控えます。唯、我々もこの宇宙、本当に計算し尽くされているような姿が偶然を重ねた結果、出現したとは考えていません。超自然の力を前提としなければ解決できない問題が多々あります。でも今の人類社会で超マイナーとして土俵にも上がることもない説で、『霊魂、魂、霊』といった宗教色を脱して、あらゆる生命の核となる純粋エネルギー体を想定するものがありますが、丁度、これが今の我々の限界を突いているような気がします。もう、やめにして明日、さくらさんのハイキングにご一緒させて戴く話にしませんか？」

「本当に済みません、固苦しい、つまらない時間にしてしまいまして。これがその『ハイキングコース』なのですが、辻堂駅からバスで、樹齢三百年の巨木タブノキと中世の城趾、大庭城趾公園を訪ねてみませんか？」

「ふーん、面白そうですね。さくらさんと歩くのも楽しそうだな」

「何言っているのですか。藤沢の街角探訪ですよ」

「はい、はい」

二人は明日を楽しみに湘南台駅で別れた。

## 臺谷戸《だいやと》稲荷の森の巨樹タブノキ

二人は辻堂駅北口で待ち合わせし、文化財ハイキングコースの案内の通り、バスで目的の臺谷戸稲荷の森へ向かった。さくらは、季節柄、少し我慢しながらジーンズにスウェター姿で軽い手提げを肩から吊したハイキングスタイル。すらっとした容姿はバスを待つ間でも人目を引いた。英武の肩にはスズメが三羽とまってチュンチュンと話し掛けている。

「英武さん、すずめと……」

さくらが声を発すると、すずめ達は、さっとバス停の屋根に飛び上がってしまった。

「ごめんなさい。驚かすつもりはなかったのですけれど」

「ああ、いいのです。天気が悪くなるような感じでした。天気予報も晴天と言っていたし、晴れていますものね。あの子達にも勘違いはあるのでしょう」

「お話しができるのですか？」

「はっきりとしたやり取りではないのですが、お互いの気持ちが通じる程度かな」

さくらは、まじまじと英武を見る。

「ははは、そんな目で見ないで下さい。犬は犬好きを見分けると言いますでしょ。その続きですよ」

十五分程度で、森のバス停に着く。この後、大庭城趾を訪ねることにしていたが、すずめ達の予報が当たり、タブノキを見て引き上げることとなってしまう。稲荷の森はすぐ目の前にあった。少し歩くと説明板があり、藤沢市の指定天然記念物として、タブノキだけでなく森全体が指定対象とのことで、タブノキに関しては、神奈川県の銘木百選にも選ばれたとか。幹周囲六メートル、樹高十八メートル、樹齢三百年とあり、大きいものは、樹高四十五メートル、樹齢六百年に達することもあると言う。

「大きくて、立派ですね」

「うん、もう十年以上前の台風で随分被害があったたってバスの中で聞いたけれど、立派だねぇ」

二人が感心して見ているとポツンと冷たいものが降ってきた。

「あら、英武さん、すずめさん達の予報が正しかったみたい。通り雨かしら」

さくらはコンパクト傘を広げ英武にも差し掛けようとすると、英武は何やらタブノキに見とれている様子で近寄りがたい雰囲気であった。雨は本降りになって来る。「ゲリラ豪雨」と呼ばれている、局地的集中豪雨が、隣の茅ヶ崎市北部から二人のいた大庭地区を経て辻堂海岸に抜ける一帯を襲ったのであった。

「英武さん、降ってきたわ。お稲荷様の軒下へ行こう?」

英武は返答せずに、タブノキの太い固まりみたいな幹に左手を当てていた。真っ黒い雲、雷雲が頭上に来る。遠雷が轟き、風雨が激しくなる。

「英武さん、雨も風も、強くなってきた！　どうしよう！」

英武はさくらの声が全く聞こえていないようで、左手をタブノキの太い幹に当てたまま目を閉じ動かない。まるでタブノキに捕らわれでもしているように。

「ひっでったけさんっ！」

さくらの大声に英武が、ぼうとした表情で振り返る。さくらは、傘はオチョコになり、全身ズブ濡れで睨むように立っている。

「何しているの？　早くアソコの軒下に行こうよ」

「あっ、さくらさん濡れちゃったじゃない。これ着て」

英武はコートを脱ぎ、さくらを被う。稲荷社は小さく軒も僅かで、雨はあまり防げなかったが、二人はそこで雨雲が去るのを待つしかなかった。英武のコートは、防水というより水分を寄せ付けずに暖もとれる先進特殊技術によるものだった。少しすると風雨は落ち着き、雲の切れ間から薄日がのぞいてきた。

「英武さん、ご免なさい。コートをお借りして」

「そんなことより、大丈夫？　それ着ていれば温かいと思うけれど、ずぶ濡れでしょ」

さくらが、三回続けてくしゃみをする。

「英武さん、何かタブノキと話していたみたいですけれど？」

「うん、何かを伝えたかったみたいで、ずっと感知できる人を待っていたみたい。始め、弱いその意志を感知したので、近づいたのですが、タブノキ自身も何を伝えたかったのかがはっきりしなかったので時間がかかってしまったのです。伝えるという意志だけが、先行して長い年月の間に内容がぼやけてしまっていたのです。やっと思い浮かべたのが、先代から受け継いだ記憶で、根元に二つの首が埋まっていたらしい」

「首って？　人の首？　もう誰かが掘り出したということですか？」

「いや、あやふやなんだけれど、多分、タブノキの栄養として取り込まれてしまったようです。それより、どこかで、乾かさないと。風邪引きますよ」

「ええ、コートで温かいのですけれど、何か寒けがするの」

さくらの髪は雨に濡れ、ぺったりと頬について顔も何となく青白かった。雨に濡れ道にはぐれた子供のように頼りなく胴震いしているさくらに心配顔で言う。

「いけないな。私の宿泊しているホテルへ戻ろう。とにかくタクシーを呼ぼう」

携帯で連絡をとっている英武に、さくらは困惑の表情を浮かべて小声で言う。

「……ホテルですか？……」

「うん、早くしないと。薬もあります。あっ、さくらさん、そうですか……、それは余計な心配ですよ。私を信じて。そのままでは、体に良くないだけでなく、家まで帰れないですよ。タクシーは十分くらいで来るそうですから、道まで出ましょう」

タクシーは、ほどなく来たが、それまでに英武の服は、全て乾いていた、先進技術の賜物であろう。英武は辻堂のビジネスに宿泊していたが、デラックス料金で、

「いつ出るか、また戻らないか分からないので」

ということで一週間予約し、ホテル側も特例として前金を預かっていただけに、フロントも愛想が良

く、びしょ濡れのさくらを見て、

「さっきの雨ですか。クリーニングは、うちよりも、この少し先のコインランドリーのほうが便利ですよ」

「うん、そうするよ」

部屋は弱暖房が入っているようで、

「暖かい」

さくらの一声。英武はカーテンを空け、すぐに手荷物から薬を取り出す。

「これ、絶対効きます。私は派遣されるに当たって、三十以上のチェックを受けこちらの状況の体になっています。その仕様での我々の風邪薬ですので、先程の薬と同じで、さくらさんにも副作用などはありません。さっ、飲みましょう」

さくらは英武からコップの水と一緒に差し出された錠剤一つを受取り、

「有り難うございます。すみません」

と言いながらすぐに飲んだ。

「それと、さくらさん、服乾かさないと。この状況では、しょうがないでしょう。フロントが言っていたコインランドリーに私が行って来ますから、シャワーを浴びて私の運動着、スウェットスーツを少し着ていて下さい」

さくらは戸惑っていた。

「さあ、駄々子みたいにしていないで。濡れたものを、この駕籠に入れてバスルームから放り出してくれればいいですよ」

「……駄々子じゃない、でも……恥ずかしいの」

英武は安心させるように笑い顔で、

「じゃ、アンダーウェアーのままシャワーを浴びて、私がクリーニングの仕上がりまで外にいる間に、そこにあるドライヤーで乾かせばいいでしょう」

「はい……、はいっ」

「少し時間掛かると思いますので、お腹に貯まるものも買ってきます。それから午後の予定考えましょう」

さくらは、バスルームから濡れた服を出し、

「ご免なさい、お願いします」

と遠慮がちに言う。

「はい、気にしないで」

と応じ英武が外へ出た音を確認してから、さくらは熱いシャワーを浴びる。全身が温まりリラックスする。体を拭き、袖はダボダボのまま、ズボンの裾は何回も折って、英武の運動着を着る。髪と下着をドライヤーで乾かし下着をつけて、再度運動着を着ると何となく落ち着く。ベッドの端に腰掛けていると、薬効と軽い疲労からウトウトとし始め、そのまま横になり寝込んでしまった。英武はランドリーの上がりを待って、コンビニで時間をつぶし、サンドウィッチやコーヒーなど食糧を仕入れ部屋に戻ると、さくらの寝顔に接する。思わず微笑みながら毛布をそっと掛ける。さくらが、飛び起きる。

「私、寝ちゃっていた」

思わず二人に笑いが出る。

「済みません。いろいろ有り難うございます。今度は、私がお借りした、このウェアをきれいにして来ます」

「いいのですよ。それはまだ洗う程じゃない」

「でも、私、嫌《いや》なんです」

「何を、また駄々をこねて。それより、その格好、まるで小さい女の子がお父さんの服を着たみたいで、何か楽しくなりますよ。あそこの鏡で見て下さい」

「あら、本当。私、普通の人より背はあるのですけれど、子供みたい。英武さん大きいですね」

手首を中に入れて、両袖を振る。二人で爆笑する。

「そのままで、ご飯食べましょう。あの薬効いたでしょう」

「はい、もう寒気もないし頭も痛くない、悪いのは治りませんけれど」

また笑い。さくらは、サンドウィッチを摘みモショモショ食べていると、英武の視線を感じる。

「んっ、どうしたの、かしら？」

「いや、さくらさんって可愛いね」

「フッ、子供みたい？」

「うん」

「失礼な。怒りますよ」

微笑みながら睨むようないたずらっぽい表情に、英武の思考は急止してしまった。英武は立ち上がっていた。

「さくらさん、僕……」

さくらは、英武の口調が変わったのに、一瞬不安感を抱いたが、

「異国というより異界の男性、こんな方と……私の運命かも知れない……」

という分けの分からない感情が心をほぐし、英武に身を任せるような気持ちに誘われていた。

「僕……あなたのことをもっと知りたい……でも、いけない……」

英武は苦しそうに目をつぶる。さくらは、自分でも信じられない程冷静に、

「英武さん、私だって……。英武さんは、宇都母知の神様がお引き合わせ下さったような方。勿論、住む世界の違う方、でも、私にとっては、いつまでも忘れられない方。私の心に思い出を下さい、英武さん！」

さくらは英武の胸に身を寄せる。英武は無言で、まるで幼子を抱くかのように、さくらを優しくそっと抱きベッドに運ぶ。ことが終わり、何となく気まずい雰囲気の中で、さくらはバスルームで身支度を整え、鏡で少し髪の乱れを直し電車に乗って家路についても安心と確認すると、ベッドの隅に放心したように腰掛けていた英武に少し固くなりながらも微笑み声を掛ける。

「英武さん、今日は有り難うございました。これで失礼します」

「ああ、さくらさん、ごめんなさいね。こんなことになってしまって」

「ううん……、それより英武さん、あのタブノキの話は本当でしょうか？」

「ん、あの木の樹齢が三百年と説明板にはありました。先代が何年生きたかですが、六百年の樹齢に達するものもあるとありましたよね。五百年としても八百年、それと、はっきりしないのですが、今のタ

ブノキも太い幹の空洞となった部分に自分の木屑や土が入り、そこに新しい生命が芽吹いていますが、同じように、どうも先代というのが、その状態で大きくなり空洞から覗いていたらしいのです。つまり、実際に埋められたのはどうも先々代の朽ちるのが間近な大木の下というらしいです。そうすると千年近くも昔の話ですから、何のことやら分かりませんね」

「木にも記憶したり伝えたりする能力があるのでしょうか？」

「ええ、この地球の生命体の全てに意識があります。動物にも虫にも植物にも。低級かどうかの差はありますが。植物は水と養分、そして太陽光を他と競いながら獲得して、それなりの寿命を全うする前に種子という形で自分のコピーを残しますが、個体が朽ちるまでは、その意識に刻まれた強烈な印象は持ち続けるようです。問題は、これを感知し得るかどうかですが、もう少しすると、さくらさん達も出来るようになると思います。今でも一部の人達には、それが理解されていますが、本来は全ての人類が潜在能力として持っているのです。私達も長い間そうでしたが、思考の立脚点、観点を変えれば、その能力が出て来ます。それは、『大地に空に海に生きる全ての生命は、同じ地球生命圏に暮らす仲間なのだ。そして人類は支配者ではなく、その代表に過ぎないのだ』という考え方です」

「英武さん達の暮らす世界って、優しいのですね」

「ははは、長い本当に長い年月を経て、そうなったのです。今も他のいくつかの恒星系に人類と同程度のテクノロジーを持つ生命圏を確認していますが、真の意味での文化という点では私達のレベルとは格段の差があります。ですから、同じ銀河系に暮らす仲間達として見守っています」

やっと、いつもの英武が戻って来たような気がして、さくらは安心した、さっきの落ち込みようは、

派遣研修を断念して戻ってしまうのでは？　と心配したくらいであったから。さくらは、駅まで送るという英武を、

「子供じゃないから」

と断って、ホテルの入口で別れ帰路についた。何とか座席を確保できて、さくらは、車窓から遠ざかるホテルを見ながら、

「英武さん、有り難う。お互いに住む世界が違うんだもの。貴重な青春の思い出を本当に有り難う」

と呟いていた。

## 憂鬱な二日間で抱えてしまった謎

さくらは、川崎を過ぎるあたりから、風邪がぶり返したようで、背筋に悪寒が走り間節がヒリヒリ痛く、お腹も気持ち悪くなり吐き気がし始めていた。新橋で降りようかと思ったが、まだ我慢して、東京へ着くとトイレへ急行して胃の中のものを吐く。少しすっきりしたので、ドラッグストアで風邪薬と胃薬を買いミネラルウォーターで飲む。中央快速に乗り替え何とか家にたどり着く。敷地は広いが、家族の生活場所は酒蔵の二階とも三階とも屋根裏ともつかない昔の作りそのままの住まいであった。心配する母親に、わざと明るく答える。

「ゲリラ豪雨様にお会いしたの。そしたら風邪をプレゼントされたの」

「あなた薬飲んだの？」

「はぁい、でももう一服飲んどく。夕飯無理だと思う。明日の朝までごめんなさぁい」

ベッドに転がり込むと、

「だいじょうぶなの？　コロナじゃないよね。インフルエンザ？　電車の中蔓延しているっていうから」

「うん、違うと思うの。熱はないから」

「でも寒気がするのでしょ。大丈夫なの？」

「心配しないで。明日は元気になるから。この前、兄貴からもらった睡眠導入剤も飲んでみるわ」

「睡眠導入剤って、あなた、お酒じゃないの？」

「そう、うちのご商売」

「何バカなことを言っているの。ご飯が食べられないんでしょ。やめなさい」

「そう、そうよね、とにかく寝させて。あっ、これ。お父さんとお母さんで一粒ずつ飲んで。私も飲んだけど、インフルエンザには絶対にかからないっていう栄養剤なの。慶應でもらったの」

「ほんと。有り難う。飲んでみるよ。それより、ちゃんと寝るんだよ」

さくらには、兄がいたが既に世帯を持ち、父親の体調が良くないので、酒造も含めて仕事の殆どを兄がこなしている。プロフィールで紹介した土産用の酒も兄の発想であった。さくらと同じ大学であったが伝統を絶やしたくないという父親の気持ちに接し、思い切って中途で退学して家業を継いでいた。フランクな性格から友人が多く、いろいろとアドヴァイズしてくれている。そんな所から時々、さくらに縁談ももらってくる。さくらは、その度に、

「お兄ちゃん、まだ学生よ。もう少ししてからにして」

と断るのであったが。さくらは翌日も頭痛と体がだるくて、横になっていた。

「さくら、だいじょうぶか?」

兄が入り込んでくる。

「ちょっと、ノックくらいしてよ。あたしだって女性よ」

「あっ悪かった。おふくろが大分心配しているから。それにな、お前、この前、俺には男を感じないって言ったじゃないか」

「尊敬するお兄様にそんなこと言う人いるかしら」

と布団にもぐり込む。

「母さん、だいじょうぶだよ。こいつ、生意気な口きけるんだから」

しかし、さくらは、とても起きる気にはなれなかった。医者に行けという母親に、

「明日は起きられるから。医者に行けば、逆にコロナなんかをもらって来るかも知れないでしょ」

と言ってベッドで一日暮らしていた。慌てたのは英武であった。当日、帰り着いた頃入れたメールでは、

「具合が悪いから、良くなったら知らせる」

の返事。夜間心配して入れたメールには返事なし。さくらは熟睡していた。翌日も激しい頭痛で、文字を見るのも嫌な時に英武からのメール。

「気持ちは分かるけれど、少し、ほっといてくれないかなぁ」

というような感覚で、自分でも冷たいなと思うような返答していた。その後で、最初に自分の身を明かした時に英武が言った言葉を思い出した。

「さくらさん、安心して下さい。テクノロジーという点では、私達は考えられない程発達していますが、人の持つ感性、人情という点では全く変わってはいません」

「そうね、多分、昨日のことをこだわっているのかも知れない。大人なのに。しょうがないなぁ」

さくらは、改めてメールした。

「ごめんなさい。頭痛が激しくて、何も考えられないの。明日は起きられると思いますから、電話します。また、藤沢の街角探訪にお付き合い戴けますか?」

すぐに返信。

「勿論です。僕でよければ喜んで」

さくらに笑いが戻った。さくらは、英武に兄と同じような感情も抱いていた。

「頼りがいがあるけれど純粋な人。そう言えばまだ年齢も聞いてなかったわ」

さくらには、最後まで聞く機会がなかったが、英武も敢えて百をつける年齢は言いづらかった。実際に若者なのだから。翌日は、頭痛はとれたが、体全体がだるく母親の買い物などを手伝いながら、例の文化財ハイキングコースを見て過ごした。

その中で、「義経の首洗い井戸と首塚」の史跡が目に入り、日本の歴史の中で、知名度抜群の人なのに、その最期が霧の中にあるのは何故だろうかと不思議に思った。平泉で自害したという話なら墓所はどこなのだろう。まさかの冗談とは思えたが、成吉思汗《じんぎすかん》になったという話なら、その経緯は何なのだろう。受験の時の日本史の資料、ネットでの情報、大学の図書館への接続情報と色々調べる内に、さくらには、どうしても理解できないことが二つ出てきた。二つ共、人ならば持ち合わせて当然の感情に関し

てであった

一つは、平泉より送り届けられた義経の首に対する兄頼朝の感情であった。「首実検は家来に任せ、首は海に捨てさせた。そして、その首が川を遡り或いは黄金の亀の背に乗り行き着いた所で祀ったのが首塚で、白旗《しらはた》神社に霊が祀られている」ということらしい。さくらの疑問は、その中の「首は海に捨てさせた」という一文であった。弟の首を肉親として、とても正視できないから家来に真偽の確認を任せるというのは理解できるが、「海に捨てる」であろうか。どんな悪党でも死んでしまえば、遺体は葬ってやるのが人情、それを母親は別とは言え、実の兄が見もしないで捨てさせるであろうか。しかも、日本史のあの辺りには、怨霊騒ぎが溢れている。菅原道真、崇徳天皇、そして平将門と。武家とは言え、自分に怨みを抱いていると思われる死霊を更に追い詰める必要はなかろうに。

そして、もう一つ。義経は平泉で自刃する前に、正妻と女児を手に掛けている。つまり自分の妻と、よちよち歩きで愛くるしいさかりの愛児を刺し殺しているのである。そこにあるのは、追い詰められた末の冷たい非情な決意しかない。ここに、成吉思汗伝説や北方へ逃れ蝦夷の神となったというような北方逃避行伝説が絡まってくる、つまり自刃したのは、義経本人ではなく身代わり、影武者であったとするのである。実際に岩手県には身代わりとなった者の碑まであるという。そして矛盾するが、義経の胴塚もあるという。後世に伝わる義経像からは、連戦連勝の軍神といったイメージの他に愛妾静が頼朝の前で舞った「静の舞」や弁慶達臣下から慕われる優しい人格がある。歌舞伎などで理想化されているであろうが、その虚飾を取り去っても「強くて潔い、そして優しい男」というイメージは残る。

果たして、自分の妻と愛児を刺し殺し、或いは刺し殺させてまで、数人の伴を連れての逃避行という、とりあえずの身の安全を図るであろうか。その先に味方となるような一大勢力があるならまだしも、頼みの綱であった平泉に裏切られてのことである。義経にとっては、平泉より北は未知の筈、例え蝦夷の本拠地、北海道に渡ったとしても、蝦夷には平氏も源氏もあるまい、更に義経を英雄視する事情など皆無に等しい。義経は軍勢を動かしてこその義経である。農産や狩猟の知識など持ち合わせてはあるまい。ましてや蝦夷と大和の間には坂上田村麻呂とアテルイの悲話が語るように、昔からの沢山の因縁が山と積まれている。そのどれもが、蝦夷にすれば、侵略者に対する恨みに連なるものばかりであろう。義経という敗残者、逃亡者に居は許しても、英雄扱いしたり、ましてや諸説の一つのように神として祀る要素など何もない、同様に大陸に渡り、享年三十一才とされる義経が他国人としてゼロから出発し成吉思汗となったなどという伝説は夢物語に過ぎない。

この二つの疑問を常識的に割り切るとすれば、義経という男は妻と愛児を刺し殺して自分一人が逃亡するような性格とは思えないし、頼朝も人間としての情を持ち合わせているならば「捨てよ」と言った対象は真の弟の首ではないという確信を持っていたからではないのであろうか。そうであるとすれば、

「謎は謎を呼ぶだけだわ」

とさくらは口に出していた。そして、更に首が鎌倉に運ばれてきた状況は、時は梅雨の六月、平泉から美酒に漬けられ、何故か四十三日もかけて送られてきたという。

さくらは、父親から日本酒は醸造酒だから火入れをしない限りは発酵を完全には抑え切れないと教えられていた。千年の昔に火入れはあるまい。酒は美酒という。発酵度の丁度良い酒は、漬かっているものの腐敗を更に強める役割でしかなかったかも知れない。首の腐敗の程度は激しかったであろう。人相

など判断がついたのであろうか。しかし、首実検は「確かに九郎判官義経殿の御首級《みしるし》」としている。家来は義経の首と言い、頼朝は偽ものとの確信を持っている、義経はその性格上確かに自刃したと思われるが東北には身代わりとなった者の碑がある、その上義経の胴塚もある、藤沢には首塚と称される標柱がある、矛盾だらけで何かが足りない、何かが隠されている、そう思った時、急に英武がタブノキから聞いた情報が思い出された。

英武は千年も昔のことだと言っていた。約千年と言えば時代が合うような気がする。そして文化財ハイキングコースからは、タブノキの近くに大庭神社があったとされる。現在の大庭神社は時期は不明だが、異なる場所に移動している。元の地は大庭神社旧趾とされ熊野神社が鎮座している。

何だろう、タブノキだけではない、千年という年月はすべての記憶を風化させるのに充分なのかも知れない。英武さんの世界、人類縁者の世界に蓄積されているという膨大な資料から追うしかないと、さくらは、そう考えた瞬間にげんきんにも、英武に今すぐにでも会いたいと思った。

## 義経を語る史跡

二人は藤沢駅北口で待ち合わせた。さくらは、車中でうとうとする自分に、まだ完全に治りきっていないと思いつつ、英武に会ったら、あの日のことは何も触れずに今日の予定を話そうと思った。言えば、何か英武を傷つけるような気がした。辻堂から英武が先に来ていた。英武は開口一番、

「さくらさん、先日は申し訳ございませんでした。年上の男性として深く反省しています」

さくらは、内心笑いがこみ上げて来た。

「あれはもう思い出の中のこと。本当に真面目で純粋な方」そう思いながら、

「英武さん、もうお気になさらないで。でも私は英武さんの思い出の中に、いつまでも大切にしまっておきます。それより、中国への出発も間近なのでしょ。また、街角探訪にお付き合い下さって有り難うございます。風邪で寝込んでいる間に沢山の疑問が湧いて来ました。聞いて下さい」

駅のコンコースから市民の集いの場とされるサンパール広場を抜け、銀座通りと称するかつては賑わったであろう通りを歩きながら、さくらは抱いた疑問を話し続けた。話が一区切りすると、

「さくらさん、歴史を専攻していると言っても通るんじゃないですか。凄い分析ですね。でも多分、これから訪ねる史跡では回答は得られないでしょう。私達……人類縁者の所にも人類の歴史に関しての記録がありますが、全ての時代、そして全ての地域というわけではありません。派遣された者の記憶を再生し有効な部分を繋ぎ合わせて一つのドラマとして組み立てられています。人々は、それを娯楽番組として楽しむ場合もあります。唯、私達にとってこの日本の国、日の本は特別な国です。それはお話したと思いますが、更に鎌倉という武家政権に向けての新しい時代の息吹は、何らかの形で保存されているような気がします。そこに、この地が絡んでいるとすればなおさらです。それは、私が後で調べます。もう、あそこが白旗の交差点でしょう?」

さくらは、英武が笑いを抑えて人類縁者の語を言った時の表情に、

「英武さんらしさを取り戻した」

と思い安心した。交差点からほどなく「義経の首洗い井戸」の遺跡があった。平泉から送られてきた

義経の首は、この井戸で、鎌倉での首実検に備え化粧を施したとも、首実検の後に片瀬の浜に捨てられた首が、潮に乗って境川を遡りこの付近に漂着したので里人がすくい上げて、この井戸で洗い清めたとも伝えられている。また、やはり捨てられた首が、夜、目を見開いて黄金に輝く亀の背に乗り飛んできたとも伝えられているとのこと。いずれにしても里人により首塚に葬られ、その霊は白旗神社に祭神として祀られたという。

首塚の本来の位置は現在では特定は難しく、首洗い井戸のそばに標柱のみがひっそりと建っている。送られてきた義経の首には真実味を増すために、もう一つの首「弁慶の首」が伴われていたという。誰の目にも義経主従と言えば、もう武蔵坊弁慶しかいない、弁慶はあの有名な「弁慶の立ち往生」と伝えられる仁王立ちの最期の後、確かに何処にも墓所はない。その首を葬った首塚は八王子社として祀られたとされるが、この社の位置も不明である。首洗い井戸から少しの距離にある常光寺の西側の樹間に八王子社跡と伝えられる場所があり、付近に数基残されている江戸時代の庚申供養塔群に混じって粗製な石碑に「弁慶塚」と刻まれているという。

二人は弁慶塚までは足を運ばなかったが、白旗神社の境内のベンチに腰掛け、さくらの抱いた疑問について話し合っていた。

「首洗い井戸について言えば、私は常識的でしかないけれど、首はかなり腐敗していたというのが前提です。首実検に備えて化粧というより酒の中で浮いていたと思われる腐敗物を洗い流して、全体を整えたくらいの気がします。黄金の亀などという不可思議なものを持ち出されては如何ともできませんが、上げ潮に乗ったということであれば、ここまでの潮流はまず有り得ないし、唯でさえ腐敗している首が更に何日間か水につかり浮上するのも考えられません。井戸の由来は面白くも何ともありませんが、常識論に従うべきだと思います。それから、臺谷戸のタブノキから聞いた首か……うーん」

英武は唸るような声を上げて、

「あのタブノキの話までは、どういうものかなぁ。例え、何か関連があったとしても、そこまでの記録は期待しない方がいいと思いますよ」

少し間を空けて、さくらが改まった口調で言う。

「英武さん、お願いがあるのですけれど」

「何ですか」

「ご無理とは存じますが、叶うれば、英武さんの世界で保存されている記録を私も見せて戴きたいのですが。部外者への規則や制限で難しければ、英武さんから教えて戴ければそれで充分なのですけれど」

英武は考え込んでしまった。さくらが、話し掛けても何も聞こえていないようで、さくらも無言で待つしかなかった。十五分以上の間、英武は微動だにせず、意識を何かに集中しているようであった。

「ふぅっー」

大きなため息と共に英武の顔に笑いが戻った。さくらが飛びつくようにして言う。

「ご免なさい。馬鹿なお願いをして。身の程もわきまえずに、本当にご免なさい……」

「さくらさん、そんなに謝ることなんてないですよ。あれだけの分析をして疑問を抱えて、当然のことだと思いますよ。私がもっと早く気づけば良かったのです」

「そんな、私の我が儘ですから……」

「最初難しいかなと思いましたけれど、何とかなりそうです。私達の世界では、記録の閲覧ですから、当然全ての市民に開かれています、別に取り立てての規則はありません。唯制限があります。これがケースバイケースで、はっきりとはしていないのです。判断はその時々の諸般の事情を踏まえてコンピューターがします。まず、人類の信仰や信条に関することは、閲覧出来ません。例えば、イエスキリストの生涯であるとか、旧約聖書に語られていること等は厳禁です。それから既に歴史となっている事実で人類が認識不能又は誤認識に基づき確定している事項、例えばリンカーン大統領の暗殺などが当てはまりますが、これも人類が何らかの証拠を捜し出し真実に近い判断がなされれば解禁となります。ですから、常に揺れ動き一定しないので、コンピューターによる制限が妥当なのです。義経の首は、既に歴史の中にありますが正誤は別として確定はしておりません、ですから閲覧可能の筈です。唯、前にも話しましたが、どんなに閲覧可能条件下にあっても、派遣された者が居なければ、記録はありません。この点も義経の首は大丈夫の筈です。さて、問題は、私達ではなく、人類が閲覧可能かということですよね。人類自身の歴史記録なのですが、基本的には閲覧不可です。理由は簡単ですが二つあります。一つは、先程話しましたが、記録は派遣された者の記憶を再生し有効な部分を繋ぎ合わせて一つのドラマとして組み立てられています。それ故、人類の著作権のようなカヴァーがかかっています。人類は、その対象外です。もう一つは、閲覧装置は私達の空間にあるということです。人類も物理的には入り込めるのですが、完全にシャットアウトされます。人類の居住空間に比べると私達の空間は『無菌状態』と言ってもよいくらいにクリーンです。私はこちらに派遣されるに当たり三十以上ものチェック、つまり抗菌の植え付けを受けました。人類の生体を完全に除菌することは不可能です。その個体の死を意味します。ですから、やはり閲覧は出来ないのです」

英武は笑いながら語った。

「済みません、つまらないことを申し上げて」

さくらは頭を下げた。

「さくらさん、まだ先があります。そのような状況ですけれど、さくらさんは閲覧できます。閲覧と言っても図書館で疑問を調べるというような事ではありません。美容室でパーマをする時に大きな冠を被りますでしょう。あれに似た形のオウヴァーヘッドコミュニケーターという大きなヘルメットに包まれて、その時代のドラマを視聴する、つまりテレビ番組を見るという感覚です。一方的なもので、さくらさんの疑問を網羅しているかどうかは分かりませんよ」

「有り難うございます。何か信じられないのですけれど。どうして？　という質問はダメですか」

「はい、お答えします」

英武は少し戯けて答えた。

「最初の著作権のような制限は、コンピューター判断だからこそクリアーできます。どうしてでしょうか。さくらさんは私達の関係者だからです」

英武は言葉を句切る。さくらは自分が何か言うのを待っていると思い、

「私が人類縁者の関係者なのですか」

「はい、さくらさんと私は他人ではありませんから。私の記憶の断片を拾えば、コンピューターは納得する筈です」

「まあ、どうしましょう。他人ではない、ふふふ、英武さん有り難う！」

「はい、そしてもう一つ、私の乗り物はもう話しましたよね。そうＵＦＯと呼ばれている飛行円盤です。それの小型で可愛い二人乗りで、こちらの世界での通用語で言えば、多分テンダーと呼んでいいと思います。それにはオウヴァーヘッドコミュニケーターが常備されています。限定された記録情報なら可能ですので、事前許可を受けた記録番組のチップを挿入して視聴できます。視聴と言っても、実際に見聞きするのではなく、脳に直接伝達されます。唯、テンダーに乗ったという記憶とテンダー内の装置については、後で記憶の消去をしなければなりませんが。さくらさん、それが条件となります。いいですか？」

「はい、でも、その記憶の消除で、英武さん、今のあなたの記憶は残りますよね。私は、テンダーも、あなたのお邦の事も、義経様のお首の真実も知らなくていい。英武さんだけは、私の心に残して。お願いです」

「それは、だいじょうぶです……さくらさん……有り難う。僕も、さくらさんの心の中に居場所があればうれしい。これから、僕は、テンダーの送迎担当と相談します。問題はテンダーを着ける場所なのです。夜間でも、どこも人目につきます。私一人ですと、体にセットする反重力装置で上空に停止しているテンダーに瞬時に乗り降りできますが、その装置がさくらさんに安全なのかどうかも分かりませんし、正直どうしたら良いのか迷います。それで、さくらさん、申し訳ないけれど、今日は藤沢駅で失礼します」

「済みません、面倒なことをお願いしてしまって」

「さくらさん、もうやめましょう。僕は、決して面倒なんて思ってもいませんよ。むしろ楽しいし嬉しい。さくらさんと、記憶の共有が出来るのですから」

二人は口数少なく藤沢駅に向かう。駅で別れ際に、さくらが言う。

「英武さん、テンダーって、何て言うのか忘れましたけど、泊まっている船と船の間を行き来する小さな舟のことですよね」

「そう、良くご存知で。『はしけ』と言います」

「それと、『優しい』というような意味もあって、『ラヴ ミー テンダー』という歌はご存じでしょうか?」

「えっ、さくらさん、そんな古い歌、知っているのですか。驚いたなぁ」

「ええ、兄が学生時代、ヨットをしていたものですから。良く歌っていました。あっ、いけない、忘れていました」

さくらはバッグの中から、細長い箱を取り出す。

「これ、兄が造ったお酒です。うち、お酒を造って売っているのです。瓶はきれいなのですが、少ししか入っていません。今夜、召し上がって下さい」

「へェー、お兄様が造られたお酒。『東京桜』、桜は、さくらさんから?」

「いいえ、上野の桜をイメージしているらしいです」

「有り難うございます。貴重なお酒、味あわせて戴きます」

「英武さん、『ラヴ ミー テンダー』は、殆ど忘れていますけれど、確か、静かで優しいそして何か悲しい、お別れを意識させるような歌詞だったような気がするのですけれど……」

さくらは英武の顔をのぞき込む。

「……さくらさんが知っているとは思わなかった。本当は、小さな円盤の訳は、はしけなんかより、ボート、小舟が妥当です。ご免なさい……」
さくらは、微笑みながら優しく労るような口調で言う。

「英武さん、有り難う。私が知らなくてもいいから、その歌を贈って下さったのですよね。本当は規則は厳しいのでしょう？　規則の通りだと、私の中の英武さんも居なくなってしまうのでしょう？　これから、お忙しくなるのは、テンダーのこともあるのでしょうけれど、その調整ではないのでしょうか？」

「……ふぅー、千里眼って言葉がありますけれど、さくらさんの、お気づきの通りです。でも、僕は、さくらさんに言われなくても二人で過ごした時間までは削除させないつもりでした……」

さくらは思った。

「別れを意識して、私にあの歌を贈ってくれたんだわ。本当は、規則通り私の中の彼の記憶も消去すれば、寂しいけれど私のためになるとも考えた筈、でも私も頼んだけれど、彼自身の中で取りやめ、自身への戒めをテンダーに託したのだと思う。しかし、まだ、ふっ切れないでいる。私も、本心はそう。だけど、それは……、彼は住む世界が違う、言ってみれば異界の男、今はよくても将来的には必ずお互いに不幸。私が冷たく装おわねば」

そして思い切って声にした。

「英武さん、人類縁者様、人類のさくらは、あの宇都母知の地でお会いできて、本当に幸せでした。楽しい語らいの時間を有り難うございました。その内、本当のお別れが来ると思いますが、私、この歌を覚えて来ます、その時は歌いましょう、ご一緒に」

「有り難う、さくらさん……。僕は、もう一歩でモモみたいになるところでした。それを、今、踏みとどまらせてくれたような気がします。さくらさんの優しさがよく分かりました」

「モモって誰ですか？」

「うん、あの火焔型土器にまつわる昔話。人類縁者のモモは、人類の男性に恋してしまい、こちらに留まり生涯を終えました。誰でも知っている一番視聴率の高い記録ドラマです」

「……そんな事があったのですか……」

さくらには、とりあえず「明日がある」ということが本当に貴重に思えた。これは英武も同じであった。二人は明日の約束をして笑顔で別れた。

## テンダー

小田急線片瀬江ノ島駅で、さくらは英武を待っていた。昨夜遅くに届いたメールで、十時に、ここで待つようにという指示であった。普段と違う、素っ気ない文章で「本当に英武さんなのかしら」とも思ったが、他にメールもなく、返信したが応答なしで、指示通りに待つしかなかった。

英武は準備に手間取っただけでなく本部からの通知を受け、その対応もあった。内容は中国派遣の延期であった。英武の訪問先はウイグル等の辺境民族であったため、感染症の混乱と騒動が落ち着いてからというものであった。時計は十時半に近づいている。宅配の小型トラックから降りてきた人が、誰かを捜しているようなので、目立つように外に出ると、

「小川さん、小川さくらさんですか？」

「はい」

『良かった、代済みなのですけれど、江ノ島駅で待っている人宛で不安だった。荷は二つ、一つは大きいですよ」

さくらは、サインして降ろされた荷を見て驚いた。スーツケースのような体裁のものが一つと、もう一つがその三倍くらいあるアルミ製のような金属の箱であった。箱はかなり重かった。どうしようか不安になってきたところへ、タクシーから英武が降りて来た。

「ああ、待たしちゃって申し訳ない。説明は後で」

と言って荷物をタクシーのトランクへ入れ、

「海岸まで行ってもらうから、乗って」

とさくらを促す。運転手にウインドサーフィンの道具が入っていると説明していたようで、

「随分大きいですね。サーファーは、みんな剥き出しで持って来ますよ」

の問い掛けに、

「いや、新品で買ったところから配送されて来たんだ。海岸で組み立てたいんだ。どこでもいいよ」

と応じた。

「もう、海の家もないし、あの辺でどうですか?」

「うん、いいよ。おつり要らないから。それと、これは気持ち」

「お客さん、いいのに。そうですか、有り難うございます。重そうだから、下まで降ろすの手伝いますよ」

海岸の砂地まで運転手に手伝ってもらって運んだ箱を空けると、金属のアームのついた細長い椅子の

ようなものと、幾つかの部品が現れる。英武がほっとしたような表情で言う。

「はぁー、やっと全部準備が整いました。テンダーはあそこの人工雲の中に待機しています。昨日戴いたお兄様のお酒、本当に美味しかった。きれいなビンを眺めていると気持ちがふわぁーと解放されて久し振りに寝過ごしてしまいました。それと二人用の反重力装置を手に入れるのに手間取って遅刻、ご免なさい。まず、箱が椅子になります。今組み立てます」

英武は手慣れた様子で、下箱に、数個の精密機械を取り付け箱の蓋を裏返しにして置く。

「ここに狭いですが、二人で座ります」

長いアームのついた器具は四隅のポールと安定のための天蓋であった。スーツケースから大きな厚い布を引き出し、装置全体に懸けて留める。

「これは、人類世界ではまだＳＦの範疇でしかないステルス迷彩装置です。ケースにその制御装置があります」

ケースをポールに取り付け全体の配線をセットすると、やっと英武はさくらに話し掛ける。

「時間がなくて、メールするのもやっとでした。随分お待ちになったでしょう」

さくらは苦笑しながら応じる。

「メールが、本当に英武さんなのか疑ってしまいました。私のために、ご苦労されて、済みません、こんな大がかりな事になるなんて思ってもいませんでした」

「前にも言いましたけれど、いいのですよ。僕は楽しんでやっているのですから。これから、これに乗りテンダーまで行きます。この装置は、このボタンで始動しますが、ちょっとやってみますね」

「えっ、英武さん、機械がどこかへ行ってしまった……」

「はい、ここにあります。という具合で完全にステルスなのです。これは、昼間の太陽光線用。他にもいろいろありますよ。じゃ座って下さい」

さくらは、おそるおそる、ぶ厚い布を捲り中に座る。英武も座る。席を詰めようにも既に肩が触れ合っていた。

「あっ、忘れていました。ゆうべ、ほろ酔い加減で試みた中国の詩、漢詩です。美味しいお酒のつまらないお礼です。

東京美酒如桜花
酔心浩然而優雅
浮世誘無限彼方
人生如一酔夢話

さくらは、英武と体をくっつけて英武の息を感じながら、少ない漢文知識で、声に出して詠んでみた。

「『東京の美酒、桜花の如し。酔心浩然として優雅なり。浮く世を無限の彼方に誘《いざな》う。人生、一酔の夢話のごとし』でいいのかしら?」

「そうです。さくらさん、すごいな、すらすらと」

さくらは振り向くと英武と鼻と鼻が触れ合ってしまい、二人とも照れながら正面を向き直す。

「すてきな詩、兄の酒造りへの情熱、そのものかも知れません。有り難うございます。大事にします」

「何せ、狭くて済みません。少しですから我慢して下さい。ステルス、オン。その横にあるシートベルトを締めて下さい。僕のように。計器全て正常稼働確認。反重力オン」

騒音も振動もなく、さくらにはエレベーターが静かに上昇したような感覚であった。ステルス装置は、単に視覚誤認を起こさせるだけでなく、外気を遮り気圧も調整するようであった。

「着きました、今接続します。タラップは一跨《また》ぎですが狭いです。上にあるバーを握りながら、足元に気をつけて下さい。僕は後ろから補助しながら行きます」

二歩でさくらは、銀色に輝くテンダーの入口に達した。飛行機の搭乗口のような横スライドの扉が開かれていた。

「低いですから背をかがめて入って下さい。二つ座席がありますが、入口に近いほうに腰掛けて下さい」

室内の照明は明るかったが、確かに天井は極端に低かった。

「テンダー本来の業務はパトロールで移動用設計ですから、座るか寝るかしかないのです」

二つの座席は、飛行機の操縦士と副操縦士のように、計器を前にして並んでいた。座ると何とも言えないような心地よい感触であった。

「気持ちよくて、眠ってしまいそう」

さくらに、本当に眠気が襲ってきた。

「いけない、睡眠モードになっている」

英武は笑いながら調整した。

「外がまるきり見えないでしょう。超高速での移動と大気圏脱出のために、全体が一体化された素材でできています。外部はモニタースクリーンで見ます。人工雲の中にいますから、かなり見えづらいと思

います が」

英武が手元の沢山のスゥイッチの一つを押すと、前面に本当に外部を見ているような景色が広がる。

「テンダーのエンジンも反重力で駆動しています。最高スピードは音速の九百倍、マッハ九百、時速百十万キロくらいかな。大気圏脱出で少しタイムロスがあるけれど、滅多に出さない最高スピードだと、月へは三十分弱、火星へは約三日というところです。前にも話しましたが、月の裏側には大規模な、火星には小規模の食糧を始め生活物資生産の場があり担当者が煩雑に行き来しています。本題に移りましょう」

英武は、座席の後ろに横開きのシャッターで区切られたストックヤードから、腰をかがめ大きなヘルメットを二つ引き出してくる。本当に美容院のパーマに使用するような形であった。

「さくらさん、これが記録の伝達装置、オウヴァーヘッドコミュニケーターです。被《かぶ》ってみて。中に大きな柔らかい星形の出っ張りがあるでしょう、その中心を額に当てて、左横についているケーブルを私の方に放って下さい」

装置は口元まで達し、さくらの頭と顔をすっぽりと被う。

「何も見えない」

「いいのです。それで。目はつぶっていても構いません。さくらさんの脳に、視聴覚映像として直接働きかけてくれます。息苦しくなったら、あごの辺にきている球を引いて下さい。酸素が補給されます。私との会話は思いついたことを口に出して下さい。器具がそれを捉えて私の脳に直接伝えてくれます。ええと、さくらさんの疑問に答える記録番組は三つありました。まずマヤの二百六十日の暦は『マヤン・

ラプソディ』が語ってくれると思いますが、その中で第二期人類を絶滅寸前にまで追い込んだ太陽系始まって以来の大惨事についても触れられています。次ぎに義経については『源義経の首争奪』と、短いですが『村岡の盟約』が解決してくれると思います。それと雄略天皇が主役の『宇都母知神社秘話』で『宇都母知』と『不二沢（藤沢）』の名の由来が分かると思います。おまけみたいですけれど、昨日お話しました火焔型土器にまつわるモモの物語『火焔土器悲話』も用意しました。派遣者の記憶の中で登場人物が明瞭に残っている場合は、モノクロの写真が提示され、その他は全てプロデュウサーの作品となります。何か事前に聞きたいことはありますか？」

「いいえ、有り難うございます」

「それでは、最初に『マヤン・ラプソディ』からいきます。リラックスして楽しんで下さい」

# テラ歴史博物館記録番組『マヤン・ラプソディ』

※この番組は、手違いから我々は既に視聴しましたのでお休み時間として、次の義経関係を待ちましょう。

# テラ歴史博物館記録番組『源義経の首争奪』

……始めにスーパーインポーズ（テロップ）が流れる……

〔この記録は、現生人類の通用暦ヨーロッパ暦千百年代の日本国に於ける武家政権の成立に伴う物語である。征夷大将軍として、京政権とは一線を引き鎌倉に幕府を開いた源頼朝とその弟義経の短く儚い縁《えにし》の最終章である。この前章として、後白河法皇は、京の公家政権の絶対性を保持するために、遠い坂東の地、鎌倉にあって政治的にも中央から距離を置き、自立を目論む頼朝の勢力を弱体化させるために、数々の戦効を上げた義経他に恩賞として位階を授けている。頼朝は棟梁として自分に事前認可を受けていないことを理由に、弟義経を除いて他の受賞者全員を処罰した。

法皇は更に義経を厚遇する。頼朝は陰での批判は承知の上で、身内であるが故に不問とした義経に何等の反省の色がないのを苦々しく思っていたところに、以前から義経の独断専行について讒訴していた、頼朝に信頼のある梶原景時《かじわらかげとき》なる人物が、機に乗じ讒言をまつわりつかせたため、ついに頼朝は義経処罰に動く。義経は釈明も兼ねて兄頼朝を訪ねるが鎌倉の領域には入いることは許可されなかった。以前に京から鎌倉に下向していた文人大江広元等の忠告を受け、義経は鎌倉の外れ、藤沢との境、腰越《こしごえ》（鎌倉の海寄りの地名）の地にある満福寺で兄頼朝への謝罪状を書くも、これも梶原景時等により『法皇の策』

との言により退かされる。世にいう『腰越状』である。法皇は、兄弟仲の不和を好機とみて、義経に頼朝成敗を命ずる。しかし、うち続く飢饉から人民は疲弊しきっていて義経の下には戦力が集まらなかった。頼朝が組織した大軍により簡単に破られ、義経は奥州平泉に藤原秀衡《ひでひら》を頼り落ち延びたという経緯があった。」

## 頼朝の思い

頼朝の北の空を眺める憂鬱そうな表情を見て、北条義時（北条時政の次男、政子の弟）が尋ねる。

「おやかた様、私が奥州の様子を見て参りましょうか？」

「ん、そちがか？」

「はい、皆それぞれの立場がありましょうから、父にも姉にも内密で。おやかた様の家子《いえこ》（親衛隊）として私が単身で弟君の実際を確かめて参ります」

「おお、そうしてくれれば有り難いが。わしはなぁ、今ではどうにもならぬが、あやつが、腰越まで来よった折に会えば良かったなと悔いておるのじゃ。確かに、景時（梶原景時）達の言う通り、一時的な和解をさせ、鎌倉にくい込ませようとするあの法皇（後白河法皇）の思惑でもあったろうが、今一つ踏み込めば、会わないで京へ戻すのも策略の内であったような気もする。義時、わしは人には、あの男のことを大天狗だと言っているが、そちだから言葉は選ばん。狸だよ、古狸、策略ばかり廻らしおって。今度のこともそうだ。あのバカが見え透いた手に乗りおって。もう不問というわけにはいかん。でも、何とかしてやりたいがのう。で、泰衡《やすひら》に捕縛して寄こすよう脅しておるのじゃが、どうも煮え切らん」

「はい、そのへんを、おやかた様直属の家子として見て参ります。人が中に入るとややこしくなりますので」

義時は法皇ばかりではない、頼朝の周りにも策略が渦巻いていると思ったが自分の父親の存在もあり何も言う立場ではなかった。

「うん、頼むぞ。郎党を数人連れて行け」

「いえ、それがし一人にて参る所存です。郎党もどこかに繋がりを持っています。おやかた様の胸の内だけにお留め置き下さい」

義時は、遠慮はしたが、

「あって不便なものではないから」

と頼朝から渡されたかなりの路銀を懐に、その日の内に奥州を目指し旅立った。道中、義時は思った。

「亡くなった大庭殿が言われた通りだ。景時なんぞを何で信用なさるのかな。もっとも、本当かどうかは知らないけれど、『坂東平氏の盟約』があると、姉(政子)が言っていたよなぁ。武者なら武者らしくすっきりすればいいのになぁ」

義時の思いにあった大庭殿とは、大庭景親《おおばかげちか》のことで梶原景時を、

「小賢しく、油断のならん奴だ。そなたは若いが断固とした決断力と実行力を持っているように見える、大成すると思う。あんな屑みたいな奴に躓《つまづ》くことのないように注意しておくことだ」

と言っていた。

## 義経の自刃

平泉の近くまで来たという判断で、義時は馬を降り一休みし諸国武者修行の侍を装い徒歩《かち》で行くべきどうかを迷っていた。そこへ狭い道を後ろから数騎の武者が全速で馬を疾駆して来る。数歩先の道端で座り込んでいた老婆が義時の目に写る。

「蹴殺されるぞ！」

一瞬のことであった。義時は老婆に飛びつくようにして老婆と共に道の土手から転がり落ちていた。老婆は立ち上がり、義時に何か恐ろしい物でも見るようにして、ぼうっとした眼差しを向けていたが、走り去る早馬の蹄の音から助けてもらったのが分かり、

「ありがとよ、ありがとよ、こんな婆のために泥だらけになっちまって。お侍さんも急ぐんけ？」

「いや、でも何だろう、あの馬。あっちは平泉だよね」

「うん、そうじゃけん、少し前に大殿様（藤原秀衡）が亡くなって、物騒になっとる。爺が、もうすぐ都（平泉）から戻るけん、分かるじゃろ。あっあれ、爺じゃ」

人影が間近まで来る。

「爺！」

「おお婆、どうしたんじゃ？」

婆が顛末を話す。

「そいつは、有り難うさんだ」

「平泉で何かあったのか?」

「あんた、この土地のもんじゃないな。よそ者とは話をしない事が決まりなんだけど、あんたは婆の命救ってくれたから別じゃ」

と言って語ってくれた所によると、大殿を頼って京から人が来ていたが、大殿が亡くなり、このところ若殿とは不和になっていた様子。今日、そこを襲うとかで方々から侍が平泉の館から少し離れた空き地に集合しているらしいとのこと。先程の早馬も多分その類であろうと推測された。

義時は慌てた。爺さんに「京から来た人」の居所を聞くと馬を疾駆させた。馬は長旅で疲れていたが何とか耐えてくれている。手放さないで良かったと思いながら、爺さんから聞いた「衣川の館」を目指す。騒々しい声と刀の触れ合う音を聞き、前方を見ると煙が上がっている。馬を木立に隠すと全力疾走で目の前の現場へ行く。僧形の大男が血だらけになりながら長刀を振るい奮戦している。

「武蔵坊だ」

頼朝の伴をして一回だけ会ったことがあった。他にも数人が傷を負いながら多数の敵と対峙していたが、もう時は、それ程稼げまいと義時は実感した。時とは義経の自害までの時間である。万が一にも討ちもらすことのないように、後世の誇張もあろうが、寄せ手の人数は五百を数えたという。これに対し義経主従は十の数字であったという。残された時間は僅かしかない、義時は焦った。焦りながら敵兵がなだれこもうとしている母屋を目指そうとしたが、ほんの一瞬、弁慶の目が心配そうに小さな持仏堂に向けられたような気がした。他の三人も母屋を守る気配にありながら持仏堂にも配慮する体勢にある。一瞬、ひらめきにも似て義経最期の場に相応しいと思った。

賭けでもあった。義時は這うようにして持仏堂に向かったが、外から太い環貫《かんぬき》が施されているのが見えた。恐らく中からも施錠されている筈、更に敵兵の視覚に必ず入ると思い、すぐに正面を諦め裏手へ回る。立派な持仏堂だが、構造は鎌倉と同じで側面が比較的弱い。敵兵から死角となる方の側面に隙間を見つけ刀を鞘に入れたままテコ代わりにして羽目板をずらし一気に蹴破ると、人一人がやっと潜り込める空きが出来る。義時にとっては賭けにも等しい一瞬の判断であったが、これが功を奏した。中には既に火の手が上がっていて、小さな穴から火炎による明るさで中を覗くと、積み上げられた沢山の紙束が何本かの倒された紙燭により燃え上がっていた。

その奥の祭壇に座す仏像の下に倒れている人影が見える。義時は必死であった。板の割れ目で背を傷つけながら狭い穴を抜けると、火が回り始めている祭壇の下、うつ伏せになっている武士と横倒しに倒れている女人、その側に女児の遺体を確認する。遺体には静かに火が迫っていた。義時は、武士の遺体を仰向けにすると、まさに見慣れた義経であった。切迫した状況の中、「ご免」と言い首を切り落とすと、倒れていた女人の衣をとり、血の流れる首を何重にも衣に包み、再度、狭い穴にもぐり外へ這い出し、外から、その包みを取り出すと何か大切な品物のように抱え裏手の茂みに身を隠す。大きな喚声と共に大勢の兵が母屋へ乱入して来るところであった。

母屋は既に火中にあった。恐らく遺体を焼く策との見せかけであろう。持仏堂の正面からも怒号が聞こえて来る。興奮した兵士達の目には燃えさかる建物のみが写っているようであった。それを幸いに、隠れるようにして多くの兵士の間をすり抜ける。横目に武蔵坊が沢山の矢を体に刺したまま長刀を支えにして、前方を睨み仁王立ちしている姿が写る。急いで木立に隠した馬に乗り一路鎌倉を目指した。

文治五年閏四月三十日、西暦千百八十九年六月十五日のことであった。義経享年三十一才という。義時は泣いていた。背にしている荷は、義経殿の首である。そして何よりも、武蔵坊弁慶の死に様に「あっぱれ、見事な最期」と思いつつも涙が止まらなかった。しばらく行くと元々長旅で疲れていた馬は用を足さなくなった。付近の農家に寄り、多額の礼金で馬を交換し握り飯をもらう、義時はこれを五回繰り返し、途中季節柄（梅雨）、雨に打たれながらも走る馬の背で仮寝するだけで、何と三日目の夜間、頼朝の館に戻る。待たされている間に睡魔が襲いうとうとし始めたところに、頼朝と三人の郎党が現れる。頼朝が義時の肩を叩く。目を覚ました義時は、呂律《ろれつ》の回らない状態で人払いを願う。

「義時、わしだけじゃ。何があったのじゃ？」

「まず、これをご覧下さい」

義時は抱えていた物を差し出し何重にも巻いた布をはぐ。途中からは血が固まり布どうしを接着していた。血が顔面に凝固し髪が火の熱で縮れている首が現れる。頼朝は幾多の首実検で、人の首そのものは見慣れていたが、目を見開いたまま漏らすような小声で、

「九郎か？」

と義時に問う。義時は極度の疲労と睡眠不足で頭がくらくらする中、ぽつぽつと経過を話した。首を見つめる頼朝の目には涙があった。人を呼ぼうとする頼朝を手で必死に制すると、

「事は絶対に秘密裏に。父と大江様をそれとなくお呼び下さい」

義経の首を布で巻き、部屋の隅に置くと、

「上様、早くお弔いを。死臭がきつくなっております……」

義時はもう限界であった。その場に倒れ込んでしまった。

## 義経の首を前にして

頼朝は人を呼び義時を別室に運び介護させると、義時の示唆した北条時政と大江広元、それに和田義盛加えて梶原景時をも呼ぶように言う。義時は梶原景時には図らないようにと言ったつもりであったが。四人共義経の首を改め、合掌した。大江広元の目には涙があった。託された腰越状に込められた義経のわび証文とも言える意思を活かせなかったことへの悔やみであった。

「好機です。すぐに平泉を攻めましょう」

とする景時を制して言う。

「義経殿を差し出せという、おやかた様のご命令は、まだ活きております。これは義時殿のお手柄。知らぬこととして向こうの出方を待ちましょう」

「甘いですぞ。向こうが戦力を増加させる機会を与えるだけですぞ、義時の手柄はいいでしょう。首のない遺体に四苦八苦している今こそ絶好の機。一気に……」

今度は時政が制する。

「待たれよ、おやかた様、大江殿の策の通り待つのが正解と存じます。多分、義経殿を捕縛できないので、討ち取り、証拠として首を差し出すという算段であったかと思います。そこを倅《せがれ》が邪魔をしました。まさか、こちらに首が届いているとは知らないでしょうから、こちらも知らぬ顔で今まで通りの要求をしておりましょう。藤原秀衡が存命なら、このようなことは始めから起きてはおりますまい、あの泰衡という男は小心者と聞いております。決して一戦に及ぼう等とは考えますまい。当初の方針から偽の首を届けるくらいが関の山。義経殿を捕縛し差し出すように朝廷を通じても圧力をかけたら如何かと存じます。やっと法皇をこちらの手の中に入れることができます」

老猾な武将の頭の中には、既に平泉を制した後の策が浮かんでいた。また頼朝が話を戻す。

「わしは、景時の策を取りたい。この機会に、九郎への弔意を兼ねて平泉を制し関東以北の憂いを断たん」

広元が静かに諭すように言う。

「おやかた様、義経殿の御首が見ておりますぞ。まず供養して差し上げましょう。この季節、加えて義時殿に背負われて鎌倉に戻られましたが、義時殿の体温もあります。これ以上醜怪なお姿を晒すことは、義経殿の本意ではありますまい。北条殿のご推測のように『偽の首』が届いた場合、どうするのかは再度の詰めとなりましょうが、この御首、範頼（頼朝の異母弟、義経の異母兄）様にも内密に、おやかた様を含めこの四人と義時殿の胸にのみ秘めおきますことを再度ご確認戴きますようお願い申し上げます。また、とりあえず茶毘に伏しますことを、この大江広元に、ご命じ戴ければ幸いに存じます」

一瞬の沈黙を時政が破る。

「平泉は討伐として攻められるが宜しかろうと存じます。多分偽の首が届きましょう。その首の真偽ではなくして、『身柄を引き渡せ』という源家の棟梁の命令に従わなかったとしての討伐ということになりましょう。それと、その偽首にわざとらしい伝承を作りましょう。誰かが、恰も義経殿を思わせる風情で北の蝦夷地を目指しそこここで逗留しながら北の外れ竜飛崎《たっぴざき》当たりで消息を絶つ、つまり鎌倉へ戻させます。人々の口伝では当然蝦夷地へ渡ったということになりましょう。法皇の頭は混乱するでしょう。策謀好きの法皇を、策の中で溺らせる、実に痛快とは思われませんか。『誰か』は義経殿を背負いて、雨中も不眠不休で走り続けた倅以外に適役はおりますまい」

「分かった。わしが浅慮であった」

景時も調子を合わせる。

「お二方ともさすがでございますな。泰衡の出方が待ち遠しいですわ」

「広元、荼毘に付した後、埋葬は如何致す？　どこぞの寺に墓を設けねばなるまい」

広元が毅然として言う。

「荼毘と申し上げたは、決して仏教ということではございません。取りあえずの処理でございます。途中で火中よりお拾い申し上げ、髑髏として骨壺にお入れしたいと存じます。おやかた様もお三方も、義経殿の御首を義経殿の御霊《みたま》と相対するという意味で正視できますや？　その眼《まなこ》がしっかりとしておれば、恨み、怨念が込められていた筈とはお思いになられませんか？」

「大江殿、無礼であろう。義経は兄ではなく、棟梁に弓引いた逆賊だ。我等はともかく、おやかた様に怨念とは聞いて呆れるわ。失言を訂正しろ」

景時の言葉に時政が反応する。

「ふっは、は、は。梶原殿、言葉を慎まれるのは、おぬしの方であろう。大江殿の言葉は身に滲みるわ、おぬしだってそうであろう。だからそんなにいきり立っておるのと違うか。法皇との腹の探り合い、このお方は戦の天才だが、そういうことには無頓着であった。確かに大江殿の言われるように、我等は怨念の対象かも知れん。荼毘に付したわけでも仏教でもない、大江殿、神として祀れというご趣意か？」

「如何にも。朝廷におかれても、菅原道真公や崇徳院様の例がございます。特に道真公は、神社ではなく天満宮として、恰も帝の御霊所同様の破格の待遇をもって御霊を鎮められております。怨みを癒すだけでなく、源家の守り神として、お骨を、義経公の背後に常に翻り公が好まれた源家の紋章笹竜胆をあしらった白旗にお包み申し上げ、白旗神としてお祀り申し上げたら如何でございましょうか？」

「怨みか、そんなもの武士にはつきものだ、大江殿は文人故、拘られるのであろうが」

景時の言に頼朝が反応した。

「いや、景時、わしにも時政同様に心に突き刺さるものがある。怨霊とまでは言わんが、正直詫びたい事もある。広元の考えで九郎の御霊を弔ってくれ」

和田義盛だけが、終始無言で義経の既に腐敗が始まっている首を見つめていた。数々の戦を経験し、治承・寿永の乱では源範頼の配下で山陽道を遠征し九州に渡り、平家の背後を遮断している。頼朝政権では、侍所の別当（軍事、警察部門の長）を務め、京、鎌倉を通し誰よりも義経の軍事能力を評価していた。景時当たりを中心に言われる「戦上手」などではなく、士気を高揚させ死地に赴かせる用兵の天才であると。「村岡の盟約」の立役者でもある彼の胸の内では「居て欲しくない存在」であった。彼は義経の首に無言で語りかけていた。

「俺は、あの腰越状の折に、あんたに忠告した筈だ。そのまま平泉に行けと。京に戻ればまた法皇に利用される。それより俺以上にあんたを評価して親身になってくる藤原秀衡を頼れと。あの方なら、兵卒からも慕われる若いあんたに別の道を見つけてくれるような気がしたのだ。例えば、平泉の兵力を背に北に渡り蝦夷地の王としての道を。それを法皇の策にはまって、源家の棟梁相手の負け戦の果てに平泉に逃げ込むとは。秀衡とて打つ手がなかろう。残念だ、あんたの首に出会うとは。俺は、あんたの冥福を祈るなんぞと軽々しく言わんぞ。怨むなら怨め、自分で選んだ道だ。この上、俺に出来ることは、大江殿の言う義経神社の適地を見つけるくらいのことだ。既に候補地はある。北へ延びる道と都へ向かう道の交わる所、今は相模国の一の宮寒川社の支社があるあの地だ。幾つもの寺も神社も戦で焼いた、今更一つ加えても仏罰も神罰も変わるまい。あそこを焼き払い、今いる神様には本社にお戻り頂き、全てを片付け整地した上で、あんたの骨を埋めその上に祭壇を築く、それを中心に神社を建て、大江殿の言う通りに、あんたを神として迎える。神様だ、怨みを晴らすもよし、鎌倉が志向する武家政権を見守るもよし、神様となったあんたの気持ち次第だ。義経殿、今生のお別れ、おさらばにござる」

この思いがそのままに、後世藤沢宿と呼ばれる地の外れに、白旗神社の主神として義経は祀られることとなった。しかし、神社にも系列がある。源氏が三代で耐えた後、義経が有名になるのは、江戸期に入ってからの歌舞伎の影響からで、氏子としての地元では、鎌倉政権の意向で設置された神社より、元の信仰、元々祈願していた寒川神社への要望が強かった。幕府からの上納金がなくなったのを機会として、再度寒川社の系列に入ることになり、義経は主神の地位を失うこととなる。社名も寒川社に戻るが、江戸期に入り徳川家康が源氏を称したこともあり、白旗社を復活したという経緯もあった。

## 平泉からの義経の首

義経死後四十三日にして、その首が武蔵坊弁慶の首と共に鎌倉に届く。途中からの先触れにより、頼朝の下に北条時政、梶原景時、大江広元、和田義盛の四人が集まる。義時は既に奥州にあった。頼朝を含め五人は、皆余裕の顔であった。結論は、始めから出ていた。

「首実検により、義経公本人の首に相違なしとする。捕縛の命に反し、多勢で居所を襲い妻子諸共自刃に追い込み、更に討ち取った首を不当にも何日間も放置し、あえて五十に近い日数《ひかず》を経て鎌倉に放出するという、人として血も涙もない、信じられないような挙に出ている。仮にも、朝廷より判官の職を賜った平氏討伐の功労者であり、源家棟梁の実弟でもある。非業の死に追い込まれ、死後に於いても故なき不当な扱いを受けた源九郎判官義経殿の弔いを兼ねて、悪行を積み重ね恥じることのない奥州藤原氏討伐を勅許をもって断行する」

というものであった。時政は内心笑いが止まらなかった。義時による義経逃避行は「うわさ話」として法皇の身辺に、それとなく届いている筈である。勅許はすぐには出まい、これも法皇への貸しとなる筈である。首実検には、梶原景時、和田義盛の二名が立ち会うこととなった。大江広元、和田義盛は、義経の墓所を兼ね霊を祀る神社の予定地でもある寒川社の支社のある地を管轄する大庭景義（村岡の盟約を是とせず平氏としての存念を貫き処刑された大庭景親の兄）に頼朝の許可の下、顛末を打ち明け、

「景義頼むぞ」

の頼朝の言を得ている。寒川神社本社には多額の寄贈により既に話がついていたが、その一室を仕切

り周りを笹竜胆の白旗で囲まれた祭壇に安置されていた義経の白木の箱に入れられた骨壺を前にして、景義は案内した広元と義盛と共に長い間合掌していた。

首実検の前々日に、奇しくもその地の街道沿いの井戸で、藤原秀衡の四男で泰衡の弟に当たる藤原高衡《たかひら》が二十名程の伴連れで運んできた義経の首の「化粧直し」をするという知らせから、和田義盛と大庭景義が、それとなく検分した。義経の首は美酒に浸され黒漆の櫃《ひつ》に納められていた。弁慶の首も美酒に浸されていたが、白木の櫃であった。

美酒とは言っても日本酒であり、後世の蒸留酒の焼酎のようにアルコール度は高くはない。しかも死後四十日以上が経過し、季節は梅雨である。腐臭の酷い中、付き添い人が顔をしかめながら、白布の上に義経の首をすくい上げる。既に腐肉が溶けどろどろの液体と化した美酒に流れ出ていた眼球を眼窩に戻す。液体の中では散浮していたが、首をすくい上げると顔面にへばり付いてしまった頭髪に櫛を当てると毛が櫛に付着し剥離してしまう。それを少し頭丁に戻し全体を整え井戸水で洗い流し、新しい黒漆の櫃に入れ直すと、付き添い人は、そばの茂みに飛び込みゲーゲーと音を立てて吐いていた。

もう一人が代わり、今度はすくい上げた弁慶の首に井戸水を掛けると、そのまま新しい櫃に移した。あまりにも悲惨な姿に二人は瞑目していた。指揮者藤原高衡は、近くで休んでいるという。義盛は、義時から聞いた弁慶の最期の模様を景義に話す。後世「弁慶の立ち往生」と伝えられる沢山の矢を身に突き刺したまま、長刀を握りしめ、それを支えとして前方を睨み仁王立ちのまま最期を迎えた様子を。

「武者として見事な最期を遂げた武蔵坊、あまりにも哀れだ」

二人の目には涙があった。非公式の検分故、義盛は景義に退場を促す。それを景義が制する。付き添い人が、元の櫃を首の遺物の残るまま、離れて待機していた地元民を呼び、捨てるように言い付けていた。

「待たれよ。それは高衡殿の指示によるものか?」

「うん? そのほうは地元の立会人と聞いたが、これは尊い方の垢でござる。捨てねば処理に困る。余計な口出しをすると、鎌倉からお叱りを受けるぞ。引っ込め」

景義は腰の刀に手をかけるのを辛うじて堪え、地元民に目配せして二人はその場を去り寒川社に行くと、境内の木陰で、良い身なりの武士が扇子で涼をとっていた。藤原高衡であった。今度は義盛が、

「無礼な奴。偽りとは分かっておるが、それでも義経公の御首級の化粧直しというのに」

景義が小声で制する。

「明日の首実検のお役目がござろう。堪忍、堪忍。それより、あの遺物をどうしたものかな」

二人は歩きながらの話となる。

「いや、それもだが、お館様は、『形式として改めた後、そのような偽りの首、海に捨てよ』と仰せられている。あれには、北条殿も唖然とされていたが」

「それはないだろう。武蔵坊の首は確かであろうし、偽首とは言っても、名のある武者であろうに」

「おっ、あそこ、あの坊主、あの櫃を拝んでおるぞ、どこかで見たような気がする」

義盛の声に景義が、

「あれは……多分、何て言ったかな、阿弥陀様の救いを説いていた……」

「あっ、そうか阿弥陀様か。あれだ、直実が帰依したという、確か法然といったと思う」

「直実? 熊谷殿か? あの敦盛を一ノ谷で討ち取って、自分の子と同年の顔に涙し悩んだという」

「うん、間違いない。法然だ。こんな所で……、まずいな。地元の奴と話している」

「良いではないか。義経公の御首と弁慶殿の首、それは公《おおやけ》の話ではないか」

「確かに。それに奴等、新しい櫃を持って引き上げておる。残された、あの遺物の入った櫃だ。供養にもなるか」

「何か、言っているぞ。行ってみよう」

地元を管轄する領主として大庭景義は気になり法然と相対する。名乗ろうかどうか迷っていると先に法然が義盛に声を掛ける。

「はて、どこぞで、お目に掛かったような、熊谷殿のご関係か？」

『左様、熊谷殿と一緒に、御坊のお話をお聞きした和田義盛と申す、こちらはこの地を領する大庭景義殿にござる」

「おおそうであった、和田殿であられた」

法然は景義に向かい、

「法然にござります。拙僧は、門地身分を問わず全ての人に、自我を捨てて唯ひたすらに阿弥陀如来にお縋りすることを説いております」

地元民は法然を伏し拝んでいる。「南無阿弥陀仏」と念仏を唱え続ければ誰でも極楽浄土へ往生できるという教えは、「浄土宗」として一般民にも浸透し始めていた。法然は景義に語り続ける。

「この者達から、『この二つの櫃は高貴なお方の御首が入っていたもので、御首は、井戸で洗い化粧直しをして新しい櫃に入れられた。それでこちらの櫃を捨てるように命令されたが、櫃には遺髪等が残っており、何か怨みが残ると怖いから成仏するように』と請われ、共に念仏を唱えていたところでござりました」

「法然殿、その御首の主は、公のことで、お話ししても差し支えござるまい。ご坊も名を知られる源九郎判官義経殿と武蔵坊弁慶殿でござる」

法然は、並べられている二つの櫃に改めて合掌する。

「我等は怨みとは申さぬ、唯あまりにも哀れなお姿故、その残された遺物の入った櫃を如何するかを、迷っていたところでござる。ご坊なら如何なされるや？」

景義の問いに、

「首と言い遺物と言うも、そしてその酷い姿も合わせて、人の果ては全て同じでござる。哀れと思われたお気持ちは既に阿弥陀仏の境地に達しておられる。御首はご公儀にてご供養申し上げるのでございましょうが、この二つの櫃につきましては、この御首をお洗いした井戸と共に、この地にもご供養のため長く人々に語り継がれるよう簡易な塚を作り、ご冥福を祈念出来ればと存じます。大庭様のご指示があれば地元民は喜んで作業すると存じます」

「有り難く存じます。法然殿、今一つお教え願いたい。義経公につきましては、生前のいろいろなしがらみから、菅原道真公同様に怨霊封じも兼ねて、不思議な縁にござるがこの地に神としてお迎えするという話が先行しておりますが、弁慶につきましては未定でござる。弁慶につきましても浮き世の悲しさ、いろいろな経緯がございます。唯、義経公に最後まで忠誠を尽くし、公をお護りするために武者として立派な最期を遂げられたと聞いております……」

景義は涙を堪えるためであろうか、少し声を曇らせて続ける。

「私の統括する地のどこかに埋葬致したいと存ずるが、何分にも浮き世の経緯、その名を記せない場合も出てこようかと危惧致します。それでも弁慶殿成仏できますでしょうや？」

「大庭様の今のお言葉に込められた真剣なお気持ちは、既に弁慶殿に通じておりましょう。大庭様は、これまでの浮き世の経緯と言われるが、弁慶殿は僧侶にございます。ご自身承知している筈で、如何に主義経公をお護りするためとは申せ、数多《あまた》の人を殺めております。自己の骨など野晒しとなる覚悟の筈、大庭様のご好意、身に滲みて感謝すると存じます。ただ、大庭様がお気になさるのでしたら、武蔵坊弁慶は紀伊国出身で熊野別当の子であったと聞いております。幼き頃親しんだ熊野権現に見守られたら嬉しかろうと存じます。これは拙僧のつまらぬ気まぐれでござる。ご寛容の程を」

だが、この法然の言葉は、落雷のように景義の頭を打った。

「あそこだ、あの地以外にはない、熊野権現も合祀している大庭神社の前にある、あの巨木こそ武蔵坊弁慶の見事な最期を語る墓碑に相応しい、いや死してなお仁王立ちで義経公をお護りした姿そのものではあるまいか。あの地であれば、義経公をお祀りするという神社を背後、そう北からの来襲を、死した時の激しい意志をそのままに唯一人敢然と迎え討つのではあるまいか。昔の神社の名簿(延喜式神名帳)にはある古い神社だが、あそこは、熊野権現様にお願いして他の神様に少し移って戴き、大庭の地、大庭城にあり大庭氏を名乗る我等は、一族が祀る神社としての大庭神社を考えるべきではないか。救い切れずに、笑って刑場に赴いた弟の景親も喜ぶと思う」

しばらく無言で何か考えている景義を見て、義盛がツナギのつもりで法然に聞く。

「先程の地元の何か怨みが残ると怖いという話もそうですが、公《おおやけ》に於いても菅原道真公が天満宮に祀られた経緯の裏に、やはり同様の怨霊への恐れがあったと聞いております。怨霊など本当にあるものなのでしょうか？」

「フッ、和田様のお心の内では既に結論が出ているのではありませんか。怨霊？　そのようなものがあれば、たたっ切るのみと」

「まさか、ご冗談を。確かに武者ですから、そのように考えねば生きていけませんが……」

「人、一人一人が刻む一瞬一瞬が連なり繰り返されながら合わせて、人としての全体の歩みとなっていきます。怨みも呪いも、そしてその恐怖も人が刻み、繰り返される一瞬一瞬の一駒。しかし、それらは連なり闇の世界を作っていきます。普通の人は恐れ遠ざかろうとしますが、誰もが心の隅に、その闇の根が入り込んでいます。明に対する暗つまり闇、正に対する悪つまり邪、そしてそれへの恐怖は人が存在する限り永遠についてまわります。言葉を逆《さか》しまにすれば、人の存在がある以上永遠に続く恐怖が闇の世界を捉えるとも言えます。その恐怖の基は己の刻んだ一瞬にあります。つまり、己の刻んだ一瞬の恐怖が闇の世界を呼び出し、怨霊を形作ることになります。我等はその全てを離れて唯ひたすら阿弥陀仏にお縋りする念仏により心の平穏を願っております」

景義が微笑みながら法然に言う。

「私は、ここで、ご上人にお会いできて良かったと思っております。迷わずに弁慶殿を弔いましょう。そして、弁慶殿が人々が刻み作り上げた闇を背負い怨霊騒ぎを起こさないように、熊野権現様に見守っていただくことに致します。ご上人、有り難うございました」

義経の首実検は、運んできた藤原高衡とその配下の三人が見守る中、打ち合わせ通り腰越にて梶原景時と和田義盛によって行われた。櫃から台上の白布の上に出された首は、腐臭を放ち見分けなどつきようもなかった。高衡達の目には極度の緊張と不安が読み取れた。

「恐らく、これでは本人と分からぬ」

となった場合の言い訳は用意していたであろうが、検分役の二人はしばらく見つめてから頷き合い合掌した後、景時が、

「藤原高衡殿、お役目ご苦労にござった。我等は、主源頼朝公に、源九郎判官義経公の御首級に相違なき旨報告仕る。義経公の従者武蔵坊弁慶については詮議の外である。皆様におかれましては、これにて平泉にお引き取りのほどを」

高衡は抱えていた不安の大きさから、解放され腰が抜けたような状態で配下に支えられながら一礼し退場した。二人はしばらく腐敗の激しい首を眺めていたが、かなり現実派の梶原景時でさえ唇を噛みしめながらつぶやいた。

「いずれ名のある武将であろうに。あまりにも哀れな……」

続けて、

「和田殿、おやかた様のご意志のとおり海中へ送りますか?」

「梶原殿ならどうなさる?」

「武士の情けという言葉もある。義経公の身代わりとして果てたのであろう。気持ちは理解できる。私は、この腐臭だけでも、もう沢山だ。こんな姿では、海中に送っても魚も相手にしてくれまい。和田殿

さえ承知して戴ければ、名が判明しても記す訳にはいかないが、どこかに葬るだけはしてやりたいと存ずるが如何かな?」

義盛は勿論同感であったが表に出さず、

「私も同じだ。ただ、おやかた様に近い梶原殿の前では言い出せなかった。分かり申した。一切承知仕った。あくまで義経公の御首ですから、弁慶の首も併せて二つの首、海に送り出したが、上げ潮に乗り川を遡り、計画中の神社の付近に漂着するというのは如何かな。あの付近には寺が幾つかある。どこかの無縁墓に永眠させましょう。真偽の程は分かりませんが、この首実験に備えて、神社予定地付近の井戸で洗ったところ、この姿ですから髪やら腐肉やらが落ちて地元も処理に困り、付近に埋め、祟《たた》りを恐れ塚を作ると聞きました。その塚を確認した上で、逆に活用して全てをあいまいにしましょう。おやかた様には宜しいですな」

「勿論でござる。お願い致します」

義盛は二つの実首の入った櫃を、腐臭に耐えながら自身背負い、大庭景義を訪ね、梶原景時とのやりとりを話し、弁慶の首と共にもう一つの首の埋葬を依頼する。景義は、義盛自身が背負って来た姿に感動して、すぐに了承した。

「承知仕った。その首の主は、義経公の身代わりとなるくらいであるから、信任も厚かったであろうし、弁慶とも親しかったと思う。更に長い日数を掛けての旅を一緒に忍んだのであろうからな」

約一月後の奥州征伐に現地で参入した義時の情報により、偽首の主は藤原氏の家臣で、やはり義経の信任も厚かった「杉目《すぎのめ》太郎行信」であったことが判明した。地元の古くからの言い伝えから、後代になってからではあるが宮城県栗原市には「源祖義経神霊身替杉目太郎行信碑」が残され、更に判官森の頂上に義経の胴塚が存在する。

北条時政の法皇に対する策略は周到であった。当初自己の信頼する配下十人ほどを義時につけたが、奥州征伐の後は義時を戻らせ、写経等を手掛けてきた者一人を含む配下の三人旅に絞り、本州の北の外れ竜飛岬まで実に三年近い年月逃避行をさせ、七十に上る地を遍歴させ各地に伝説を残させている。竜飛岬近くの最終の地には、地元に多額の寄付をし、後代義経寺《ぎけいじ》と呼ばれる寺の前身を残している。ここから、蝦夷の本拠地北海道を目指し足跡は消える。三人はやっと故郷の伊豆に戻ることとなる。

時政の胸算用の通り、法皇の心は疑心暗鬼で揺れ動いていた。鎌倉から奥州征伐の勅許を急かされるが、義経の首が鎌倉で確認されたという事実があるものの、北へ逃れた義経が平泉に戻り鎌倉遠征を試みるのではとの希望的観測から、勅許は出さず逆に藤原泰衡追討の延期を命じる宣旨が鎌倉に届く始末となる。時期を逸すると、平泉の兵力増強が懸念されるので、時政は、大庭景義が御家人の最高年齢者であることから、後々のために華を持たせ、「勅許不要」の進言をさせ頼朝もこれにより決断し、全国動員の号を下す。

最終的数字とされるが、二十八万四千騎をもって奥州軍十七万騎を二月足らずで打ち破っている。奥州軍は数だけでなく、実戦経験がなく、対平氏で鍛えた荒武者達に、地元の利を活かせず敗北したと伝えられている。

我等は、派遣調査員が丁度この時期居合わせたため現生人類の詳細な記録を得たが、根元に弁慶の首を埋葬したという巨木も代こそ替わったが、やはり見事な大樹となっている。あの日の大庭景義の言葉通り「武蔵坊弁慶の見事な最期を語る墓碑」として。義経を祀る神社の北辺にあって、弁慶の首、そしてその思いは巨樹そのものとなって次代に伝えられ、今なお奥州を睨んでいるようでもある。

だが巨樹に込められた秘話を知る者はいない。伝承は、ほんのごく一部が形を替え伝説として残る他は全てが、海岸に残した足跡のように時間という波が洗い流してしまうものなのであろうか。

—完—

# テラ歴史博物館記録番組『村岡の盟約』

……始めにスーパーインポーズ（テロップ）が流れる……

〔この記録は、現生人類の通用暦ヨーロッパ暦千百八十年に限定し、日本国の武家政権を開いた源頼朝の挙兵、そして政権樹立の大半を担った坂東平氏の諸将が挙兵前に集まり情報交換した短編物語である。情報交換ではあったが、これを機に遠い親戚筋に当たる平氏諸将の連携から源氏である頼朝政権が誕生した。しかし、その集会の場でも将来を危惧する者がいたが、政権樹立の後、御家人として政権を支えた諸将が北条氏という「つる性植物」（危惧した者の言を利用）により次ぎ次ぎに粛正され、植物は頼朝政権そのものにも絡み根絶やしにして、最終的には北条氏による執権政治が幕を開けることになる。この情報交換は、その発端を作った集会として重用視される。その視点で短い記録をご鑑賞下さい。〕

## 和田義盛の誘い

治承四（通用暦千百八十）年三浦氏に属する和田義盛は藤の花が香る六月の始めに、相模国村岡郷にある村岡五郎こと平良文《よしぶみ》（平将門の叔父に当たるが将門の正当性を認めつつも、乱に組みせず坂東平氏の基盤となった）の館跡に仮陣屋を設けた。そして良文が、都から連れ添って来た愛妻藤紫の追悼に際し詠ったとされる「村肝《むらぎも》の心安らぐ岡の上沢を彩る藤の紫」の歌を添えて良文流に属する坂東の平氏達に、その水源の地に集まり祖先を偲び互いの協力を心に留める集まりを呼びかけた。

同年の四月に以仁王《もちひとおう》（後白河法皇の第三皇子）が、平清盛の暴政に対抗するため、平氏追討の令旨を全国に雌伏する源氏に発し、平氏打倒の挙兵・武装蜂起を促した。これに各地で呼応する動きがあるも、以仁王自身は、五月末に敗死している。

坂東の各地に豪族として根を下ろしている良文を祖とする平氏は、いずれも、早世した嫡男の養子となり村岡の地に父親良文と行を共にした末子の忠光か常陸にあって将門の娘春姫を正妻とした三男忠頼から発している。

忠光の村岡系列からは、三浦氏、梶原氏、鎌倉氏、土肥氏、長尾氏、大庭氏、俣野氏等が出、常陸の忠頼の系列からは、千葉氏、上総氏、秩父氏、渋谷氏、畠山氏、河越氏、江戸氏等が出ている。和田義盛の呼びかけに応じ情報交換を兼ね参集したのは、相模から梶原景時、土肥実平《さねひら》、大庭景親、大庭景義、俣野景久、渋谷重国、房総から千葉常胤《つねたね》、武蔵から畠山重忠の諸将、そして良文の長兄国香の系列にある伊勢平氏平直方の子孫と称する北条時政が客分として出席した。

顔を見知らぬ面々もあり、和田義盛が順次紹介して最後に北条時政となるが、これについて大庭景親が「話が違う」として席を立とうとした。これを兄の景義、弟にあたる俣野景久が押し止める。和田義盛が行き掛かり上、進行を務めたが、最初に通知書面の通り出席者及び発言内容は、共通の祖先平良文公の霊に誓ってこの場限りのものとすることが確認された。その後は座談形式で各自の自由な発言となった。話題の中心は、やはり以仁王の平氏追討の令旨に関してであった。

「文面は如何なるものか」という疑問が出ると、北条時政が和田義盛に発言許可をもらい、四月二十七日に伊豆に配流されている源頼朝の下にも届いている旨、また清盛政権を対象とするのではなく、漠然と平氏追悼である旨を話す。千葉常胤が眉を寄せながら、

「同じような事ばかり繰り返してどうするのだろうなぁ。ご本人は亡くなられたといっても、帝が取り消さない限りは、いずこの平氏も逆賊か。それで源氏の世になり朝廷の気に触ることがあれば、今度は全国の平氏宛に源氏の追討か。中央政権の座にいる者は当然の事と思うが、我等土着の者が一番迷惑だな」

梶原景時が北条時政に直に質問する。

「頼朝はどうするのだ。おぬし舅であろうが」

少し座がざわつく。時政の長女政子（当時の名は不詳、時政を隠居に追い込んでから自称したという）が頼朝の正妻となっていることを知らぬ者の方が多かった。

「舅と言うても、本来は流人としての頼朝を見張る立場で複雑だ。ご本人は、しばらく静観しておったが、木曾義仲のもとに相当数の兵力が集まり京を突く気配があるという不確かな情報で、本来の源義朝の嫡流としての自己を意識し始めている様子である。また甲斐源氏も動いていると聞き及んでおる」

# 平氏の隠れた絆

和田義盛が発言する。

「私の言うことなど皆様は重々ご承知とは思います。将門の乱はありましたが、良文公所縁の我等坂東の平氏と、良文公の長兄国香殿の嫡男貞盛殿の流れにある伊勢平氏とは隠然たる絆がありました。将門の嫡子将国と将門の生き残った弟の将文が赦免され、将国は常陸の信太《しだ》郷に将文はその隣地大谷郷に生き延びております。朝廷に対する謀叛、叛徒ですよ、無論良文公の努力もありますが、この裏には伊勢平氏の暗躍があったと聞いております。更に、もう一度房総を中心に平忠常の乱がありましたよね。あの折も何か不徹底な仕置きでした。やはり伊勢平氏の力があったと聞いております。そして、この度の令旨、対象となるのは全国に散らばる全ての平氏です。噂の通り木曾義仲が都を掌握した場合、現在、清盛を中心に権力の中枢を占める伊勢平氏に我等は何らかの手助けが出来ますでしょうか。私が皆様にお図りすることの根底にこれがございます。何があっても互いに相手を絶滅にまでは追い込まない、どこかで追求を弱めさせる、これがどうも祖先が我等に与えた暗示のようにございます。頼朝殿は、京を離れて、父上が一時いらした鎌倉の地に政権を打ち立てたい理想をお持ちとか。唯、味方となる兵力は、今のところ皆無に近いと言えましょう。北条殿の言われた静観も静観せざるを得ないのでしょう。それで皆様への提案です。我等良文流坂東平氏は、身になんらの不都合の覚えもなき『追討の令旨』の対象となり、全国に散らばる源氏を称する輩に領土を正当な理由をもって侵害されることもありましょう。先手を打ち、頼朝という源氏の御輿を一致協力して担ぐのは如何でございましょうか。一つの賭、勝負事でございます。鎌倉に正当なる武家政権を樹立する。朝廷との交渉も可能でしょう、朝敵となった伊勢平氏とは担いだ御輿の号令で戦いながらも、どこかで『繋ぎ』を持っていくという構想でございます」

和田義盛は言葉を句切り皆の反応を見る。

## 時流か正統論か

「ふーむ、面白いかも知れん。わしと共に房総を二分している上総広常も乗る話かも知れん。北条殿にお聞きしたい、和田殿の言われた鎌倉に政庁という考えは確かなのか?」

「わしは、直には聞いてはいない。嫁いだ娘を通して『京の都という狭い器の中で、武家と公家が権力争いをするから、いつまでも同じようなことが起き、公家は朝廷を盾に策謀を廻らし、武家はそれに振り回される。都の位置とは対局にある、一時父と兄(義朝と兄・義平)が居所とした鎌倉に武家政権を樹立したい』と常々言っていると聞いておる」

大庭景親は時政の言葉遣いが乱雑なのと、北条などという氏は伊勢平氏の正当な流れの中には聞き覚えがないこと、また既に頼朝と姻戚関係を持っていることなどから、始めから信用する気にはなれなかった。そして正当論を展開する。

「何を身勝手な事を。鎌倉は我等が祖鎌倉権五郎景正《ごんごろうかげまさ》こと平景正の居所、もっとも居館は、この地の続き、やはり村岡郷にあったが。それを承知で源氏に捧げよと言われるのか。和田殿の言わんとする『含み』は良く分かる。我等良文流の平氏が坂東に根を張りしは、都から遠いということもあろうが、『坂東のことは坂東で』とする京政権に組みする伊勢平氏の献言によるものとも聞いている。ならば、朝敵の汚名を着せられた我等としては、伊勢平氏に協力し蜂起する源氏を抑え、結果として平氏追討の令旨の取り消しを図るというのが本旨であろう。後白河法皇は『策謀好き』と聞く。その令旨も法皇が背後にいるのではないかと思う。更に頼朝という男は、自分の今があるのをどのように考えているのか。あの男は、継母池禅尼様の嘆願に清盛殿が動かされ配流の身となったが、あの時既に十三才しかも従軍している。武門のならいでは、当然に生きてはいられなかった筈。それを今更、令旨を掲げて清盛殿を仇討ちを兼ねて討つとは聞いて呆れる。令旨などは、人の思惑が根底にあるもの、思惑とは突き詰めれば『欲』でしかない。

その前に、人としての信義がある筈。信義、信頼のない御輿など担いで、伊勢平氏との連携が保てるとはとても思えん。更に、北条殿は、娘子《むすめご》をわざと近づけたとも聞いておる。河内源氏嫡流の種を外孫とする腹があり、我等の力を利用するつもりがあるのではないのか。もう一つ、失礼かも知れんが、北条という氏を伊勢平氏の中で聞いた覚えがない。我等に近づくための方便ではないのか。和田殿、我等が一致して頼朝を担ぐというなら、同族である皆を敵に回すつもりはない。

しかし、北条殿は危険だ。もし和田殿の言う賭に我等が勝ち、鎌倉に初めての武家政権が樹立されても、頼朝の嫡流には北条の血が入る訳ですな。かつての藤原氏、清盛殿の企てにも似て、常に北条氏が『つる性植物』のようについて回ることになりはしないのですかな。良文流坂東平氏として皆同じ立場で頼朝という御輿を担ぐのはいいでしょう。しかし、北条殿は違う。最初の和田殿が文面を繰り返された『出席者及び発言内容は、共通の祖先平良文公の霊に誓ってこの場限りのものとする』という言葉も、北条殿には当てはまらないのではないかな。更に、皆さんはどうお感じになられていらっしゃるかは分からないが、この耳には、北条殿は既に我等の上からもの申す口調と承けたまわったが如何かな？」

　座は少し沈黙が支配する。和田義盛が取りなすように言う。

「まあ、この場は、このような考えもあるという紹介の場で、ここで決議をということではございません。いろいろなご意見があって当然のこと。ただ北条殿をお連れしたのは、私の独断で、これにつきましては皆様にお詫び申し上げます。北条殿からの出席希望があったわけではなく、私が無理にお願いした経緯がありますのをお含みおき下さい」

　義盛にも時政の言葉遣いは不遜に思えたので弁護するような形となった。土肥実平が発言する。現在の湯河原、真鶴、熱海方面を領する実平は伊豆との地理的位置もあり、既に時政と好《よしみ》を結んでいる。

「大庭景親殿の言葉にこだわるわけではないが、頼朝は討とうと思えばいつでも討てる。我等の手持ちの兵だけでも北条殿は守り切れまいと思う。唯、頼朝が事を起こさない限りは、討つ理由はござらぬ。当たり前のことでござるが、以仁王の令旨は、平氏追討であって源氏討伐ではない。確かに大庭殿の言われるように清盛への信義もござろう。だが、時は常に動いている。現在、全国に散らばる源氏を称する者達の中にあっては、頼朝は貴種であると思う。系列から言えば義仲や甲斐源氏なども、本来は頼朝の号令下にある筈。和田殿の策のように御輿と考えれば、最高の御輿だ。いずれ誰かが担ぐと思う。それで頼朝が鎌倉を目指すとあれば、その道筋にある我等は、平氏追討の令旨から成敗の対象となる。頼朝に負ければ当然にして領地を失う。勝っても朝敵の汚名を着て、更なる追討の対象となる。どこかで和議ということならば、和田殿の言われた賭けに参加してはどうか？」

顔をしかめながらも発言を自粛している景親を見て義盛が、

「まあ、先程も申し上げたが、この場にて決議するということではありませぬ。良文流の坂東平氏として互いに顔を会わせての親睦会でございますれば、その件はもう置いて、ささやかですが酒肴の用意もございますれば、どうぞご歓談下さい」

しかし、参加者はそれぞれの思惑を胸に小グループに分かれてしばらく談合した後、全員で二伝寺に眠る良文の墓標を拝し三々五々、それぞれの地に戻り閉会となった。この集まりでの和田義盛の提案に対する対応は、各自の判断となったが、大勢はほぼ決まっていた。断固として反対したのは大庭景親唯一人。積極的に頼朝を担ぐとしたのは、和田義盛、土肥実平の二名に加え北条時政。迷いながらも義盛の提案を受けるとした者は千葉常胤、それに景親の兄大庭景義で双方の弟である俣野景久は、間に入って迷いながらとりあえず大庭家当主の大庭景親に従う、同様に景親の正当論を評価した渋谷重国も景親に味方し、畠山重忠も北条時政への反感から義盛の提案は退ける。残るは梶原景時であったが、北条時政と既に好を結んでいるのが誰の目にも分かる土肥実平と昵懇にも関わらず景親に同調する、つまり双方に根を張ることになる。遠路、村岡に足を運んだ千葉常胤、畠山重忠は、領地に戻ると周辺隣地の領主で集まりに参加しなかった良文流平氏の面々が訪ねて来る。

二人は、やはり自分の思いを入れて話すので、安房、房総は親頼朝に、武蔵、更に常陸当たりまでは反頼朝に色分けされることになる。ここでの単純な色分けでは反頼朝色が強いように見えるが、頼朝の進軍と共にその旗下に順次兜を脱ぐこととなる。不慮の死を遂げたのは二人だけであった。一人は大庭景親である。頼朝は挙兵後、戦略眼のある景親に一時敗れたが、すんでのところを梶原景時の裏切りによって救われている。

以後頼朝の景時に対する信任は厚かった。景親は、自刃を兄景義に押し留められ恭順したが、兄の助命嘆願も梶原景時の言を頼朝が重用視し、笑って刑場の露と消えたという。もう一人、俣野景久は討死にしている。

情報交換のための親睦会、そして又の名を村岡の盟約と称するこの集まりの記録はここで終了となりますが、この時代、バトンタッチする様に数人の調査員が集中的に派遣され、源平合戦、源義経の活躍と平氏滅亡の悲話に関する幾多の記録は別として、この集まりから発展する別編としての記録番組は『頼朝の挙兵と鎌倉』『曾我兄弟仇討ちの闇』『頼朝最期の悟り』『鎌倉源家の枯渇』『北条氏の表舞台』と数編がありますので、ご利用下さい。いずれの編に於いても、刑死した大庭景親の北条時政に対する警戒心を思い出されることと思います。


—完—

# テラ歴史博物館記録番組『宇都母知神社秘話』

……始めにスーパーインポーズ（テロップ）が流れる……

〔この記録は、我等が三億年近い昔から現在も使用しているテラの基準子午線、経度零度零分零秒と、空間座標の原点を示す現実の地点を記念して、テラの仲間達現生人類にも大切にして欲しいという願いを込めて、それまでの標柱ではなく、『神の社』、即ち神社を創建し、その名を『宇都母知』と呼ぶことになった経緯についての物語です。勿論、記録内容は、通常の通り派遣調査員の目が捉えた社会実態と自身の体験に基づきますが、今回は、特にこちら側の意図する能動事項があるので、派遣調査員の独自判断が多岐にわたって要請される可能性が高いことから、何回かの予備調査を事前に実施しました。テラの仲間達の歴史とも言うべき記録番組を数多く鑑賞されている方は、彼等の世界に親しみを感じ、調査員とその管轄本部は自由に連絡調整が可能と思われるかも知れませんが、基本的には派遣調査員の現地での自己判断に任せることになります。

昔の学習を思い出して下さい。実際には、本来、厚さはないものの、現在でも我等の制御能力の届かない時間の壁が存在し、同じ星に基本的には同等の時間帯にいるのですが、この壁により異時空と言う表現が妥当で、どちらかが時間の壁を越え接触しない限り、派遣調査員は現地では単独行為となります。それでは、物語が始まります。

現生人類の通用暦ヨーロッパ暦四百五十七年に即位した雄略天皇を我等は注視した。五男として生まれ、大泊瀬《おおはつせ》皇子と呼ばれていた彼は、皇位継承には、ほど遠い存在であったが、ある偶然を契機として、皇位継承に関係する競争相手の全てを斬殺、焼殺或いは謀殺して、『皇位を継ぐのは我一人、我が行く手を阻む者があれば切って捨てる』と言い放ち、自ら大王《おおきみ》を名乗り天皇位に就いた。臣下を含めて人々の恐怖と畏敬の対象となるのは当然の成り行きであった。我等はそこに注目した。更に彼は大泊瀬幼武尊《わかたけるのみこと》を名乗っており、何代か前に活躍した英雄日本武尊の再来を意識させるように、わざわざ『幼』の字を付している。

大泊瀬幼武大王こと雄略天皇は、それまでの大和、各地の有力豪族による連合体に、大王による専制支配と中央集権化を確立させようとする青雲の志を抱いていた。皇位継承に絡む競争相手の排除などから、大悪天皇（はなはだあしきすめらみこと）の誹謗もある彼には、時代を何代も先取りするような理想があることを見抜いた我等は、テラの仲間達には介入しないと言う原則に協議の末、過去の幾つかの事例同様に、雄略天皇の意図する中央集権体制の実現に協力する例外事例を設けることとなった。

その代わり、座標地点に神社を創建させ、住民をして大切に保存させるという目論見であった。唯一つ、テラの仲間達の信仰と歴史的確定事項への接触が懸念されたが、信仰については、神威を向上させる結果となること、又確定事項との関連では非公開番組となっている『出雲神話』が予想されたが、これもクリアーできるとしてゴォウ・サインの出たものであった。それでは、本番組もゴォウ。」

# 葛城山の神

雄略三（通用暦四百五十九）年の早春のことであった。雄略天皇が葛城山で狩りをしていると、自分と全くそっくりの容姿をした人物が二名の伴連れで現れた。（我等が送ったアンドロイドである。二人の伴は宋、後代の宋とは異なり劉宋《りゅうそう》から我等が抜擢した政治・軍事の指導者と農産を含めての文化面での指導者で、その知識を更に増幅した上で当時の大和の言葉と環境を廻る諸般の事情を脳内に完全にインプットさせ、我等がことは大海の果ての国と記憶させていた）お付きの部下や勢子として動員されていた農民が驚いて見つめる中で、雄略天皇が不審に思い質問する。

「おまえは誰だ？」

「わしか、わしは大泊瀬幼武尊だ」

「何を言う。それはわしの名だ」

「わしか、わしがわしだ」

皆が集まってくる、一旦目を離すとどちらが本者か誰にも分からなくなる。

「あっちが本者だ」

「いや、あっちだ」

という具合に。その内、誰からともなくひそひそと、

「葛城山を統べる、『葛城事代主《ことしろぬし》の神』ではあるまいか」

の囁きが聞こえて来る。事代主の神とは、「出雲の国譲り神話」に絡む事代主命であり、別名を

「一言主命《ひとことぬしのみこと》」とも言う。雄略天皇は、もう一人の雄略天皇の足元に跪く。

「神よ、我は、大悪天皇の誹りを受けながら、天下を大和政権の下にまとめて安寧を期し、万人に幸福を授けんとしています。何卒、我にお力をお貸し下さい」

「よかろう、ワカタケルよ、ぬしも幾分かは、その血を継ぐ伝説の男、ヤマトタケルの描いた夢の続きを追え。人々は我が名を『事代主』と呼ぶ。ぬしが理想、ぬしに代わりて実現するよう味方しよう、また、我が名は『一言主』とも呼ばれる。我は、悪事も一言、善事も一言、言い放つ神でもある。善と悪は表裏をなす。大悪は大善に通ずる。ぬしの理想のための誹謗『大悪天皇』も『有徳天皇（おむおむしくましますすめらみこと）』と同意義である。だが、人の身の悲しさ、時として判断に迷う時もあろう。この二名を終生身近に置き、その意見を参考とするように。また、ぬしが、かつてヤマトタケルが火難に会し相模の地まで勢力を伸ばせし折は、この二人に図らいて、社を創建せんことを言い置く。その地は、かつて、この大空、宇宙の中心として栄えた都の跡を土中に秘めておる。皆の者も、あの白鳥となって伝説の世界へ旅立った英雄、ヤマトタケルの夢を追わんとするワカタケルに忠実であれ」

皆は土下座し、神のご来臨を拝んだ。その中には、大臣《おおおみ》、大連《おおむらじ》（双方とも大和朝廷の最高官位、大連は軍力を司る）もいた。事代主神が連れてきた二人は、身狭村主青（むさのすぐりあお）と、檜隈民使博徳（ひのくまのたみのつかいはかとこ）と名乗り、雄略天皇の側近、秘書官的役割として終生仕えることとなり、二人を通して多くの渡来民が技術者として来朝することになる。二人の名は馴染みが薄いので、これから秘書官と呼ぶことにしよう。秘書官の背後に我等の送りし派遣調査員がいたことは言うまでもない。

## 神の使人《しと》明日香紅鹿《あすかのべにか》

派遣調査員は明日香紅鹿と名乗る女性であった。予備調査で雄略天皇が多くの妻妾を持つ姿が確認され、絶対権力者であることから、我等は女性の派遣を躊躇ったが、順番制と日本国のこの時代に対する彼女の興味、更に両性平等の見地から、女性としての危険を充分認知させた上で、その安全を図るために、異例ではあったが生駒山山中にカプセルを設置し、広場に飛行艇（小型飛行円盤）を常時離着陸可能の状態とした。更に、カプセル付近は特殊のステルス光線で安全が図られていた。秘書官二人とは無線連絡をとり、必要が生じれば、現地に事代主の名は出さずに単に『神の使い』として、反重力による一人用の移動装置を使い短時間で赴く。

食糧は宇宙食で水と併せて、とりあえず二年分を持参したが大方は不要となる。カプセル内も反重力エネルギーによる電気が利用できるという特別待遇であったが、これは、このところ女性派遣調査員の事故が続いていることと、雄略天皇の進軍に協力し神社の設置を廻り直接応対せねばならないという普通の調査員にはない特殊任務からであった。

紅鹿の名は、予備調査で知った雄略天皇が直接口説いたという美少女「赤猪子《あかいこ》」に対抗するために調査員自身が選んだものであった。紅鹿は、五センチメートルくらいの特殊合金でできた反重力を動力源とするロボット昆虫、コガネムシ数機を飛ばし、敵地の情報を映像と音声により詳細に取得する。それを基に秘書官と戦略を練り秘書官が天皇に直接伝え、天皇自らの策として軍事を司る大連に命令して敵地攻略に赴く。テラの仲間達の歴史に足跡を残さないために、我等の通常の携帯用武器ではなく、彼等の当時の技術よりは数段上の強度を持つ刀と鏃を沢山あてがった。

当然連戦連勝で、雄略天皇の進軍のスピードは速かった。畿内近隣を完全に制覇すると東国へ、そして反転して九州へと。紅鹿は、掴んだ情報で戦わないで征圧する、時代が下ると「調略」の名で呼ばれる相手方内部の攪乱と操縦による戦略も秘書官を通して天皇に進言していた。相模の地の併合は、まさにそれによるものであった。社の建設地に無用の怨恨は残さずに、友好関係の中で征圧し、可能であれば地元に協力させたかった。秘書官二人は、大陸からの機織りや養蚕、薬草栽培などに長けた技術者を盛んに相模の地に送り込み、懐柔を図った。

これにより、かつて、日本武尊の東征の折には、野火で対抗したとされる相模の豪族北辺の山間地域を領していた相武国造《さがむのくにのみやつこ》と大磯を中心とした海岸地方を支配していた師長国造《しながのくにのみやつこ》を戦わずして雄略天皇に服従させることに成功した。

勿論、後世の言葉で言う「本領安堵」が条件ではあったが、二人の豪族は大和中央政権下に組み込まれた。まだまだ課題は山積みであったが、葛城山で事代主神に出会った、その年の晩秋には、雄略天皇は例の我等テラの基準地を目指していた。秘書官が指定した海岸より少し入り込んだ標柱のある地を自ら訪ね、その地下に眠る華やかな都に思いを馳せた。天皇の質問に秘書官二人は、答えきれず無線で紅鹿の来訪を促す。紅鹿は初めて雄略天皇に面することになる。

「神の使いが来ます。しばらくお待ち下さい」

二人は野営の準備をし、不測の事態に備え、周りを兵士で固めさせた。背後からの人影に雄略天皇が振り返ると、軍服に近い白の上下で、びしっと決めた紅鹿がいた。紅鹿は、本部からの助言に従い女性らしい服装を避けたのであったが、雄略天皇にしてみれば、見たことも聞いたこともない服装であった。靴も白、手袋も白、全身白ずくめの紅鹿の髪は自然にカットした金髪であった。雄略天皇は目を皿のように見開いて驚いていた。

「神の使いで参りました明日香紅鹿です。陛下におかれましては、順調なお運び、めでたく存じます」

「……はっ、はぁ、神のお使い様、ご苦労様にございます。紅鹿様ですか。鹿は神のお使いと言いますから、名の通りですね……」

雄略天皇は明らかに戸惑っていた。紅鹿は内心笑っていた。少しの男性遍歴から、

「言われる程、男性としての危険度はなさそうだし、自分で何を言っているのか分からない状態じゃないかしら。あまり脅かしても可哀想かも知れない」

と思った。

「陛下、何か、ご質問がおありとかで……」

天皇は少し自分を取り戻したようで、

「以前に事代主の神が私に『その地は、かつて、この大空、宇宙の中心として栄えた都の跡を土中に秘めておる』と仰せられた御言葉を覚えています。大空の中心とは、沢山の星の中ということでございましょうか？　神は、星と星を行き来できたのでしょうか？」

本部は、どの程度の情報を与えるかは紅鹿の判断に任せるとしていた。紅鹿は迷った。超古代都市を現生人類の簡単な飛行機でさえ知らない男に、どこから話すのかを。少しの時間であったが天皇は完全に自分を取り戻したようで、

「それと、陛下は止めて下さい。私もあなたを『神のお使い様』と呼ばねばなりません。我が名は、ワカタケル。魅力的なあなた様を失礼でなければ『ベニカ様』とお呼びして良いでしょうか？」

紅鹿はびっくりした。急な展開である。

「本部の言うとおり気を付けなければ。やはり身分を利用してのプレイボーイだわ」

超古代について語る内容を秘書官達に聞かれないために、それとワカタケルに神意として伝えるために言葉ではなく意識で語りかけることにした。

「いけない、ワカタケルなんて、もう術中にあるのかしら。気を付けよう」

「海を行き来する船がありますね。……」

紅鹿が意識で語りかけると雄略天皇は、紅鹿の口が開いていないのを見て、周りをキョロキョロ見回す。

「これは、神の使い明日香紅鹿が神のご意志で、陛下の意識に直接話しています。私は、陛下のご提案の趣旨を理解し、これからは『陛下』の称号は避けて『帝』とお呼びさせて戴きます。親しみを込めて良い場合は、ワカタケルの帝とさせて下さい。帝は、私を神の使い人という意味で『使人』とお呼び下さい。親しみを込められる場合は『使人紅鹿』とお呼び下さい。帝の意識への私の話し掛けに、帝は言葉を発言されても宜しいし、頭の中で思い浮かべても結構です。それでは。帝のお持ちの船を五十くらい合わせた大きさの船が、昼も夜もこの空を行き来しました。夜、船が動く時に目的地で火を焚くことがありますね。この地下に眠る都には、普通の人には聞こえない音を火の代わりに遠くまで送り船を導いていました。勿論大きな港も陸上にありました。船が陸地を離れ、または陸地に着くための港です」

ここまで言うと紅鹿は雄略帝の反応をみた。紅鹿に答えるために意識を整理していた。整理中は紅鹿でも察知できないが、徐々に語ろうとすることが伺えた。紅鹿は驚いた。紅鹿に質問しようとして描いている船の形は、停泊している船ではなく、全く異質であった。大きな長い箱の先端が尖って両横に鳥の羽を摸した三角形の板が出ているものと、トンボのような細い二枚の板が出ているものであった。

「この男の想像力は凄い。咄嗟にこれだけのものを思い浮かべるなんて」

と紅鹿は感心した。雄略帝は、ぼぉーとしながら紅鹿にどう語ったらよいのか分からないようであった。

「あー、分からない、空行く船ね、飛ぶのだよな、沢山行き来するのね、沢山の人が乗り降りして泊まる所もあるのかなぁ、華やかなんだろうなぁ、きれいな人もいるんだろうなぁ……」

始めは緊張して意識を受けていた紅鹿は、心の中で笑いが止まらなくなった。きれいな人のイメージは、金髪からしてどうも紅鹿らしい。

「何て奴、でも頭はいい。時代を超えている。本部の予備調査での評価『時代を何代も先取りするような理想がある』というのも頷ける。しっかりとした情報を伝えた方が、これからのためにいいかも知れない。禁止されていないから、ヘッドを使おうかな。迷うな」

ヘッドとは、当時の技術に基づく、停止映像を数駒、脳内に再現させる帽子のような器具で、紅鹿は、超古代の保存映像から、ビルや塔が林立する都の写真と美しい船体の星間連絡船とその広い離着陸ポート、そして大気圏突入脱出時に使用する包装ガイド機の写真、戦略装備の整った軍用機の写真を装填していた。

「帝、実際の絵をご覧になりますか？　五枚あります。帝が頭の中に描かれているものとは、大分違いますが、最初の一枚で気持ち悪くなるようでしたら、後は中止します」

「おお、見たい、見たい。気持ち悪くなんかなるものか。この土地の地下深くに眠る昔の空の中心の都、その姿を知りたい。使人殿、是非お願いしたい」

紅鹿は、携帯荷の中から準備してきた帽子状のヘッドを取り出し帝に渡し被るように言う。

「目を閉じて。これが栄えた都です」

「なっ、何だこれは。この家に人がいるのか。ああ、確かに人も見える。使人殿、この家は石で出来ているのか?」

「石のようなものもありますが、大半は、刀に使う鉄のような金属を使っています。次が星と星の間を行き来する船です」

「うぉー、人があれか。なんて大きいんだ。それにきれいだ、形が面白い、光っている。これも金属か?」

「はい、特殊なもので軽いのです。次が、この船の港です」

「広いな。当たり前だな。あんな大きいのが着くんだからな。あの塔から命令を出して、船の場所が重ならないようにするのか?」

「そうです」

と答えながら、紅鹿は思った。

「大した男だ。管制塔の役割を見抜いている。やはり尋常じゃない。今まで立てていた征圧戦略など、情報さえ渡せば、ひょっとしたらあれ以上のものを考えるかも知れないな。見直しましたよ、ワカタケル様」

「次ぎは、あまり意味のないものですが、この地上と高い空の上との間には見えない厚い区切りがあります。そこを抜ける時だけ船を守る仕掛けです。そして次ぎが……」

言いかけると帝が制す。

「待って！　すると、使人殿、これがなければ、あの美しい船は港に来ることはできない？　これが壊れれば空の行き来はできない？」

「そうです」

と答えながら紅鹿はまた感心した。

「他を知らないから当然だけれど、彼にとっては考えられない程進んだ社会の写真を見続けて圧倒されるのではなく、戦略としての往来のストップを考えているんだわ。『日本武尊の描いた夢の続きを追って、天下を大和政権の下にまとめて安寧を期し、万人に幸福を授けんとする』か。でも日本武尊は女性を追わなかったよ。むしろ純情よ。そうか、英雄色を好むか。どちらにしても、本部が応援を決定しただけあって、やはり傑物だわ」

「使人紅鹿殿、最後となる一枚は？」

「あっ済みません。次は戦艦、戦うための船です」

「すごいな。真っ黒い色が見るからに強そうだ。黒は不気味で強く見せるため？　それとも目立たなくさせるため？　戦闘用の船には、あの、守る仕掛けの機械は必要ないよね？」

「全てそのとおりです。でもあまり色の効用はないです」

「これは想像で笑われるかも知れないが、ああいう凄い船が沢山来て、それと戦って都は廃墟になったのかな？」

紅鹿は本当に驚いた。普通なら恐怖か興奮に巻き込まれて、枚数なんて数えられないだろうに。それから、約二億五千万年前の大惨事を引き起こした原因について当たらずとも遠からずの推論をしている。

「帝のご推察のとおりです。それから数え切れない程の年月を経て、都の跡に土が積もり今では土中深く眠っています。ワカタケルの帝、私は、この五枚の絵をお見せするかどうかを迷っておりました。でも、見て戴いて良かったと思います。帝は的確にご判断されています。当時は武器は、恐ろしい程発達していました。ご覧になった都の家は、その中にいた人を含めて一瞬にして、グチャグチャに溶けてしまい付近の森も動物達もみんな消えてしまいました。神は哀れみ、ここに眠ることになった沢山の生命のために、墓標をお立てになりました。それがあの金属の柱です。あの柱は、滅んだ都の中心で、最初にお話ししました灯台の役割をする場所でした。神は帝を選ばれ、帝の偉業に手をお貸しになり、更に帝に、ここに眠る沢山の生命のために墓標を中心として社を建てさせ、帝の偉業が万世に伝えられるようにお図り下さっています。私が帝にお伝えすることは以上でございます」

## 神の社建設に向けて

「使人殿、社を建てるのは、すぐにでも取りかかろう。しかし、どのような社を神はお望みなのであろうか？」

「それは、創建者、帝のご判断によるものとか存じます」

「ふーむ。では、お祀りする神様は、勿論『事代主の神』で宜しいのであろうか？」

「それも、帝のご判断によるものでございます。ただ、事代主の神は大神の代理として顕現されたように存じます」

「使徒殿、我は、かつて我が居所、大和の泊瀬（後代、初瀬となり現代は奈良県桜井市に属する地名で読みも、ハセとなっている）に后の依頼で神社を建てたことがある。その時に知ったが、お祀りする神様によって微妙に社の形が違うのだ。神名か社形かどちらかが分かれば動きようもあるが……。使徒紅鹿様、少し親身になって、お知恵を拝借出来ぬものかなぁ」

紅鹿は、「あれだけ頭の回転が早く、物事に頓着しない性格と思えた人なのに」と思いながら、

「以前に建てられた神社は、帝自身、ご納得のいくものでございましたか？」

と尋ねてみた。

「后が喜んだので、それで良しとした」

「お祀りされた神様は？」

紅鹿は内心どうしようか困っていた。日本国の古代の神々については、全く情報がなかった。

「それも、よう分からぬ。恐れ多いことだが、『事代主の神』も、地元民の言から知った次第である。后に聞けばよいが、行って戻るのにかなり日数が掛かる。事代主の神は、我が約した、その年の内に着工出来るようお取り計らい下さっているようにも思える。この進軍の速さは、ただ事ではない。使人紅鹿殿、そのような冷たい顔をなさらずに助けて下されや」

紅鹿は手立てを思いついてほっとした。

「……コガネムシ達に頼みましょう」

「はぁー、虫?」

「はい、すぐに来ると思います。帝はお后様へ、どうお伝えになられるかを準備なさって下さい。それをコガネムシをお后様と思い話して下さい。コガネムシはその通りをお后様に伝えます。最後には、ご返事は、コガネムシに大きく『伝言』と言うとコガネムシが了解の意味で、前足を上げますので、コガネムシに語りかけて、『終わり』と言えば、そのまま飛び立つと仰って下さい」

帝は、不思議そうな顔をしながらも、草むらに腰を落と地面に何かしるしをつけている。伝言の整理であろう。金色に輝く大きなコガネムシが二匹飛んでくる。紅鹿はすぐに腹の下にある装置を伝言にセットする。

「大きな虫、そうか黄金虫《こがねむし》か、立派だなぁ。神の虫か?」

「はい。道中何があるか分かりませんので二匹で行かせます」

「神の虫は飛ぶのが速いのか?」

「はい、どうぞ、『伝言』と命じられてから、ムシをお后様と思いお話し下さい。途中で間があいても、訂正なされても構いません。いつも、お話しになる感じで結構です。最後に『終わり』と閉めれば、私の所へ来ます。私は幕舎の外におりますので、お気になさらずにお話し下さい」

紅鹿は秘書官と外で話す。后の居所が帝の泊瀬朝倉宮であることが分かると、携帯荷から小さなコンピューターを取り出し手元に残したゴガネムシの記録装置を呼び出し既に入力してある朝倉宮に行き先をセットした。白い上着を脱ぎ地面に広げ、宮で得た記録画像をムシの目から映写させる。秘書官に后がいないかを確認させる。秘書官が最終に近い画像の中心にいる女人を指さす。紅鹿はその女人を特出しムシの最後の行き先に登録して画面を閉じる前に、興味半分で画像をクローズアップさせた。思わず紅鹿は口に出していた。

「かわいい人」

秘書官も笑って肯いていた。紅鹿は、配達往復を記憶させる。

「ああ、終わった」

帝の声と共にコガネムシが紅鹿のそばに来る。二匹の命令情報と伝達情報の共有化を図ると、一匹に補助役を指定する。何かあった場合に代理稼働することになる。コガネムシにスタートリインを送ると、帝も見送るなか、勢いよく飛び立って行った。途中で反重力装置が働き、十数分で目的地に着く。コガネムシの動きは急にのろく慎重になる。触覚に配置されているレーダーを効かせながら、邸内を歩く。奥にある別室に「目的」を見つける。だが侍女が居るらしく話しこんでいる。その侍女が下がり障子を閉め始めた瞬間に部屋に潜り込む。

「いやだ、大きな虫、誰か……」

と叫び掛けようとして、虫が「伝言」と大きな声で言うのを聞き「陛下のお声そっくり……」と思い、虫を怖々《こわごわ》見ながら障子を閉める。虫は室内に人のいないのを確認すると話し始める。聞き慣れた陛下の声に、お后様は驚きながらも注意深く聞く。内容は、

「以前に話した神との約束で神社を建てることになった。参考までにワカクサ（后の名の愛称）の建てた神社に祀られている神の名と、天皇が祀るとしたら如何なる神を迎えるべきかを早急に調べて、我の言を運んだコガネムシを使い、ムシに大きく『伝言』と言うとムシが了解の意味で、前足を上げる。そ

したら、コガネムシを我と思い語りかけて、『終わり』と言えば、そのまま飛び立つ筈」最後に日付が言い添えられていた。日付は本日である。后は一瞬間違えかと思ったが障子のそばで、じっと自分を見ている大きな金色に輝く虫を眺め、

「不思議なこと、でも陛下のご意志のように虫さんに任せましょ」

そう思って見ると、静かに、自分を待っているようである。

「案外可愛いのね」

つぶやくと、その安心感を与える意識にコガネムシが反応して前足をブラブラさせる。

「まぁ面白い虫、待っていてね」

后即ち皇后陛下の名は「若日下部命《わかくさかべのみこと》」と言い、雄略天皇は、この上の二文字から「ワカクサ」と呼んでいた。若日下部命の父親は、善政と最大級の前方後円墳の陵墓（仁徳陵古墳）で有名な第十六代仁徳天皇で、安康天皇二年（通用暦四百五十五年）に大泊瀬皇子妃となり、雄略天皇元年三月三日（通用暦四百五十七年）に皇子・雄略天皇の即位に伴い皇后となった。

妃となった経緯についても裏話があるが、これは後に回すとして、雄略天皇は、この方を生涯大事にされ、即位に伴い皇后となった三月三日に、自分との絆を再確認する意味で、お祝いと記念を兼ねて夫婦雛《めおとびな》を贈り、これが貴族間で継承され平安時代に入って、「雛祭り」として定着するようになったとも言われている。皇后陛下若日下部命が話し終わり「終わり」と言うと、どこからともなくもう一匹が現れ共に夜空高く飛行を開始した。

「あら、二人連れだったの。何か食事出せば良かったかな」

若日下部命の返事には、問いに対する答えが無駄なく、途中訂正もなく語られていた。多少の皮肉もあった。

「陛下の御質問に関して、お答え申し上げます。建てて戴きました社には、天照大御神《あまてらすおおみかみ》と稚産霊神《わくむすびのかみ》がいらっしゃいます。天照大御神はご存じの筈ですが、伊邪那岐《いざなぎ》、伊邪那美《いざなみ》の二神よる国産み、神産み神話で語られる大和の国の元締め的なご存在で、陛下が祀られるとしたら何をおかれても、主神としてお迎えせねばならないと存じます。稚産霊神はご存じないと存じますが、天照大御神を神産み神話の一代目としますと、二代目に当たり『蚕と桑、それに五穀を生んだ』とされ、生産と豊穣を司る神様です。私は、子が授かるようお願い致しましたが、どうも、これだけは神様も携わることのない私の定めのようです。双方共、女神でいらっしゃいますので、陛下におかれては馴染まれることと存じますが、他にお迎えになられる神様のご予定がなければ、稚産霊神を、その地の『地母神』としてお祀り申し上げても良いのかなと存じます。東国では、大地を護る『地母神』への信仰が盛んであったと聞いた覚えがございます。以上でございます。陛下のご健勝をお祈り申し上げます」

相模の野営地では、紅鹿と二人の秘書官が星空を見上げていた。雄略天皇は心配して幕舎に入るように言うが三人はコガネムシの帰りを待っていたのであった。やがて、月の光を反射し金色の点が迫ってくる、コガネムシの帰還であった。紅鹿は、ムシの色が派手過ぎると思っていたが、その状況から、旨く設計されているなと感心した。発進してから約一時間余りであった。

「ご苦労様」

と声を掛け、秘書官にコガネムシを雄略天皇の所へ届けさせる。

「使徒紅鹿殿、信じられない。確かに后の声だ。本人の声をこの虫がどうやってしゃべるのだ？　それに大和までの道を往復したのだよな」

「はい、神のムシですから。それより、お困りの件は目途が、おつきになられましたか？」

「うん、我が愛妻の言葉は、我にしか聞こえぬのか？」

『あっ、あいさい！』

紅鹿は心の中で笑いが止まらなかった。

「使人殿？　使人殿は聞くことはできぬのか？　聞くのが早いが無理なら、我が話そう。いずれにしても、この方針で良ければ決定しよう」

「えっ、聞くことはできますが、私が聞いて宜しいのですか？」

「うん、その方が良い」

紅鹿は、音声を小にしてコガネムシの記憶を再生する。

「……双方共、女神でいらっしゃいますので、陛下におかれては馴染まれることと存じます……」

の声に接すると、先程のクローズアップ写真を思い浮かべ、何故か皇后陛下若日下部命を身近に感じた。

「どうだ、その神様、お二方をお迎えするということで」

「はい、結構かと存じますが、天照大御神様を今すぐにお祀り申し上げるのは、あの地元の実力者二人、相武国造と師長国造に『大和に征服された』という思いを強くさせはしないかと心配です」

「おっ、さすがに使徒様。我も、后の話を聞いた瞬間にそれは考えた。だがな」

雄略帝はニヤニヤしながら続ける。

「彼等は、この先にある寒川社、我は勿論、多分后にも分からぬであろう地元の神への信仰を認めて欲しい旨を願い出ている。つまり寒川社を破壊するなということであろう。我は、その地の神をその地の人々が信仰するのを邪魔するつもり等毛頭ない。どうぞご自由にという気持ちであったが、あの墓標の地には、神、紅鹿殿を使徒として派遣された神の命により、神社を創設する訳であるから、交渉材料じゃ。大和の国の神をお祀りしても、子々孫々まで互いに尊重し合うということでどうかな」

「はぁ、それならば宜しいかと」

紅鹿は本当に雄略天皇を見直した。

「調整力も並ではない。きっと征圧地にも善政を施すであろう。そうだ有徳天皇として」

そして、その言葉を口に出した。

「帝、有徳天皇、ですね」

「ははは」

紅鹿は秘書官二人と雄略天皇の「暗いから泊まるように」という勧めを断り、生駒山のカプセルに戻った。男性としての帝を警戒したのであった。

## 皇后陛下若日下部命

戻ると予備調査の資料から、皇后陛下若日下部命について調べる。父親は仁徳天皇、そして同じ母親から兄として大草香皇子がいた。見逃せない記述が続いた。本記録ではドラマ風に組み立ててみた。雄略天皇の即位前の名は大泊瀬皇子であったが、大草香皇子の宮にいた若日下部命を見初《みそ》めて熱い想いを抱くようになる。これを同母兄の第二十代安康天皇が気づき、大草香皇子に彼女を大泊瀬皇子の妃にと所望した。若日下部命は大泊瀬皇子を直接知らなかったが、兄の大草香皇子は了承した。これが種々の行き違いがあり拒絶したと安康天皇に伝えられることとなる。大泊瀬皇子は五男で天皇とは年の差があったが、二人は親友と言っても良いほどの仲であった。安康天皇は怒った。天皇としての面子もあったが、拒絶理由が「大泊瀬皇子は五男で皇位継承など有り得ない。先の暗い男に嫁がせる訳にはいかない」と伝えられ、親しい弟への侮辱ととり、軍勢を整えると大草香皇子を急襲し殺害する。そして、その妃を連れ帰り自分の妻とする。若日下部命も大泊瀬皇子のために連行される所を家臣の機転で逃れたが、翌々日大泊瀬皇子自身が現れ力づくで皇子の女にされる。泣き腫らし怨みのこもった目で睨む彼女の前に自分の刀を投げ出すと胸の内を語った。

「俺は、そなたを遠くから見て妻に欲しいと思ったが、言い出す機会もなかった。それを兄が知り俺の知らぬ間に代わりに申し込んだ。兄は天皇という身分から、そなたの兄が承諾すると思ったらしい。そして、俺を喜ばせようと思ったらしい。ところが断られた。天皇という面子を失っただけでなく、俺に対して、口を出したことを悔やんだ、それだけなら悔しいが胸に収めるつもりでいたらしいが、その理由というのが『俺が五男で皇位継承の望みもなく将来性がない』ということだったという。兄は自分に子がないのもあったが、俺を評価して、中間にいる兄達には期待していなかった。それが天皇としての誅殺という形となった。そなたを想う俺の気持ちは、今も変わらん。しかし、こんな形となって、そなたには俺に対する怨みしかなかろう。心底惚れた女に、あの世へ送ってもらえるなら幸せかも知れん。

元々、そなたには命を捧げても良いと思っていたくらいだから。無理強いした俺、それから、そなたの兄を誅殺した我が兄への怨みを晴らせ。ただ、兄のために、これだけは弁護しておく。他の兄達や周りが面白可笑しく言っているが、兄は、そなたの兄の死に顔に接し怒りに捉られていた自分を取り戻し、残された家族、妃とその子の面倒を看るつもりで連れ帰ったということだ。恐らく正式な后がいないので皇后の座を与え、その子を養子として育て皇位継承も視野に入れている筈だ。俺は、そなたの心が得られないばかりか、怨みだけを残してしまった今、この世に未練はない。すっきりと、その手であの世へ送ってくれ」

そう言うと目を閉じ後ろを向く。驚いたのは姫、若日下部命であった。

「何を仰る、ウソ……いえ、何か重大な行き違いがどこかであったのでしょう。兄は陛下の申し入れを承諾し、私にあなた様の許《もと》へ嫁ぐように言いました。失礼かも知れませぬが、兄の言葉はこんな風でございました『おまえは顔も知らぬと言うが、男の俺が惚れてもいいような奴だ。あいつの目は輝いている、幾つも幾つも先の未来を見つめている。その辺でチャラチャラしている奴等とは全く違う。陛下の話だと、あいつはおまえに恋しているという、丁度良いではないか。嫁げ。迷わずに嫁げ』と……」

ここまで聞くと皇子は急に前を向き姿勢を整えると、

「何ということだ。行き違いなどという言葉で許されるものか。こんな結末。誰かが企んだ筈……、あいつかも知れん……うん、間違いない」

皇子は中間の兄を疑っていた。一つには皇位を狙っていること、もう一つは若日下部命に色目を使っていたこと、更に安康天皇の連行を拉致として面白可笑しく言いふらし天皇の品格をわざと落としていることと、最大の理由は気にくわないというものであった。姿勢を整え若日下部命に座ったまま頭を丁重に下げる。

「誤解していたとは言え、兄上は戻らぬ人となってしまった。兄上のご遺体はもう……」

「いいえ、明日、家臣達が葬ることになっております」

「今は何処に？」

「あちらの部屋の奥でございます」

「謝りたい、行って宜しいか？」

「ご案内申し上げます」

若日下部命は着衣の乱れを直して立ち上がる。遺体は既に白木の棺に入っていた。皇子は少しの間、その棺の前に正座し瞑目して頭を垂れていた。皇子の本心は謝罪や詫びではなかった。自分を評価してくれていたらしい男への決意表明であった。

「こんな馬鹿なことを身内で繰り返しているから、大和はいつまで経っても、他の豪族を征圧仕切れないのだ。『その辺でチャラチャラしている奴等』か、旨いことを言われた。俺は、機会があれば、そのチャラチャラしている奴等を全員粛正して、伝説の英雄、我等が祖先日本武尊が描いた夢の続きを追い、この国を大和政権の下にまとめ、全ての民に幸を施さん。大草香皇子殿、あの世からとくとご覧下さい」

皇子は立ち上がり、若日下部命に一礼し戻る気配であった。若日下部命は、その眼に驚いた。今までのどんよりとした目ではなく、まさに眼光、鋭い気迫に満ちていた。

「兄の言葉の内にあった『あいつの目は輝いている、幾つも幾つも先の未来を見つめている』というのと思った。入口を目指して歩く皇子の後ろにいる命は、何か自然と見送るような形となった。

「いろいろ誤解があったとは言え、大変な結果を招き申し訳ござらぬ。それでは、これにて」

皇子は未練を断ち切るように立ち去ろうとする。若日下部命は慌てた。

「全ては誤解に基づくもの。まして兄を殺したのは、この方ではない。さき程の行為も無謀とは言え、私を妃に望んでいればこそのこと。そして、あの眼は兄の言う通りの眼だ」

ここまで考えた時に兄大草香皇子の言葉が蘇る。

「嫁げ。迷わずに嫁げ」

前だけを見つめて皇子は歩んでいる。命は急いで履き物をつっかけて、その後ろ姿に呼びかけた。

「お待ち下さい」

振り返った皇子を睨むようにして続ける。

「私はどうしたら宜しいのでございますか?」

「……」

「無責任ではございませぬか？　私は既にあなた様に娶《めと》られたような身となっております……」

「……先程お伝えした筈、そなたを想う俺の気持ちは、今も変わらんと。だが、今兄上のご遺体に接し誓いを新たにした。俺が目指す道は尋常ではない。武力をもって切り拓いていく道だ。沢山の人を殺め沢山の血を流し、川のように流れる血の道を平然として進んでいく鬼の道だ。そんな道を一緒に歩んでくれとは、とても言えん。言えんが、もし道連れとなってくれる気があるなら、俺は喜んで迎える。俺が心底惚れた女《ひと》、命を捧げても良いと思った女だ」

「……それは、私を妃にして下さると思って良いのですね」

「勿論だ。元々兄安康天皇は、俺に代わって、その申し入れをしたのだから」

「大泊瀬皇子様、実家を失い、身一つしかない、このような私で宜しければ、今すぐにでもお連れ下さいませ」

二人は無言で抱き合った。皇子は、若日下部命を再度大草香皇子の棺の前へ促す。

「大草香皇子殿、誤解が誤解を呼び我が兄がお命を頂戴するという最悪の結果となり、申し訳ございませんでした。この誤解、必ず、必ず正します。そして、先程お誓いした鬼の道を歩んでいく決意は変わりませんが、妹御が我が妃となることを承諾してくれました。有り難き幸せに存じます。終生、伴侶として大切に致しますので、どうぞ二人をお見守り下さい」

若日下部命は泣き出していた。優しく肩を抱きながら、

「若日下部命では長くて他人行儀みたいだ、ワカクサと呼んでよいか?」

涙を拭き鼻をすすりながら答える。

「はい、兄もそう呼んでおりました。私は、あなた様をどのように?」

「俺は、以前から思い、今兄上の霊に改めて誓った。俺は、あの祖先の日本武尊が描いた夢の続きを追う。それで近々に『大泊瀬幼武尊』を名乗ろうと思っている。それで、二人の間ではワカタケルと呼んでくれ」

「はい、ワカタケル様！　今、私も亡き兄に誓いました。終生、お慕い申し上げ、良き妃となることを」

その二年後であった。大変な事態が持ち上がった。だが同時に大泊瀬皇子が大泊瀬幼武尊を堂々と名

乗り、伝説の英雄日本武尊が描いた夢の続きを追うこととなる。一連の事件は、安康天皇が連れ帰り皇后とした大草香皇子の妃の連れ子が、睡眠中の天皇を父の仇として殺害したことに始まる。

「ワカクサ、俺はあの兄上の時と同じ策謀と見ている。俺は兄上に誓った『必ず誤解を正す』と。性懲りもなく、兄が親身になって可愛がっていた子供に、仇討ちを吹き込み兄安康天皇を殺害させた。天皇殺害という重罪を着ることなく、皇位を継承しようとしている。主犯は分かっている、リカクサにも色目を使っていた奴だ、そう言えば見当がつくだろう。だが共犯者と思える奴らがずらずらといる。今度は、多分、兄と親しい俺が何か言い出すのを待っている。即位と同時に、天皇として、前天皇殺害で少年を刑死させ、皆を扇動して、邪魔な俺を抹殺しワカクサを妾にでもする魂胆と思う。俺は先手を打つ。あいつらみたいに、ダラダラとはやらん。速攻で誤解を正す。奴等がオタオタしている内に関与した者全員を葬る。結果、俺は競争相手全てを排除して皇位を継承することになる。真実を知らぬ奴等は俺の行為を悪行と批判するだろう。それでよい。俺は、武力を以て全国を大和政権の下にまとめる、祖先日本武尊の夢の続きを追う。ワカクサ、そんな俺の妃でいてくれるか？」

「ふふふ、それは亡き兄に、改めてお誓いになったという当初からのお話ではありませぬか、ワカタケル様。兄も笑って応援してくれると思いますよ」

## 雄略天皇即位

速攻で誤解を正すと言った言葉の通りに、出て行くとすぐに一人の兄を斬り殺し、その足で主犯格と推定していた兄が安康天皇を殺害した少年と一緒いるのを見て斬りかかるが、二人共ある豪族の家に逃げ込む。打ち合わせなのか、その家に共犯者の殆どが揃っているのが分かると、冷たく笑い以前から関わっていた不逞の輩に仲間を動員させ、屋敷の周りに藁束を積み上げ火を放つ。周りを囲むように上がった火の手に慌てふためき逃げ惑いながら家人を含めて殆どが焼死する。外に逃れた者は斬り殺し全員を殺害する。

翌日、共犯者かどうかは不明であったが、有力な皇位継承者であった従兄弟二人を謀殺し、兄安康天皇が殺害されたという混乱に乗じて当面の皇位継承に絡む競争相手の全てを短期に雑作なく抹消し、人々の恐怖を尻目に大王つまり天皇位に就いた。雄略天皇を名乗るとまたたく間に、天皇家の外戚として目障りであった豪族を含めて、畿内勢力を武力により駆逐或いは編入して大和政権を不動のものとした。更に地方へと勢力の拡大を目論んでいる折に、我等と出会うこととなる。征圧した豪族の妻女を数多く自己の妻妾としていたことから、予備調査の初期段階では、「色好み」と評された。

しかし、いずれも事前に皇后若日下部命の了承を得ている節があり、どうも被征圧豪族の残党に対する人質策と融和策であろうと推測するに至った。紅鹿はここまで読むと、

「ふーん、そうであったのか。『英雄色を好む』ではなかったのか、そうでもない、あの美少女赤猪子ちゃんはどうなの?　でも、あれは声を掛けただけか」

と納得した。

## 宇都母知そして不二沢

丁度その時、秘書官からの緊急連絡が入る。用件は、

「材料の調達と大工等人材の確保のための相武国造との面談と、社名と地名の決定の二点で前者については秘書官で対応可能だが、後者について明日来訪して欲しい」

ということであった。紅鹿は、

「さっきの記録のどこかで見た『速攻』ね、深夜まで策を練っている、いや思いつきだわ。あの男の頭、やはり特殊だわ、あの秘書官達だから対応しているけど普通の人には理解できないかも知れない、あっ、もう一人いた、あのかわいいワカクサさん。いいでしょう、明日行きますよ」

とつぶやき睡眠に入った。翌朝七時に催促の連絡。

「まだ顔も洗っていないわ、いい加減にしてよ」

準備を整え、紅鹿は八時に現地に到着する。雄略天皇は多少イライラしながら紅鹿を待っていた。

「おお、使人殿。お待ちしていた。昨夜、神社の名は如何にするかを、あの二人に聞いた。そうしたら我の決定事項であるとの答だ。それを考えるに当たっての、この地の地名だが、以前に国造が二人共知らぬと言った覚えがある。使人殿に聞きたかったが、もう帰られていた。致し方ない、それで一晩中考えたが良い案は浮かばなかった。薄暗い内に外に出て、寝不足で、ぼぉーとしておると、朝日があそこ

の丘から昇り始めて辺りを茜色に彩る美しい風景を作ってくれた。その一瞬に頭に浮かんだ。聞いてくれますか?」

雄略天皇の顔は、疑問を追求する子供のように輝いていた。

「はい、どのような?」

「まず、神社の名。やはり、書き表せねばならぬから、漢字で考えた。后はお祀りする神様を、この地の地母神としてと言っていた。この地の下には、遠い昔に、あの絵のような華やかで、煌びやかであった都が無残な姿で眠っている。そして、その都はこの大空、確か宇宙と聞いたが、その中心であったという。今、我等の世界にあって、その事実を知るのは、この大地の母しかいない。それで『ここが宇宙の都であったとは母のみぞ知る』という意味を『宇都母知』の漢字で表現して『うつもち』と読む『宇都母知神社』というのは如何であろうか? それと茜色に彩られた丘を際だたせ浮かび上がらせる多くの沢を見ている内に、逆に沢の存在があって、丘があるのではないかと思った。我が身に当てはめれば、后がいて我、あの優秀な二人がいて我、大臣や大連がいて我、忠実な兵士達がいて我、そして何よりも沢山の民に囲まれて天皇としての我があると思った。それを教えてくれた、ここの沢は我にとっては、他にはない沢。そして、この地の地下深く、あの廃墟となった都と過去の華やかな思い出と共に永遠に眠り続ける遠い昔の人々にとってこの沢は、やはり、他には絶対に有り得ない。そんな気持ちを込めて、この地を、二つとない沢即ち『不二沢《ふじさわ》』と名付けたい、如何であろうか?」

紅鹿は、今までも何度もこの帝の奇才に驚かされたが、今度は本当に驚いた。

「奇才ではなく鬼才だ。そう言えば、お后との会話の記録で、鬼の道を歩むとも言っていた、人というより鬼人という表現が似合うかも知れない」

と一瞬、ぽかんとしていた。

「如何であろうか？　使人紅鹿殿」

「はっ、はい。社名も地名も帝だからこそのお考え。他の方には、多分考えつかないでしょう。すばらしいと存じます。神々も拍手を贈られると存じます」

「そうかなぁ。使人紅鹿殿に笑われるかも知れないと、内心ひやひやしておったのだが」

紅鹿には、何故か雄略天皇が一段と大きくなったように感じられた。気をよくして雄略天皇は続ける。

「それと、神社の形だが、当初、后の建てた神社を思い出し我にもなく迷ったが、この地に眠る方々を祈念してという趣旨から、本来、あの絵のような建物の方が良いのかなと思った。あの優秀な二人の話によれば、宋国にも、宋国の向こうにも、その先にも沢山の神様がいらっしゃる、そして、その地の独自の神の社があるという。それらの地にも戦が絶えない、時には神を掲げてのものもあるという。しかし、長い目で安定した政権を維持するためには、征圧した地の神には触れないこと、その地の神の社は、その地の象徴であって、その形も多種多様、決して自己流を押しつけてはならないと強調しておった。それで、気づいたのだが、全てを相武国造に任せようかと。さすれば、この地に合うものを作る、結果地元民に親しまれる神社となる。后の文には、東国ではかつて地母神信仰が盛んであったとある。だから国造には、この地の平穏と豊穣を祈って『稚産霊神』という地母神を祀りたい、だが形式上、我等は天照大御神を入れねばならぬ、何せお互いに神様の世界は知らないからなと伝え、この地の地母神だから、この相模の地で作る普通の神社でよいとすることにしたいが、如何かな？」

「はい、ごもっとものお考えかと存じます。ただ、天照大御神様をそのように表現されて宜しいのですか?」

帝は笑いながら面白そうに言う。

「天罰が下るか? 使徒殿もお分かりのように、天照大御神は我等の始まり、水源のような神様。后のような考えもあろうが、我は水源が渓流となり川となりやがて大河として海に至る姿を見ておる。渓流の中に水源はある、川の中にも、大河の中にも。我が身に変えれば、この身の中に水源つまり、遠いご先祖様の天照大御神はいらっしゃる。だから、我が良い建物だと思うなら、その思いの中に既に天照大御神はいらっしゃる。それにな(笑いを大きくしながら)神も、違う土地にいらっしゃるのだ、いつも同じ形の住まいではなく、たまには違った住居でその地の食物を召し上がりたいとは思わんかのう。だから良いのじゃ。天照大御神はご納得されておる。天罰など下らん。そんなものはクダラン。ははは」

「ふふふ」

紅鹿も合わせて笑ったが、内心その合理性に、また驚いた。

「確かに一時代も二時代も先だわ」

数日後地鎮祭があり、寒川神社の神主が祈りを捧げ、相武国造と雄略天皇が二人で鍬入れをして、「めでたし、めでたし」の出発となった。

## 完成式典への皇后陛下の臨席

紅鹿は目立たぬように記録のために遠くから眺めていた。終了し関係者が引き上げると秘書官からの呼び出しがあった。遠くを眺めている雄略帝に声を掛ける。

「何か、ご用と伺いましたが……」

「おっ使徒殿、出席してくれれば良かったのに。盛大に無事終了した」

「おめでとうございます」

「うん、それでな……」

と何か言いずらそうなので紅鹿は一瞬不安になった。

「武蔵の外れの地で併合した豪族があるのだが、あの優秀な二人のお蔭で併合後も友好関係にある。幾多の職人も入れてやった。そうしたら、感謝の気持ちで沢山のその地の産物を后のところへ届け后は驚いておった。中には、かなり貴重で高価なものもあると聞いたので礼の文を送ったら、友好の証として我の剣が欲しいという。刀身に我が名を付したものなのだが。以前に南の肥後（熊本県）の豪族征圧後、向こうにかなりの犠牲者を出したので、あの二人の献言に従い新統治者に友好の証として我が名を刻んだ剣を贈り、先方は感激して墓場まで持っていくと言っておったのが始まりで、後三件贈ったことがあった。それを聞いたからであろう。剣そのものは同時期に十本くらい作らせてあるので、代理を立てて贈ったが、我から直に渡して欲しいということで記念式典を予定しているという知らせが先程届いた。来月の初旬で相模の地に来ているのを知っており、行かないわけにはならないはめになってしまった。あの優秀な二人は警戒もしておる。我を討ち取る策謀でないかと。それで期日に合わせて、既に近隣から相当な兵士に動員を掛けておる。一方、相武国造は十日くらいで仕上げて完成式典を盛大にやりたいと言う。時期が重なってしまって困っておるのじゃ。重要性からはこちらだが、むこうも無視できない、それでな、申し訳ござらぬが使人殿に完成式典に出て戴くわけには参らぬものか？　ご迷惑は重々承知しておるが、これは神様とのお約束のこと、神の代理として完成された姿をご覧戴くわけには参らぬものか？」

理詰めではあったが紅鹿は派遣調査員の任務外であると判断した。

「お困りの状況はよく理解致しました。しかし、私の出席は難しい。何故ならば、神の使いとしての私の存在を知る者は、帝とあの二人のみです。そして私もそうですが、あの二人が帝のご事業をお手伝いしたのは神のご意志に基づくものです。確かに神は帝に、この地に社を建てることを命じました。それは帝がなさることで、神ご自身が関与されることではございません。地鎮祭もそうですが、神は見守っていらっしゃいます。地上のことは全てご存知です。帝が私に神の代理としてと言われるのは、ある意味では神への冒涜です。神は人の集会に決してご出席なさいません。隣りに座られた方と対等にお話しをなさるとお思いですか？　隣りに座られた方と握手をして名乗り合うとお思いでしたならば、神にその旨申し上げましょう。恐らく神社など不要として、この地に大きな落雷ということになりましょう」

紅鹿は自分でも感心する程の理屈で答えた。

「使徒様、申し訳ございませんでした。神を冒涜するなどという恐れ多いことなど毛頭考えてはおりません。行き詰まって、使徒紅鹿様に助けて戴ければとの軽い気持ちを抱いてしまい申し訳ございませんでした。私の気持ちとしては、この社は何が何でも今年中に仕上げご報告申し上げたいと思っております。剣のことは飛び入りです、来年に回すよう調整致します。使徒殿、何とぞ神様にはよしなにお伝え願えればと存じます」

紅鹿は助け舟を出すつもりで、

「帝の代理でお后様のご出席というのは如何でしょうか？」

「それも考えた上での事です。后への使いを、使徒殿のコガネムシに手伝って戴いても、支度もありこちらへは、十日以上かかることは間違いありません。完成式典を大巾に遅らせねばなりません。それに輿でそんな日数を耐えられるのかどうかも分かりません。途中での宿泊場所もありましょうし、やはり私が出席し、剣を調整するしかない、それでいきます」

紅鹿は、言われてみればその通りでこの時代、天皇ですら野宿も何度かはしている筈で、女性それも高貴な身分の女性の長旅など考えるほうが可笑しいのかも知れないと思った。しかし、雄略天皇の言葉使いから、余程のことらしい。一方では何とかしてやりたいとも思った。それに、これがこの仕事の最終頁でもある。出来れば、あのワカクサさんの出席で華やかに終わりたい気持ちもあった。飛行艇は絶対使用禁止、自分の移動機は一人用で、しかも使用には相当な訓練が必要、何か他に良い手立てがあるかを本部に相談するしかないか。

「お待ち下さい。その剣のことでの日程調整は明日でも宜しいですよね」

「うん、充分間に合う、何か策がありますか。使人殿？」

「あるかも知れないのですが、あまり期待しないで下さい。神のお許しがないと」

「まさか使人紅鹿殿が?」

「それは絶対にありません。先程お話しましたように神は人と同列ではありません。お后様です。少し時間を下さい」

紅鹿は生駒山に戻り、すぐに飛行艇を離陸させ少し抵抗はあるが、物質が入ることの出来る中性の時間の壁を抜け懐かしいテラの時空に入る。本部に連絡を入れ、時空外用エアポートの雑菌艇格納庫で待機する。飛行艇内のスクリーンに上司が現れる。

「ご苦労様、何か問題が起きましたか?」

紅鹿はこれまでの経過を話し、任務終了間近での問題を報告し指示を待つ。しばらくして、

「よくここまで漕ぎ着けましたね。皆で話しましたが、ロボット獣の使用でクリァー出来そうです。ロボット獣で、そちらに沢山いて抵抗感のない馬を利用する案です。ただ、ご本人に乗馬ができるかという問題があります。女性、特に高貴な方は、やはり輿というのが常識だと思います。少し訓練が必要かも知れません。それと、あなたも苛烈な風圧を防ぎ、心肺機能を保護のための飛行服を着用しますが、彼女にもそれを着せねばなりません。離着陸は画面によりあなたが操作するにしても、最低、アラームボタンと酸素吸入ボタンの操作は覚えてもらわねばなりません。逆にあなたには、いつも本部が対応するアラーム対策マニュアルを完全に覚えてもらう必要があります。それから、スピードは、本人の体質そして健康状態も分かりませんので、ノーマルスピードの八十パーセントくらいにセットして下さい。それでも、目的地までは半日とかからない筈です。もう一つ、馬の毛色ですが、本部の手持ちは白馬しかありません。時間があれば調達できますが、これを使うことしかないようです。ロボット獣と飛行服、

それに、大きさ中、小の二種類のブーツを早急に生駒山のベースに降ろします。任務終了間近ですので、ロボット獣と飛行服はベースに置いておいて下さい。ブーツは、お后様が気に入るようでしたら差し上げてもいいですよ。ご質問は？」

「有り難うございます。これで何とかなりそうです」

「本部より、これは言わずもがなですが、ご本人が乗馬に嫌悪感を示すようなら無理せずに、雄略帝に日程調整させるようにして下さい。それでは、ご成功を祈ります」

紅鹿は生駒山のカプセルに戻ると手順を考えた。最初はこれから、帝に后への伝言を整理させコガネムシを使い、使人紅鹿の訪問と目的を知らせる。次ぎに手ぶらで后を訪問し自分からも相模の地への旅について安心感を与えるように話すことと、乗馬についての話をする。若干の事前経験の必要性と白馬を、名前は「シロ」として話す。翌日、神社の横で待機させ馴染ませる。次の日は乗馬訓練と飛行服を試着させる。そして所用時間を説明し納得してもらう。二、三日はかかるかなぁ。后が拒否するようなら、その時点で帝に日程調整に移らせよう。紅鹿は笑いながら思った。

「ワカクサさんに会ってみたいな」と。

再び不二沢の地に戻ると、雄略帝に可能性を話す。

「有り難い。使人殿、多分后は承諾しますよ。自分が何かに関与出来るのですから。剣のことは先方に誤解ないように致します。これはね、友好という言葉で飾っていますが、裏には互いの思惑があるのですよ、双方、それを承知で、友好としているのです」

「どのような？」

「ははは、つまらんことですよ。先方は、我が名の入った剣を自慢して、近隣の豪族に自分の背後には、強大な大和があるように思わせる、こちらは、ここにも大和政権が及んでいるという威勢となる、子供だましですよ。すぐ后への知らせをコガネムシに頼めますか？」

「はい。すぐ呼びます」

紅鹿は外に出る。飛来したコガネムシに前回同様の任務で機械調整は必要ないので、そのまま雄略天皇の所へ送る。

「宇都母知か、神社の名としては異質だけど、ここに相応しいし、何かロマンを感じる……二つとない沢か、ワカタケルの帝、私にとってもそうですよ。この地で日本国の古代の英雄、雄略天皇陛下の素顔に接しられたのですから」

ぼぉーと考えていると、もうすぐ任務終了で去り、再度会うことはない帝と過ごした少しの時間が妙に懐かしく感じられ、自分でも笑ってしまった。

「終わった、宜しく頼む」

通常の口調に戻った雄略帝に紅鹿は安心した。やって来たコガネムシの情報共有を図ると、やはり二匹で勢いよく飛び去って行った。これで第一段階終了。生駒へ戻ろうとすると雄略帝に呼びとめられる。

「使人紅鹿殿、我は完成式典には出ないとすると、もうすぐお別れとなる。その後はもう会うことは難しいか？」

「はい、私も何か寂しいですが、そのようかと存じます」

「左様か。致し方なかろうな」

肩を落として幕舎に引き上げる後ろ姿に、紅鹿もほろりとした。

「きゃぁ。大きな虫が飛んでくる、誰か助けて」

侍女の叫びに、もしかしたらとお后様は部屋を跳び出した。

「その虫はだいじょうぶよ。私のお友達よ」

コガネムシ二匹が若日下部命の足元に静かに停止する。侍女の叫びで警護役まで来ていた。

「皆さん引き取っていいですよ。心配は要りません。陛下からのお便りを任務としているのです」

「お便り……？」

不思議そうな侍女を含め皆を下がらす。

「みんな自分の仕事に戻って頂戴」

最後に残った信用する侍女にも笑いながら言う。

「悪いけれど一人にしてね、陛下からのお便りですから。また、何かしら？」

足元にいるコガネムシに、

「ご苦労様」

と言うと二匹共、前足をブラブラさせる。

「この前と同じ、面白い子達」

若日下部命が障子を閉めると、前回同様に帝の声が響く、「伝言」で始まり大きな声で語る。

「陛下のお声そっくり……」

聞きながら、その内容の異常さに戸惑いながら頭の中で整理していた。

「えっ、私が相模まで行くの……完成式典か、出てみたいけれど……神のお使いのベニカ、使人（しと）と呼ぶこと、金色の髪、きれいな人、体に合った白い服、青い眼、なっ何なの。夢でも見られたのかしら。その人が明日来る、本当なのかしら、大変だ。神社の名は『宇都母知』、『うつもち』と読む。すてきな名、すてきな響き、優しくて何か誘われそう、そう行かなければいけないのよね。『宇都母知』、本当に陛下がお考えになったのかしら、あの二人ではないのかしら。馬に乗るのを心配して下さっている、大丈夫ですよ、私は。明日、その金色の髪のきれいな人を待つしかないか。台、座る台を用意するのね、何です？　きれいな足が長くて座れないからですって。まったく、もう。何をお考えなのかしら。私をからかっていらっしゃるのかしら」

コガネムシの、

「以上、終わり」

という声が大きく聞こえる。

「お返事は必要ないのね……」

障子を開けると二匹共勢いよく飛び去って行った。次の日の早朝、紅鹿は泊瀬朝倉宮に皇后陛下若日下部命を訪ねる。

「お后様、外にお后様を訪ねて、人がいらしてます」

侍女の緊張した声に、

「こんなに早くに。ここへお通しして。二人だけで話します」

中に居た侍女に席を外すように促す。沢山の侍女達が集まり遠くから見ている中、紅鹿は濃い茶色のワンピースで胸にスチール製の葉を摸した飾りを付けて部屋の前に立つ。若日下部命が迎える。背の高い紅鹿は頭を下げるようにして部屋に入る。

「お初にお目に掛かります。ベニカと申します」

「雄略帝の后……です。昨日陛下からのお便りが来ました。使人様とお呼びするようにとのことでございました。使人様、お便りの内容が夢みたいな、現実離れしていて、后の私にも理解できなかったのでございますが、使人様のお姿に接して、少し分かって参りました。金色の髪、きれいな人、体に合った白い服、青い眼……」

紅鹿は笑いを堪えるのがやっとであった。そんな紅鹿の表情を見て若日下部命は安堵したのか、自分も笑みを見せて、

「どうぞお掛け下さい、本当に長い足、失礼なことを。お許し下さい」

「お后様もどうぞ椅子をお使いになって下さい」

「椅子？　この台のことでしょうか？」

「ご免なさい、言葉が足りませんで。でも陛下は私の足のことまで……」

「ふふふ、宜しいではございませんか？　本当のことですから。きれいな長い足、きれいな人、本当におきれいでいらっしゃるもの」

「何を仰るのですか。お后様の足元にもお呼びませんよ。それより私は、皇后陛下にお目に掛かるので緊張して来ました。でも、お話し易い方で安心しました」

「使人様……」

「ベニカです」

「では、ベニカ様……」

「もう少し……ベニカさんにして戴けませんか。これから、いろいろお話するのに邪魔な飾りは捨てた方が良いと存じます。私もお后様をワカクサカベノミコト様では長すぎますので、失礼とは存じますが、ワカクサ様で宜しいですか？」

「嫌です。そんな呼ばれ方」

紅鹿は一瞬言い過ぎたかと思ったが命《みこと》が微笑んでいるのを見て安心した。

「びっくりなさいました？　私もワカクサさんじゃないと嫌です」

紅鹿は内心「思っていたとおりだわ。友達感覚でいける」と思った。

「ベニカさん、白い服ではないのはどうして？」

ワカクサは既に友達感覚でいた。

「はい、いろいろな服を着ているのですけれど、最初に陛下にお会いした時に白い男ぽっい服を着ていましたから印象に残られたのかなと思います」

「男ぽっいね、それ分かります、多分警戒なさったのでしょう？」

「まぁ、そんな所かも知れません」

「陛下は頭が良く、決断も素早く、それをすぐに実行なさる近寄りがたい方なのですけれど、女人に対しては、かなりオカルなのです。本当に軽く、その場限りなのですが……。でも、ベニカさんは神のお使いなのでしょ。気になさるのですか？」

「使いは使いですけど、使い走りで」

二人は笑い合う。

「で、本題なのですけれど……」

「はい」

紅鹿はまず相模国まで行ってくれるのかを尋ねた。ワカクサは行きたいと答える、本心らしい。しかし、女の身で長旅はできないから諦めるしかないと言う。長旅の必要がない神の技がある旨話すと、

「それは馬に乗って行くということですか？　馬でも大変な日数がかかるのではないですか？」

と心配顔で言う。

「あっ、陛下のお便りにありましたか？」

「はい、恐れずに乗れと」

「明日の朝連れて来ます。白馬で名前はシロです。神馬ですから、相模のその地まで半日もかかりません。ただ、ワカクサさんには、特殊な服を着て戴かねばなりませんが」

「ベニカさん、これから連れて来てはもらえませんか？　早く乗りたい。私ね、陛下には内緒ですが、乗馬はできます。亡き兄から小さい頃、教えてもらいました。私、動物は好きなんです。コガネムシさんも始め驚きましたが、今は可愛いですよ」

紅鹿はほっとした。何の問題もない。あのコガネムシを可愛いという感覚なら、どんな馬だって平気だし、ましてロボット獣は完璧に忠実だもの。ただ、ベースに届いているかどうか。

「承知しました、ワカクサさん、でも少し待って下さいます？　午後になると思いますけれど」

「今、馬はどこに居るのですか？」

「生駒の山の中」

「えー、ウソでしょう。それが午後に？　あっ、失礼、神馬と使人様ですものね。でも、ベニカさんは、お友達みたいな方……」

紅鹿は微笑みながら宮を後にする。少し先の森に、樹林用のステルス迷彩袋に入れ隠しておいた服と装置を身に付け離陸する。生駒のベースに着くと、白馬が尾を振って跳んでくる。

「良かった、皆さん有り難う」

声も気持ちも届かないのは承知で、紅鹿は空に向かって手を挙げていた。少し時間があるので、白馬の脳に内蔵されているコンピューターに、指示者としてワカクサの映像を入れ込み、宇宙食をかじりくつろぐ。

「ワカクサって、本当に友達にしたいような人だなぁ。宇都母知の響きに似合う人だなぁ……」

この紅鹿の最後のつぶやきは、もうワカクサも当然に故人となってから実現する。四百八十年後に、或る偶然から宇都母知神社に、ご本人の御名そのままに「若日下部命」として「天照大御神」「稚産霊神」に加えて祀られることになる。

紅鹿は昼前に、ワカクサ用の飛行服と小サイズの靴を白馬の鞍に縛り付け泊瀬朝倉宮に向かう。やはり自分の装置は森に隠し、ワカクサ用物品を入れた袋を白馬に背負わせワカクサを再訪問する。侍女達に加え多くの使用人が遠くから見物している。白馬は庭先で待っていたワカクサを見つけるとパタパタと尾を振り首を揺らしながら、頭を下げてワカノサにすり寄る。

「まぁ、シロちゃん、初めまして、ワカクサです」

ワカクサは一番信用している侍女二人を呼び、雄略天皇が神に助けられていること、そして神のお使いとしての紅鹿、神馬のシロを話し、あまり他言しないように言う。すると年取った侍女が、

「お后様、陛下に神のご加護があることは、この宮だけではなく、かなりの人が信じています、あの『葛城山で狩り』の話で。それで、神のお使いのお方のことも、昨日の朝お見えになった時に黄金の髪と青い眼を見て、皆そのように思っていました。それから、この白馬、皆始めから神馬と思い、拝んでいる者もおりましたから、ご心配なさらなくてもだいじょうぶでございます」

今度は紅鹿が言葉を改めて、

「神のご意志と陛下のご命令で、お后様は近日中に、相模の地に東国の平穏を祈り陛下が鍬入れなさった神社の完成式典にご出席されることになっております。相模の地まではかなりの道程がありますが、この神馬シロは飛翔して半日ほどで行くことができます。本日シロは、この地に残していきますが、どこか納屋のような所へ入れて下さい。神馬ですから、食事も要りませんし、勿論排泄もありません。宜しくお願いします。これより、お后様は、神馬への乗馬馴らしに出られますが、警護は無用です」

一人の武士が、

「それでも何かありますと、我等の……」

そこまで言った時に、シロの目がひかる。その武士を中心として火炎が環状に広がる。武士は火の輪から抜け出せずにいる、皆はシロを拝んでいた。しばらくして火炎は収まるが地上の草一本焼けてはいない、空中の酸素を利用した簡単な芸当であった。侍女二人が用意した台を利用してワカクサは馴れた

感じでシロの背に乗る。

紅鹿は驚いた、無論シロの協力もあるのであろうが、派遣前研修で習った馬術での、四つの馬の歩みの常歩《なみあし》を器用にこなして門を出て行く。紅鹿も同行したが、少し行くと速歩《はやあし》となる。紅鹿は諦めてシロに任せる他はなかった。ワカクサは、かつて兄から習ったことを思い出し鐙《あぶみ》に置いた足でサインを送ると駈歩《かけあし》に移り、向こうに見える丘を目指し襲歩《しゅうほ》と呼ばれる最高スピード、ギャロップをどう伝えようかと思っているとシロは感知して飛ぶように走り、丘の近くで常歩に戻りワカクサの指示を待つ。ワカクサは楽しくてまだ続けていたかったが、シロが大きく首を振る。

「分かった、みんな心配しているものね、シロ大好き！」

シロは答えるように大きく嘶き、駈歩に近い速い速度で宮に戻る。興奮が収まらないワカクサをおいて、飛行服の入った袋のロックシステムを作動させると、侍女にお后様の部屋に置くように指示して引き上げる。生駒に戻ると、

「皇后陛下準備完了。剣の日程調整不要。完成式典詰められたし。また、しっかりとした厠《かわや》を幕舎の地に設置されたし」

という簡単明瞭な言伝《ことづて》をコガネムシに託した。完成式典は十二月三日の昼前に決定されたとの連絡が秘書官から入る。五日後で、雄略天皇は恐らく武蔵の外れの地への旅路に就いている筈であった。当日の朝であった。ワカクサは既に王朝の正装に着替えていた。紅鹿は、ワカクサに侍女が付けられないので相模では自分が化粧や服の着崩れ等を手伝わねばと思って、その旨を話すと、

「いいのです。一人でできます。ある事情があって私には実家も身寄りもありません。一人で生きてい

く身ですから常々自分でするように心掛けています」

紅鹿がどう答えようか迷っていると、

「だって、死んでいく時も一人ですもの。そうでしょう?」

紅鹿は快活で楽観的な若日下部命の心の奥に『語ることのできない寂しさ』を観た気がして、自分も何か悲しくなった。

「ベニカさん、ご免なさい。つまらない事を言って」

との紅鹿の沈黙を心配する声。紅鹿は無理に笑いながら、

「いえ、ワカクサさんは強いなと思ったのです」

と答え、派遣調査員用に現地での手土産として用意された包みの中にプラスチックの子供の玩具に近い手鏡があるのを思い出した。この時代、金属の鏡か水面を利用しての化粧であったので渡せば喜ぶであろうが、紅鹿自身が納得しなかった。

「ちょっとお待ちを」

携帯バッグから自分が使っているかなり大きめの手鏡を出す。回りは特殊の軽金属で軽く飾りもなくシンプルであったが、柄の所に左右と背後の切り替え装置があり実用一点張りのものであった。

「これは私がいつも使用しているものですけど、使って戴けますか?」

「いいんですか。お使いになっているものを、私などに」

使用法を教えると、楽しそうに試している。顔にいつものワカクサらしさが戻ったので安心して、飛行服を袋から引き出す。当時使用の飛行服は、現在のテラの仲間達の世界で使われている作業服のツナ

ギに近い形だが、厚い素材でできていて、表面は、今と変わらない完全防水であった。以前に一度練習したことがあったのでワカクサは驚かなかった。ワカクサの着用を手伝い、これも現代のテラの仲間達が使っている潜水服の頭部に似たキャップをつける。キャップで頭部は被われるが、飛行服同様に軽い素材で、当時は、音声は受信装置を通して内部に届くしくみであった。自分の発声もその逆であった。ブーツをつける。

「それは、私に下さるって言っていたけど、本当？」

「はい、お使い下さい」

ブーツも完全防水の軽い素材で中は柔らかい布状で、外気温との調整が自動で図られ常に乾燥度が保たれていた。プレゼントすると言った時のあの喜びようを紅鹿は思いだし微笑んでしまった。皇后という身分にも関わらずワカクサの身辺は質素であった。

「沢山の人が充分な食物がなく、少し飢饉があると飢え死にしていきます。私は、自分が生きていかれれば、それで良いのです」

と言った言葉も思い出した。彼女の居所と少し離れて、雄略天皇が連れ込んだ妻妾の館が存在する、そこでは自分達の不満もあろうが、贅を競っている。紅鹿は何か可哀想に感じた。そう言えば、雄略天皇が、家臣の対応に苛つき成敗するというのを諫めたこともあると聞いて、それを質問すると笑いながら、

「陛下は、頭が良すぎるのです。それで自分の言葉を理解できない普通の頭の臣下に苛つくのです。そうすると臣下は怯えて、余計に理解できなくなるというのが、どうしてもお分かりになれないのです」

彼女の生き方なのであろうが、雄略天皇は本当に素晴らしい伴侶をお持ちだと感心した。忠実な侍女

は、お后様の異様な姿に驚いたが、外に待機していたシロは高く尾を振っている。まるで出番を意識しているかのように。紅鹿は乗馬を手伝い、シロの背と横腹にある小さな突起を引き出すと、飛行服の突起にしっかりと固定する、命綱のような役割である。その突起を再度確認するとシロの顔を軽く叩く。シロは一旦身構え、前足を蹴るようにして空中に躍り出ると、どんどん飛翔していく。大空高く舞い上がった皇后陛下を臣下一同、それに妻妾達も恐怖の眼差しで見つめその姿が見えなくなるまで眺めていた。紅鹿はこの間を利用して例の森の中へ急ぎ騒ぎが収まるのを待って飛翔した。スピード差から自分が先に着くことが分かっているだけに余裕があった。

不二沢の幕舎の外では、兵士達を宇都母知神社の完成式典の準備に当たらせ、秘書官一人が空を見上げて待っていた。もう一人は雄略帝に同行していた。まず紅鹿、そして少し時を置いて皇后陛下が着地する。紅鹿が掛けより下馬させ装備を外すと、ワカクサが笑顔で現れる。シロがすり寄って来る。

「良かった。ご無事で」

無人の幕舎で化粧を整えると、紅鹿はその場に控え、秘書官が隣地の神社にご案内する。檜と杉、それに檜葉《ひば》の新材が周囲に清々しい香を放っている。

「立派な頑丈そうな神社ですね」

と言いながら、皇后陛下若日下部命は神社の入口付近に見える人影を、相武国造と師長国造であろうと判断し遠方から会釈を送る。二人は駆け寄って来る。今をときめく大和国の雄略天皇陛下のお后様である、しかも、この完成式典のためにのみ、女性の身ではるばる大和からの長い旅路を歩んでこられたのだから、感謝感激であった。

元々、東国の男達は、大和政権の周りと違って、素朴で純粋であった。秘書官の紹介を待たずに名乗ってくる、若日下部命には、単純だがその喜びが、そのままに伝わって来た。若日下部命も相手に合わせ自己紹介のあと挨拶する。

「本日はおめでとうございます。本来なら帝が出席させて戴きますところ、よんどころない用事のため、申し訳ございませんが、私が代理として、この式典の栄光を頂戴することになりました。どうぞお許し下さいませ」

「何をおっしゃいます。お后様、相模の地まで長旅お疲れでございましょう。我々、大和の国を敬う相模を預かる者として、深く御礼申し上げます」

二人が頭を下げると、後ろから神官が現れる。相模の大社寒川神社の神官と相武国造が紹介する。神官が仕切るようで二人を社殿に案内する。奥の御神殿の前には全て朱に塗られた大きな三段の階段があり、一段目には所狭しとばかりに新しい酒樽が供えられ二段目には両脇に榊が配され、三段目には幾つかの三方《さんぼう》に山海の珍味が供えられている。その奥に金色の飾りの施された重厚で美しい御神殿があった。その大きな扉の前に、一際大きな三方が置かれ、祀られる神々の御神札が載せられていた。神官の後方中央に若日下部命が座り、両脇に二人の国造が座す。神官が大きな動作で柏手《かしわで》を打ち、御神前の大きな三方を恭《うやうや》しく下げ三人の前に置く。

「どうぞ、頭をお下げ下さいませ。この地の平穏と豊穣をお祈りするためにいらして戴きお祀りさせて戴く神様であられます」

「さっ」

と神官が若日下部命に囁くように促す。御神札を確認せよという趣旨と解し頭を下げたまま目を開き拝する。取り寄せたのであろうか、「天照大御神」の大きな木製の御神札と「稚産霊神」と新たに書かれた、やはり大きな木製の御神札が載せられていた。改めて深く頭を下げ、小声で両脇の二人にも聞こえるように、

「有り難うございました」

と感謝する。神官は再度、恭しく三方を持ち御神殿前の外れに置き拝礼すると、御神殿の扉を開く。

「どうぞ、ご覧下さい。お祀り申し上げます神殿の内部でございます」

中央に大きな石造の柱がある。若日下部命は、紅鹿から話として聞いていた。紅鹿もまだ見てはいなかったが、元は秘書官からの報告であった。

「この中央の石柱は地下にあります標柱の真上にあり、その石柱に刻まれていました文字を意味は分かりませんが忠実に写してございます。地元によれば、標柱はいつの時代か分からない程の昔からあり、『大地の神』として崇めていたということでございます。今回、相模国造様から神社建立のご依頼を受けまして、それが恐れ多くも大和の天皇雄略陛下の御指令によるものと伺いました。大和の神々と相模の神々とは異なりますが、神結びという神様同士の握手により結ばれて、この日本国の八百万の神々と共に国土の繁栄と豊穣、そしてそれがそのまま各地の繁栄と豊穣に連なるというめでたい連携の輪をお作りになられています。そのようなことから、不肖私、相模、寒川社の神主が大和皇国御主神の天照大御神様を相模国不二沢の宇都母知の神社にお迎え申し上げることとなりました。そして、もう一かた、この地の地母神として稚産霊神様をお迎え申し上げます。

古来、この相模、そして、それ以東若しくは以北では地母神という大地の神への熱い信仰がございます。伺いましたところによれば、帝のご趣旨は『地母神として』ということであられたとか。そして、どうも、その御真意は、この中央の石柱の真下に位置し、地元民から『大地の神』として崇めていた標柱にあられるのではと推測申し上げた次第にございます。それで、この宇都母知神社のご神体を、いつの時代か分からない程の昔から、この地を見続けていらした標柱に込められた大地の神とさせて戴き、宇都母知と名付けられた帝の御意思は計りかねますが、私の勝手な推測で、地母神の「地母」と宇都母知の「都母」を相対させて戴き、地母神即ち『地方の母』としてお降りになった稚産霊神様と大和皇国の主神、母親的ご存在即ち『都の母』天照大御神様が、中央の、この地の大地の神を見守るという神々の世界をここに現出させて戴きました。どうぞ大和にあられても、また相模にあられても、この宇都母知神社に厚い信仰をお願い申し上げます」

長い説話の後、中央の石柱から見て左側に天照大御神の御神札を右側に稚産霊神の御神札を配し、その指示により全員で頭を下げたまま、二礼二柏手一礼という作法で神々のご鎮座祭を終了した。

「さっ、あちらに一服の席を設けてございます。お口に合うかどうか分かりませんが、相模の地は山の幸も海の幸も豊富でございます。どうぞ長旅のお疲れをお癒し下さい」

席には既に工事関係者や地元の人々が座っていて、四人を拍手で迎える。命を中央にして左右に神主と国造二人が座す。相模国造が代表して挨拶する。

「皆様のお蔭で立派な神社が立ち上がりました。地元のご努力、大工や左官の方々のお力により短期間での完成となり、今寒川神社の神主様により神様を無事お迎えすることができました。誠に有り難うございました。この宇都母知神社のお名前は、恐れ多くも大和の天皇雄略陛下から頂戴致しました。陛下には、この工事の鍬入れにもご参加戴きました。そして、今日はそのお后様、皇后陛下若日下部命様に遠路はるばるいらして戴いております。女人《にょにん》の身での長旅、本当に感謝申し上げます」

ここまで言うと喚声が上がり沢山の拍手が若日下部命に向けられる。華やかな衣装、そして中央の都の洗練された美しい顔立ちに皆圧倒されている様子であった。

「まだ続きがあるんだけどなぁ」

とぼやく相模国造に師長国造が命の手前微かな声で笑い掛ける。

「いいではないか。それより、帝に用が出来てよかったなぁ。きれいなお后様、皆に人気があって当然だよな」

若日下部命は注がれた酒に感謝し杯に口をつけるだけで、前にある皿に盛られた料理に少し箸をつけ、微笑みながら三人に酌をする。三人とも固辞したが、命の笑顔を拝するように緊張して戴く。しばらくして命が申し訳なさそうに小声で言う。

「本当に有り難うございました。立派なご社殿。神主様のお話で、中央も地方もなく協和の象徴のような気が致します。誠に感謝申し上げます。申し訳ございませんが、疲労で倒れそうでございますので、幕舎の方へ引き取らせて戴きます。重ねまして、感謝申し上げます。誠に有り難うございました」

心配する三人に軽く会釈して若日下部命は、紅鹿の控える幕舎に戻る。

「ワカクサさん、お疲れでしょう。ご苦労さまでした」

という紅鹿に倒れかかるようにして、

「ううん、みんなベニカさんのお蔭。何とか代理が務まりました。有り難う」

と言うと服の紐をゆるめて横になる。

「だいじょうぶですか？　少し休みましょう。これ飲んで下さい」

紅鹿は特別仕様の栄養飲料をわたす。

「何、これ？」

「神の国の力をつけるお薬です」

「あら、何か金柑の味に似ている。おいしい」

「はい、飲みやすくなっているのです」

「ベニカさん、何か体が熱くなって、力が湧いてきた」

「そうでしょう」

「ベニカさん、皆様お酒を召し上がって宴も盛り上がっているようです。今ならシロに乗っても目立たないかも知れない。帰りましょう」

「いいのですか？」

「だいじょうぶ。ふふふ、神のお薬を戴いたのですもの」

「ちょっと待って下さい」

# 任務終了

紅鹿は外へ出ると秘書官を呼び、引き上げるので関係者に旨く話しておくことと、事前に頼んだ相模の産物を持って来させる。土産というより若日下部命が確かに相模に行ったという侍女達への説明の品であった。沢山の魚の干物と灰色の小さな団子が幾つもある。

「何なんの、お魚ばかり。それにこのお団子は？」

「済みません、必死で捜したのですが、山の方は何処も同じ栗や柿などで、柿はもう終わってしまい、やはり海の魚しかないのです。その団子は見た目は悪いのですが、魚を碾《ひ》いて粉にして握ったもので旨いですよ、焼いてもいいし煮てもいい。そのくらいしかなかったのです」

「有り難う。じゃ準備するからシロを待機しておいて。それと、私はこれで無事に任務終了となりますから、ここで最後かなと思います。いろいろ有り難うございました。助かりました」

「そうですか。こちらこそ有り難うございました。寂しくなりますね。紅鹿様の金髪目立つもの。この無線は？」

「それは、いいわ。もうすぐ壊れてしまうかも知れないけれど、お二人の連絡に使って頂戴。彼にも宜しく」

こうして紅鹿は任務の最終仕上げに移る。若日下部命は、その日の夕暮れには泊瀬朝倉宮に戻り、土産の魚を調理してもらい、侍女達や使用人に囲まれ相模の話をしていた。紅鹿は一旦生駒のベースに戻り、ワカクサに規定に触れない別れの品を考えた。派遣前に、親身になってくれた先輩調査員から、

「派遣先で知り合った人々との別れにはつらいものがある。でも、つらい気持ちが強ければ強い程、いい仕事をしたと諦めるんだよ」

と言われた。

「まさに、その通りだわ」

紅鹿の目には涙があった。シロに乗ったワカクサの楽しそうな姿を記録映像から抜き出し、大きくプリントアウトして、当時の技術でビニール加工する。それと派遣研修の同僚から「暇な時用に」ともらった、森と池をテーマとした未使用のジグソーパズルをプレゼントとすることにした。ビニール加工した写真の下にコガネムシの入れ替え用の小さな音声記録装置を付け加工した際にシロの頭の位置に埋め込んだテープ状の配線をつなぎ、入力する。

「ワカクサさん、お別れはつらい。きっと泣いてしまって、立ち去れなくなるでしょう。それで黙って帰ります。許してね。寂しいけれど、お互いに『全ては夢の中のお話』と思いましょう。シロとベニカより、沢山の思い出を有り難う」

入力すると、すぐに気持ちを吹っ切るように、泊瀬朝倉宮に向かう。ワカクサの部屋には、灯りがつき談話が聞こえる。その中のワカクサの声に微笑み、丁度部屋へ入ろうとしていた信頼されている侍女を呼び止め、

「お后様にこれを渡して。この白馬の頭に触ってとお伝えして」

と言うと困り顔で答える。

「お待ち下さい、お后様を呼びます」

「いいの、お互いに別れがつらくなるだけ。これはね、お遊びの品なの。一旦ばらして、元のように組み立てるの。この絵のようにね。お后様と楽しんでね。お願い、そっと去らして」

どうしようか迷っている侍女から逃げるようにして生駒のベースに戻った。

## 後日談

この記録物語はこれを以て終了ですが、オマケとして後日談が二つあります。

紅鹿にも、そして派遣本部にも若日下部命が、後代に命自身が落成記念に出席した宇都母知神社に神として迎えられるようになろうとは想像もし得なかった。それは、天慶《てんぎょう》二（現生人類通用暦九百三十九）年に、当時の中央政治最大の実力者、朱雀天皇の摂政を務めた藤原忠平卿の一言から始まった。この年、都近くで藤原純友が起こした乱は拡大の一途を辿り、富士山の噴火もあった。そして何よりも、年末に坂東では平将門が新皇宣言をしている。朱雀天皇は既に十六才となっていたが、病弱である上に混乱が続くため、未だ忠平卿の摂政が続投されていた。忠平卿は疲れていた。早く摂政役を退き自由な立場で、政治に関与したかった、そのような思いから、自己が関わった、後世に歴史として伝えられるであろう事柄を見直し始めていた。

人類の通用暦、ヨーロッパ暦九百二十七年完成の「延喜式神名帳」は、醍醐天皇の命により藤原時平らが編纂を始めた延喜式（律令の施行細則）の一巻で、時平の死後は忠平卿が編纂に当たっていた。公布はしたが気に掛かる箇所もあり、何の気なしに開いた頁に、奇妙な神社名が目に止まる。相模国の小社として登録されている宇都母知神社であった。そして、忠平卿はその付記に注目した。

「地元の古くからの伝承によれば、雄略天皇三年に皇后陛下若日下部命のご臨席を得て社の完成式典が厳粛に執り行われた」とある。忠平卿は編纂の実務担当官を呼び、その真偽について尋ねる。

「あくまで地元の伝承で、真偽の程は全く不明でございます」

との答えであった。

「何故、相模のそのような地にある地元民の祀る小社の式典に皇后陛下がご出席なされたかは不明と申すか。しかし、帝のご意向がなければ出来まい。真ならば、何らかの特別な事情があるに違いないが、その事情が確定出来ぬ以上、後世に残す記録として皇后陛下の名は伏せ『厳粛な祭祀が執り行われた』くらいの言い回しにせよ。ふぅー、しかし、富士の噴火は致し方ないが、何故泰平の世に敢えて波風を立てるのであろうかのう。純友は我が一族でもあり、その意思は分かっておる。決して中央を崩壊させる意図はない。我に恐怖を抱かせ、その持論『航海と交易の自由』を我に認めさせようというもの。どこかで妥協点もあろう。しかし、坂東の状況は分からぬ。平将門は我に仕えていたというも、我に認識はない、元々は自分達同族間の領地争いだという。何故、我等まで煩わせるのかのう。その上、今度は新皇を称したという。明瞭に中央崩壊への意図があると言える。官符を発し追補に向かわせた平貞盛も難行しておる。更に兵力を増やすとしても、その雄略の帝と何らかの所縁のある神社に、地続きの坂東の安寧を祈れんものかのう」

編纂の実務担当官が遠慮がちに応じる。

「実際に現地を歩行調査した者の話では、その宇都母知神社の少し南に小社として取り上げるのも難しい、小さく粗末な体裁で水運（海運）の最終地としての付近の川の岸に、航海の安全を祈って地元民が建てた、弟橘姫命《おとたちばなひめのみこと》をお祀りする舟霊《ふなたま》社という祠があると聞いております。雄略陛下は、幼武尊を名乗りあの日本武尊の夢を継がれたとか。何か関連があるような気も致しますが、その宇都母知神社にも雄略陛下では、あまりにも重く恐れ多いことですから、地元の伝承で完成式典にご臨席なされたという皇后陛下若日下部命を地元で勧請させ、今祀られています天照大御神、稚産霊神に併せ三女神をお祀り致し、若日下部命がご関係された地に平穏をお祈り申し上げるというのは如何でございましょうか？」

「うん、良き考えぞ。都の寺社による呪詛などより明るく、その地の繁栄にもつながろう。祀費をはずみ、地元による雄略陛下の皇后陛下若日下部命の霊を勧請し地の平安を祈らせるように。それから弟橘姫命をお祀りするという、その社を式内社として特筆はできぬか」

「大臣のお言葉にはございますが、路辺の祠のようなもので延喜式全体の品格に関わるように存じます」

「ふむ、分かった。それは良いとしても何らかの手当を致し、その神格を上げよ。確かに弟橘姫命は皇后ではない。しかし、日本武尊のために命を散らしておる。地元民が祀るというのは有り難いが、祠では何か寂しい。宜しく頼み置くぞ。おっ、それともう一つ。各地方に模範的神社として『一宮《いちのみや》』を認定するという話はどうなった？」

「はっ、律令制下の国毎に定めるという方針は決まっておりますが、実際の選定が難しく時間がかかるものと思います。候補が幾つかあると、その縁故もあり遅々として進みませんが、急がせるように致します」

「うん、しかし、それは無理をしてはならんぞ。今それを思ったのじゃ。この宇都母知神社の親戚とも言えるような隣地に寒川神社という社がある。説明では、相当な規模で相模国では屈指の神社とある。祭神の名は我には不明だ。恐らく、記録はないが、『国津神』の範疇と考えるべき存在であろう。これだけの距離だ。雄略陛下若しくは皇后陛下までが関与なさったという宇都母知神社には皇統の天照大御神が祀られておる。何らかの調整の色が窺える。一宮選定に当たって、規模だけでなく皇統系を重視する方向と聞いたが、それは間違いのように思う。逆に各地の国津神を優先する方向にせよ。地方には地方として語り継がれるものがあって当然じゃ。それを都一色にしようとするから、平将門のような男の出現を誘う基となるのじゃ。この宇都母知と寒川を見て感じた。しかも雄略三年と言えば、雄略帝の東征の最中じゃ。宇都母知という何か含みを感じさせる皇統の神社を造るなら、隣地とも言える距離にある寒川神社など抹殺してから造るであろう。口伝が本当なら皇后陛下まで関与されたということだ。余程の事だ。伝えられる雄略天皇のご性格なら、近くの目障りな神社など蹴散らしてから新築なさるであろう。やはり、何らかの大きな調整があったのであろう。一宮の選定に当たっては、この相当の規模を持つ寒川神社を重視する旨、我が言として基準の備考欄にでも書きおけ。話は逸れたが、この宇都母知神社の件は、そちに頼み置くぞ」

「はい、承知仕りました」

こうして宇都母知神社は、天慶二（通用暦九百三十九）年に、大和国泊瀬より若日下部命の尊霊を遷座し、地元民の厚い信仰の下に現在に至ることとなる。

もう一つの後日談。雄略天皇の功績には、あの秘書官の二人、正式には身狭村主青と檜隈民使博徳が微妙に絡んでいる。天皇は生涯二人を身近に置き、二人もお后様若日下部命から信頼する侍女を紹介され、これを娶り一族として日本の地に足跡を残すこととなる。特に対外関係、大陸と半島に関しては二人の独壇場であった。

雄略帝の大和は安定したが、大陸も半島も揺れていた。そのために、知識層と共に戦禍を逃れ多くの民が二人を頼って渡来して来ている。その持つ知識と技術力は、大和を大いに繁栄に導いたが、雄略帝は二人の心の中に寂しさを読み取った。当然若日下部命の影響もあったが。二人の故郷、宋の状勢、それに半島へ逃れた人々の現状もあり、二人の反対を押し切って、特に半島で圧政に苦しむ人々の救済と大和と友好関係にあり文化交流の盛んな百済の安全確保を目的として半島に出兵する。これは領土拡張目的ではないかと批判があったが、雄略帝は笑って、かつての「事代主」の言葉を思い浮かべ、「善悪は表裏、大悪は大善に通ずる。大悪天皇と言い有徳天皇と言うも我一人、我が心を知るは神のみ」として平然としていたという。速攻で、高句麗軍を破り新羅軍にも優勢であったが、慣れぬ土地での戦いで一時敗退する。しかし、最終的には、高句麗を討伐し雄略帝の治下に編入する。大陸系の人々の往来が盛んとなり、この時代に伝わった多くの知識と技術が後代の大和朝廷を導くこととなる。しかし、かつて紅鹿の質問に皇后陛下若日下部命が答えたように雄略天皇の周囲には寂しさが漂っていた。生涯仕えた者は、若日下部命は当然としても例の秘書官二人のみであった。

この間隙を利用するように、かつて第十五代応神天皇の世を騒がせた渡来人弓月君《ゆづきのきみ》の子孫であり、弓月君が自称したように秦の始皇帝の末裔でもあった「秦酒公《はたのさけのきみ》」なる男が登場した。彼は、琴を上手に弾き当たり障りのない世事に長けていて巧みな話術で帝の心に入り込んでしまっていた。中央では重用される渡来民も地方では、その技術が民に習得されると「単なる職工、機織り」などと蔑まれている所もあった。彼はそれを涙ながらに訴え、雄略帝は「渡来民の統括を秦酒公に任せる」という決定を下す。

ところが、一律に渡来民と言っても、遠い昔に西域から来た者の子孫もあり、若日下部命と秘書官二人の知恵で、その西域からの渡来者の部落から長老を招き歴史を聞く事となる。彼等は「イスラエル系の渡来者達」であった。この真偽については我等の別の記録に保存されているが、宗教と神話に抵触する恐れがあり、公開に向けて判断が危ぶまれている。最終的には雄略帝としては珍しく、秦酒公は大陸と半島からの渡来民に限り、それも知識階層は除いて現場で働く者達の統括者として位置づけるという決定変更をしたという一幕もあった。

―完―

# テラ歴史博物館記録番組『火焔土器悲話』

……始めにスーパーインポーズ（テロップ）が流れる……

〔この記録は、現生人類の通用暦ヨーロッパ暦紀元前四千三百年、現時点より約六千年以上昔の日本国の信濃川流域に於いて、世界で比類のない造形美術が、何故か突如として出現し、短期間であっけなく消え去っていった謎解きである。当時は、縄文という名称を付した時代の中期に割り振られる年代であるが、この時代区分も日本国固有のもので、世界史的には、石器時代と言われる時代区分の晩期、新石器時代に属する。現生人類の歩んだ歴史の中で、この縄文時代の人々の思考は、我等に最も近く、万物との共生が意識せずに図られていた時代であった。

勿論個人的犯罪はいくらでもあった筈だが、集団としての闘争、相手方の富の強奪や領土拡張を目的とする武力衝突の影が見られない不思議な時代であった。一万年以上にわたる縄文時代にも我等は何人もの調査員を派遣しているが、始めは狩猟採集の移動生活から小規模の畑作（栗、粟、豆類）を通して定住生活に移行する彼等の生活形態を外から観察記録するのがせいぜいであった。

と言うのは、この時代の地球は、太陽系そのものが誕生して以来の大惨事に見舞われた過去から、ようやく抜けきり、世界各地で長い期間、地下生活などで耐え凌いできた現生人類が、第三期人類として再度地上での復活を果たしたばかりであって、生存環境はまだ劣悪であった。最悪であったのは、空気中に含まれる超微細な塵であった。そして、その塵を住み処とする多種多様な細菌を防止するために、派遣調査員は、派遣の度に開発調整されたゴーグルと鼻孔及び肌からの感染防止を図る飛行服を着用せねばならなかった。我等の観察もそうだが、現生人類の現代の建設工事に伴う発掘調査を通しても、武力闘争の痕跡はなく、槍も鏃も狩猟目的であったと推定されている。

そのような時代であるから、人々は美術的感覚に目覚めていた。元々縄文と呼ばれるのは、土器製作に当たり縄を押しつけ文様をつけたことに由来するが、事物描写に際し、抽象化或いはデフォルメして描く、ずっと後代になるが、スペインのピカソや日本国江戸時代の写楽にも匹敵するような感覚の土器が製作されている。

その中でも、現代美術そして我々のアート感覚でも充分に通じる『火焔土器』と命名された作品を紹介しよう。これは、派遣調査員が持ち帰った実物であり、テラ第三期人類史博物館に展示されている。その目を見張るような造形をご覧下さい。この土器には縄文の文様はない。ないが、同時期に、狭い範囲で同型のものが幾つも作られている。突如として出現し、また黙したまま歴史の闇の中に消えていった謎とロマンを一人の女性派遣調査員の実体験として、ここに再現しよう。派遣に当たっての調査員の名は、当時の緑濃き環境から「みどり」であったが、或る事情から現地では「モモ」と呼ばれるようになった。本記録でも、モモとして扱うことにする。

本来、派遣調査員は、報告事項の黒子的存在であり、改まって紹介する必要はないが、モモは途中で派遣調査員を辞職すると共に我等の「テラ」を離脱し、テラの仲間達、現生人類の世界へ入り込んでしまったという経緯があった。派遣時の既定に基づき個人情報は秘匿したが、顔写真だけは、本人への弔意を込めて紹介する。本記録物語は本人からの報告と上司による事情聴取に基づき作成されたものであり、後日他地域に派遣された調査員が現地に立ち寄り取得したモモの最期の模様の推測再現から始まる。それでは、激しく燃え上がるような芸術作品『火焔土器』に秘められた悲しく切ない記録物語をご感傷《かんしょう》下さい。」

## 派遣調査員モモ、そしてカスとの出会い

静かな夕暮れであった。真っ赤な夕日が海面をキラキラと彩りながら沈み行く中、使い古した薄い貫頭衣から、すらっとした肢体を覗かせ一人の若い女性が、海面の沢山の光に誘われるように高い岸壁から身をおどらせた。モモの最期であった。この時代の派遣調査員は、飛行艇（小型飛行円盤）で上空から偵察し集落があれば、着地し飛行艇をステルス迷彩で隠し、その集落を外側から観察撮影し、可能であれば、それとなく接触して生活形態などの基本的事項を抑えれば任務終了となるのであった。

モモも派遣調査員の殆どが最初に訪れる日本国にある地球の基準経度と宇宙空間座標の原点の地を訪れた後、本来業務「日本国の縄文時代中期の生活形態の把握」を目的として上空から集落を捜した。大惨事から復活した樹木は、急激に始まった気候温暖化の中で沢山の森林を形成し、地表はごく限られて開かれていたので、集落は見つけ易かったが、殆どが見捨てられたものであり、人類はまだ狩猟採集の移動生活を完全には抜けきってはいなかった。モモの乗る飛行艇の動力は反重力で、静かではあるがスピードは速い。

いつしか、現在の地名で新潟県長岡市付近に至っていた。大きな集落が見えた。しっかりした建物が建ち、定住生活をし始めているようであった。人々は、狩猟で捕らえた大きな猪を解体していた。少し下の大河（現代の呼称では信濃川）の岸辺では、丸木舟から魚を降ろしている。後世「馬高《うまだか》」と呼ばれる地域であった。モモは、近くの丘に平地があるのを見つけ飛行艇を着陸させ、本部の指示通りゴーグルと飛行服を着用し、護身用の小型光線銃を腰に着け、若干の食糧と小型ビデオ撮影機、それに集落用の土産等の入っているザックを背負い、女性派遣調査員にのみ許される護身用のロボット獣、黒犬（体型はラブラドールレトリバー）を連れて丘を降り集落の近辺へ出る。望遠レンズで集落の様子を撮影している。後ろでガサガサした音が聞こえ振り向くと、黒犬が一人の男を視覚に捉えモモの指示を待っていた。

男は小柄でモモより、かなり背が低かった。震えながら、大きな犬を見つめる男の顔は、派遣前の研修で見た容貌とは違い、細面で彫りも深くはなかった。モモは男の意識に直接働きかけた。男は集落の雑役夫のような仕事をしているらしい。年は少年を少し過ぎたくらいかと思えた。そして、何よりも、耳が聞こえず言葉も不自由らしい。モモは自分の格好に恐怖感を抱くかも知れないと心配であったが、何か暗愚なのか、それ程執着せずに、かえって意識を通し会話ができるのを喜んでいるように思えた。害をしないと思ったのか黒犬の顔を子細に見ている。

モモは面白くなり、荷から紙と鉛筆を取り出し、意識を通して画くように言うと、困った顔でモモを見る。「画く」という所作が分からないらしい。モモはへたな絵で黒犬の輪郭を書き黒く塗りつぶし、男に渡すと理解したように肯き、じっと黒犬の顔を眺めてから線を引き始めた。その正確さにモモは驚いた。まるで精密描写をしたかのように黒犬の顔が少しの時間で仕上がっていた。

男は、ニッと笑って鉛筆と紙をモモに返そうとする。モモは別の紙を渡し、今度は自分を指さし画けという意識を送ると、やはりサラサラと画く。確かにゴーグルと飛行服を着用していればこのようかなという絵がすぐに出来上がる。男は、またニッと笑う。モモは、縄文人は皆絵が上手なのかと思ったが、すぐに、この男の特殊性に気づいた。多分、テラにもいる芸術家なのだろうと納得した。部落に行きたいという意識を送ると「一番偉い人、オサの所へ案内する」という意識が戻る。

モモは迷った。この男について行っても、怪しまれないだろうかと。しかし、外部から撮影したり、いきなり訪ねたりするよりは賢いかも知れないと。モモは決心した。この男に付いていくことを。部落が近づくと、やはり、高く組み立てられた物見台からの合図で、入口の門が閉められ、先に尖った石のついている長い棒、槍を持った数人の男がモモをじっと見つめている。その顔立ちは研修で見た通りであり、黒々とした髪に幅広い顔で、或る程度彫りも深い、縄文人であった。モモは意識を送った。

「悪いことはしない。敵ではない。黒犬も安全である。オサと話したい。この男に連れてきてもらった」

槍を持った男達は、少し門に隙間を空けると、モモを案内してくれた男を中に入れ、また門を閉じる。そして、一人が、その男に何か問い詰めている、やはり、耳が遠いのであろう。耳に口を当てて怒鳴るように言っている。

「カス!　〇〇〇、〇〇〇〇!」

「〇〇〇〇〇!　カス!」

どうやら、男の名はカスというらしい。カスは、しょんぼりとしていた。男の発音も何故かしっくりとしなかったが、何を言っているのか分からなかった。この時代の日本国地域の言語として脳内にインプットされた幾つかの言語の全てに当てはまらないような気がして、槍を持って指図している頭《かしら》に意識で話し掛けた。

「やめて。その男が悪い訳ではない。私は遠い国からやって来た。皆さんと友達になりたい。オサに会いたい」

男は一瞬びっくりした様な顔をしたが、カスを責めるのを止めさせ、モモに向かって大きな声でしゃべる。今度は、モモの知っている言葉であった。

「おまえは何者だ？　カスはアホウだから、いつでも余計なことをする、案内なんぞする必要ないのに。オサはもうすぐ来る。知らせを走らせたからな。だが、その前に、お前はどこから来たんだ？　それは服なのか？」

「そうだ。私の国の服だ。中に入れてくれたら脱ぐつもりだ」

だんだんと人が集まってくる。遠くに女達の姿も見えた。

## 部落の客として

やがて大柄な男が数人の槍を持った男達と一緒に現れる。門番の頭が何か報告している。男は門を挟んでモモと対峙する。

「わしがオサだ。おまえは、遠くの国から来たというが、そんな気持ち悪い服を着る国など聞いたこともない。何の用があるのだ？」

「海を幾つも越えて、沢山の山を歩いて旅をしてきた。珍しい土器を手に入れてこいという命令で。この服と目の被いは私の国の旅人の着けるもので、家の中に入れば外す。旅の疲れで倒れそうだ。助けてはもらえないか？」

「ドキとは何だ？　ここには、そんなものはない。他へ行け」

「土器とは、あそこにいる女が持っているものだ。土をこねて作った入れ物だ。休ませてくれれば、私の国のものを渡す」

モモは、軽く持ち運びが便利なのでプラスチック製品を幾つか持って来ていたが、弁当箱くらいの蓋つきの箱や、円筒形の透明な入れ物と、種々の色球をつないだネックレスを幾つか渡す。オサは受取り、

「軽くて使い易そうだ。落としても割れないのか。おまえは女か？」

と尋ねる。

「そうだ」

「女に旅をさせるのか？　だから、そんな服を着るのか？　怖くはないのか？」

「私の国では、男も女も差別なく命令される。唯、女には犬をつけてくれる」

「犬？　そこにいる大きな黒犬か。もう尾を下げているではないか（犬種によっては、普段は尾を巻き上げていて、相手に劣等意識を持つと尾を下げるものもいる）、大きくても犬は犬だぞ。そんなもので、旅の安全はなかろうに。いいだろう、太陽が三つ昇るまで、ここにいてよい。だが、その前にその上着を脱いで本当の顔を見せろ。でないと、わしもそうだが、皆が不安だ」

セモは迷った。飛行服は完全な防弾用仕様でもある。勿論弾などないが、矢や槍に対しても効果はある。

「私も女だ。こんな所で、服を脱ぐのは嫌だ。顔だけで良いか？」

「ははは、そうだな。顔を見せてくれればいいよ」

モモはゴーグルと首の所にホックのある頭巾を外す。

「おおっ……」

オサを含め付近にいた男達はびっくりした。モモの肌は薄い褐色で、彫りが深く大きな目の瞳はブルーであった。比較的長い黒い髪は、キャップを取ったために、ばさりと両頬に垂れていた。皆は、その整った顔立ちに驚いたが、ばさりと垂れた髪が、セクシーでもあった。オサも一呼吸おいて落ち着いて言う。

「……確かに、この当たりの人ではないな。よかろう。おまえを客として扱う。おまえの国の話でも聞くか」

門が開けられ、奥の建物に案内される。

「モンモ、モンモ、モモ、モモ」

カスが叫びながらとんでくる。何を言っているのか誰にも分からないようであった。

「珍しい、カスがしゃべった。おまえの名は、モモというのか？」

モモは内心笑った。そして思った。用意していた「みどり」の名などどうでもいい、あの絵を描いてくれたカスが、何の意味か不明だが呼んでくれたならそれでよいと。

「そうだ。モモだ」

「カスと話ができるのか？　あいつは、耳と口が思うように動かん。それに、海の向こうの陸地から逃げて来たんだ。小さな舟に何人もの人が乗って。わしらが沖で見つけた時は、あいつとあいつの母親と老人だけが生きておったが、母親と老人もすぐに死んでしまった。どうも戦が長く続いているらしい。前にも逃げて来た奴がいて、向こうの言葉はある程度分かるんだが、あいつは生まれつき耳と口がダメらしい。どうやって、あいつと話すんだ？」

モモは口を開かずに、オサの意識に話し掛ける。

「私の国では、言葉が通じない場合、こういう風に、考えていることを直接相手の頭に入れることができる。相手がしゃべれば、その言葉を知らなくても意味だけは受けることができる」

オサは驚いて聞き直す。

「考えていることが分かるというのか？」

「そうではない。口に出す、声に出した場合だけだ。カスは言おうとして頭の中で組み立てている、だから何となく分かるだけだ」

「凄いな。だから旅もできるのか。どこへ言っても、誰とでも話せるのか。おっ、ここだ。入れ」

一人の女が笑いながら出て来る。

「わしの連れだ。息子と娘もいるが、外で遊んでおる。どうも、その服は目障りだ。あっちで脱いでこい。モモは、衝立の向こうで飛行服を脱ぐ。下は、軍服に近い上下であった。

「また、凄い服だな。立派だが、きつくないのか。おい、何か着替えはないか？」

オサの伴侶が大笑いしながら言う。

「こんな背の高い人に合う服なんかないよ。あたし達のだったら、大事なとこが見えちまうよ」

「ははは、それもそうだな」

男は大体百五十センチ台、女は百四十センチ台に見えた。それに比しモモは百七十センチを超えていた。モモは、オサとの話の中で「太陽が三つ昇るまで、小さな舟に何人もの人」等という言い方から「数の概念が指の数、五つくらい」のものかなと思った。女達が食物を運んでくる。数人の男がドヤドヤとやってくる。門番の頭もいた。モモはオサが「客として扱う」と言った意味が分かった。酒も用意され、モモは遠慮したが、無理に飲まされる。アルコール度はあるが、発酵途上のもので酸味があり、とても口には馴染めなかった。臭いは吐き気を催す。このまま続くと困ったなと思っていたところへ、女が一人飛び込んで来る。どうも出産が上手くいかないらしい。一緒に食卓を囲んでいた若い男が頭を抱える。この頃の出産では母親も亡くなる場合も多く、まさに一大事であった。

## モモの医療技術

モモが、すっと立ち上がりオサに言う。

「私は、お産を沢山扱っている。場所はどこ?」

オサも判断がつかない。

「トシ、どうする?」

父親になる男の名は、トシというらしい。

「分からない」

駆け込んで来た女が大声で尋ねる。

「今、産婆がいないんだ。あんた、よその国の人だけど、産婆だったのか？」

「うん、大抵のことはできる」

モモのテラでの仕事は、小児科医であったが、件数が少ない産科も範疇としていた。現在のテラは、皆さんがご存じのように当事者どうしの男女の遺伝形質をコンピューター管理により新生児誕生に結びつけているが、希望者には一度母胎に戻し出産という道も開けている。この当時も同じであったが、「母親として自分の母胎から」という女性の数が、今とは比較にならない程多く、モモもかなりの件数をこなしていた。

モモの縄文時代への派遣希望の裏には、早世する幼児の数と衛生状態もあり出産時に母子共に亡くなることがかなりあるという先輩派遣調査員の報告を見て衛生状態などを実際に見たいという気持ちがあった。まして、この部落の産婆は先年亡くなったとのことで、モモは出番を意識した。何か用があればすぐに間に合うように、周りで男がウロウロしている小屋に案内される。数人の女性が床にいる妊婦を囲み励ましていた。

モモの出現に皆驚いたが、案内した女がよその国の産婆だというと、安心感が広まり、モモに場所を開ける。モモは診断中から難しい表情を浮かべていた。診断と言っても、外観からの触診と胎児の動きの確認でしかなかった。モモは迷っていた。旧式なものでも良いからソナー設備があれば確実であろうが、まず逆子、そしてどうも臍の緒が絡まっている疑い、更に母胎の産道が狭い。間違いなく帝王切開の処方しかないと思われた。しかし、用具は飛行艇の中にある。どうやって取りに行くかの問題もあるが、母胎を切り開くことに同意するだろうか。又、この環境から病原菌が入り込む可能性も大きい。その前に母胎が持つであろうか。失敗すれば、よそ者の自分の身も危ないかも知れない。無理という事で手を下さない方が賢明かも知れないとも思った。モモの沈黙にたまりかねたように、

「どうだい？　何か方法があるかい？　こうなると、もうあたし達じゃ、どうしようもない。昔いた産婆でも、多分諦めるしかないと思うけど」

一人が言い、他の女も肯く。

「入っていいか？」

「トシだ、いいだろう？」

誰かが入口を開けると、トシが妊婦のそばに走り込む。何か言っているが妊婦は唯、

「苦しい、苦しい」

を微かな声で繰り返すのみであった。トシの尋ねるような視線に回りの女は、首を振るだけであった。トシはモモを見つめる、縋《すが》るような視線にモモは決意した。自分は医者だ。例え少しでも生きる可能性があって親族の同意が得られるならば、その可能性を追い求めるべきではないかと。モモはトシを落ち着かせるために静かに言う。

「胎児は逆子、つまり足から出る体勢にある。それから臍の緒が絡まっていて、このままでは死亡するしかない。更に、初産だと思うが、体質もあって産道が狭く胎児を産み出せない。母親の体力も相当衰えている。皆が首を振るように常識的には諦めるしかないと思う」

「子供だけでなく、母親も死ぬのか？」

「トシ、アキの時と同じだよ。母親も出てこれない赤ん坊を一緒に連れていっちまうしかないんだよ。この女の人程説明はしてくれなかったけど、あの産婆も『子に出る意志がなければどうしようもない』って言っていたよ」

　女は泣きながら話していた。トシはモモに直に聞く。

「何か方策があるような言い方だったけれど、ダメで元々。唯、二人が死んでいくのを眺めているよりは、ましだ」

　モモは静かに言う。

「このままでは、母子共に死んでいくしかない。唯一つ、相当な危険があり、その最悪の結果としては、やはり母子共に死ぬかもしれないが、どちらかが助かる見込みもある。方策としては、下腹を切り、胎児を取り出すことしかない。切り開いた下腹は縫い合わせて回復を待つということになる」

　周りの女達が騒ぎ出す。

「切るって言ったよ」

「この上、痛い目に会わせるこたぁないよ」

「切って縫う、本当かよ、服作るのと訳が違うよ。信用できないよ、よそ者に任せていいのかよ」

　最初にオサの所へ知らせに来た女が諭すように言う。

「放っておけば死ぬんだよ。このモモという客人だって、好きこのんで腹を切るわけではない。何もしないでいるのが一番かも知れないよ。問題はトシだ。トシがどうするか決めることだ」

　皆が黙る中、モモは、じっとトシの顔を見つめる。悲壮な顔つきでトシは、肯く。モモは、オサも呼ぶように頼む。モモはオサとトシを前にして、このままでは母子共に死を待つしかないこと、そして相当な危険があり、結果としては二人をやはり死に赴かせるかも知れないと前置きして、帝王切開の方策を話し、トシだけでなく部落として承認するなら挑戦してみる決意でいる旨を話す。オサはトシの顔を見て念をおす。トシが大きく肯く。オサはトシの肩を抱きながら、

「ダメもとだな。それでいいな」

と言い改めてモモに頼む。

「モモ、部落としても挑戦して欲しい。何を用意すればいいんだ?」

「こんなことになるとは思わなかったから、道具を途中に置いてきてしまった。それは黒犬に取りに行かせる」

モモは意識で黒犬を呼ぶ。黒犬の意識に自分が必要とするバッグが置いてあるストックヤードの棚とバッグの形を移行する。黒犬が尾を振って出て行く。

「犬が持ってこれるのか?」

オサの疑問に答える。

「くわえて持って来ます。それが着くまでに、外でみんなが座っていた台をきれいに洗って持ってきて、妊婦を寝かせて欲しい。それと、ここを少し水を撒きながらきれいにして欲しい。あと湯を沢山沸かしておくこと、新しい布を服三枚分くらい用意すること、不要なものを入れる容器とここを出来る限り明るくして欲しい、そのくらいかな」

黒犬は準備が整う前に、大きな荷をくわえて戻って来た。ロボット獣には速く走ろうとすると自動で

反重力装置が働くことになっていた。モモは、妊婦に麻酔薬を嗅がせる。荒い呼吸が静かになる。更に、腕に麻酔テープを貼る。準備が整うと、モモは、トシに立ち会いを求める。首を振るトシに、

「端にいるだけでいい。最期になるかも知れないよ」

と言うとトシは肯く。それと、皆を諭して騒ぎを静めてくれた女の名を聞く。

「カネというんだ」

そのカネに手伝いを頼み、後は外で待機して湯を常に白い煙（水蒸気）が出る状態にしておくことを頼む。いくら何でも白衣はない、モモはカネにもマスクをさせ、手術用の手袋を着けさせる。トシは、部屋の隅で目を閉じて祈っているようであった。下腹をアルコールで拭き熱湯消毒してあったメスで、すっと切り鉗子で開く。テラの女性達と比べ、極端に脂肪層が薄いのを見て、モモは何か悲しくなった。メスも鉗子も携帯用でかなり小ぶりで頼りない気がしたが、手慣れた動作で、赤子を取り出す。やはり臍の緒が絡まっていた。当初紫色になっていた赤子が、絡まりを取ると息をし始めた。一安心。カネも大きく肯く。とりあえず臍の緒を切り、大きな瓶にはられた温かい程度の湯で、カネに洗わせ布にくるみ別の台に寝かせるよう指示する。モモは母胎の処理を、これも手早く行う。順番に並べて置いた道具を次々に使い、特殊糸で縫い合わせる。相当な出血であったが、母親の息は耐えなかった。

「ふぅっー、何とか終わった。この状況では奇跡に近い。後は回復を祈るのみだ」

モモは内心ほっとした。カネにも成功が分かったらしく涙ぐんでいた。新しい布は使い尽くしてしまったので、外にいた女に新しい貫頭衣を前を割いて持って来てもらう。母親をそれに包み寝かせると、モモはカネにマスクと手袋をとるように言い自分もとると、トシに声を掛ける。

「終わったよ。女の子だ、おめでとう。まだ不安だけど、とりあえず今は母子共に、こちらの世界にいるよ」

トシは「フギャーフギャー」と力なく泣く赤子を見て、母親も生きているのが分かると地面に手をついてモモに感謝する。泣いていた。モモもカネもそれを見て涙が浮かんできた。皆にそっと入ってもらい、取りあえずの母子と体面してもらう。

「麻酔、眠り薬がもうすぐ切れる。意識の回復と共に痛みの感覚が戻ってくるから、みんなで励ましてやって。縫った糸は、(モモは両手を広げ、片手の指を次々におり、もう一方の手の指もおる。)このくらい、太陽が昇ると体の肉になってしまう。同時に痛みもなくなると思う。みんなで世話してやって。ここでのおしゃべりは、やめてね。みんなの口の中から悪い空気が出ると治りにくくなるよ」

と言い、モモは手術用具を再度熱湯消毒し片付ける。

「カネさん、疲れた。どこかで横になりたいな」

とモモは外に出て、オサの家のむしろの上で横になる。カネに、

「何か、あったら呼んでね」

と頼み、モモは一日の疲れもあって寝込んでしまったが、部落、特に女達は興奮して一晩中しゃべっていた。中心にカネがいたことは言うまでもなかった。

## ゆったりとした雲の流れ

モモは翌朝起きてむしろをたたんだが、頭がガンガンして吐き気がしていた。多分、あの酒であろうと思っていたところへ、オサと昨日、一緒に食事した男達がトシも一緒に現れる。多分、部落の役員というところなのだろうと思った。トシは頭が膝につくかと思われる程下げて感謝する。

「有り難う。お蔭で、二人共助かった。命の恩人だ。有り難う」

オサも言う。

「モモ、太陽が三つ昇るまでと言ったが、当分ここで暮らさないか？　持ち帰れと命令されたという品物、ドキは好きなものを選んでくれればいい。我々の本当の気持ちは、当分ではなくずっと居て欲しいのだが、それは難しいよな？」

「うん、少し居させてもらえば嬉しい。だけど、あの酒？何ていうのかなぁ、あの飲み物だけは、遠慮したい、今も頭が痛いし気持ちが悪い」

「ああ、『酔水《すいすい》』のことか。モモじゃなくても、嫌だという女は結構いる、わしの連れもそうだ。確かに臭いがあるが、どこの部落もあれを飲んでいるし、神にも捧げる。モモ、臭いを消す方法があるか？」

「今は嫌だけど、明日、それを作っている所を見せて。それと中に穴が空いていて水を通せる管みたいなものは何かある？」

「クダ？　クダって何だ？」

モモは地面に枝で管の図を書く。トシが、

「分かった、竹の節をくり貫くか、焼きものしかないかな」

他の一人が言う。

「カスが焼きもので、火吹き棒を作ったじゃないか。あれで作らせたら？」

今度はモモがオサに聞く。

「焼きものってドキ？」

「うん、そうだ」

「カスが作っているの？」

「いや、カスは、おまけみたいな奴だ。本人は好きみたいだが、使い物にならんような物ばかり作りおる。明日、焼きもの作りをやると言っていたから見ればいい」

「だけど、オサ、カスの作る物は意外と人気がある。よそからもらいに来たり、よそでまねて作っている。飾りものと考えれば、案外いいのかも知れない」

とはトシの言。

「私もトシの言う通りだと思う」

モモはズボンのポケットから、カスの描いた絵を取り出すし皆に見せる。

「おお、モモの黒犬そっくりだ」

「これ、あの気持ち悪い服を着ていたモモそっくりだ」

「でしょう、カスは、これをあっという間に描いてしまう、カスは口や耳が思うように動かないだけでなく、頭も皆より劣るかも知れない。でも別の能力、力があると思う」

「カスが書いたのか、信じられないなぁ」

オサも考え込むようにして言う。

「わしも、あいつは何か人と違ったものを持っているんじゃないかと思う時もある。それより、モモ、これはどうやって作るのだ？」

オサは紙に、びっくりした様子であった。

「私もよく知らない。こんな薄くて白いものは、ここでは絶対無理だと思う」

「白くなくてもいいから、何から作るのだ？」

「ここで作るとしたら、種類は分からないけれど、多分柔らかいものからだと思う。作り方は、想像だけど、木の繊維を集めればいいのかなと思う。薄く切って叩いてから煮る。煮た固まりをほぐして水にさらして上に浮いているものをある程度の厚さになるように漉くって干す、違うところもあるかも知れないが、似かよったものなら出来るような気がする」

「やってみるよ、面白そうだ」

トシを含めて三人が話しながら立ち去る。モモは、昨日手術した妊婦を診察に行く。台の上から起き上がろうとするのを制して、

「気分はどう？　気持ち悪いとか、痛いとか」

「うん、有り難う。お腹が痛いけど昨日の苦しみからすれば、ウソみたい。本当に有り難う。赤子も元気みたいだし、助けてくれて有り難う」

カネが入ってくる。

「モモ、あたしは未だ信じられないんだ。すごかった。あんた人じゃないみたいだよ」

「ふふふ、冗談言わないでよ。たまたま運が良かっただけよ。失敗することもある。それより、お腹の傷をきれいにしたから（アルコール消毒）、新しくなくてもいいからきれいなのに取り替えてね」

眠っている赤子を診て続ける。

「大丈夫、この部落での扱い方に戻していいよ。誰か、お乳出る人いるの？」

「ああ、一人赤子のいる女がいる。乳は出すぎるくらいだ」

モモは外に出ると何の気なしに空を眺める。晴天であった。白い雲がゆったりと動いている。

「衛生状態も最悪、空気中の塵もまだ収まっていない、字もない、数も少ししかない、平均寿命も恐らく三十代であろう。でも、皆が協力して楽しく過ごしている、ここの時間は、あの雲のようにゆったりと流れている。時間に追われるのではなく、時間を気にせずに、カスみたいな人にも居場所を与えて生活をみんなで楽しんでいる。羨ましい」

とモモは思った。でも、やはり衛生状態には閉口した。特に便所である。女も小用は外で済ましていた。大は流石に男女ともに小屋に入ったが、共用で戸は小さく、穴が掘ってあるだけであった。いっぱいになれば他へ移動する、それはカスの仕事だった。始末は木の葉で、冬は綱を渡しそれでこすり取り、寒いので綱が凍れば外でたたき落とすという。モモは、一人なので、当分オサの家で過ごしてよいことになった。オサには一つの家があったが、他は三世帯くらい一緒の合同生活で、一人前となった男女にはそれぞれの独身者用の合同生活場があった。部落の方針は、最終的にはオサが決めるが、その前に役員の合議がある。役員の寄り合いはオサの所でするらしい。モモは黒犬を飛行艇へ戻した。

## 火焔土器登場

翌日、モモは、広場の隅にあるドーム型の釜の前で、十数人の男女が土をこねて土器を作っているところへ案内される。

「ああやって作って、釜の中へ入れて焼いて二つの日が経ったら取り出すのだ。向こうに出来上がった予備のドキがあるから見てみるか？」

オサの説明にモモは答える。

「うん」

小屋の中には、沢山の鉢や皿が並んでいた。モモの目は、数個並んでいた大きめの深鉢を捉える。

「あっ、あれだ。あれは飾りものなの？　実用には不向きだと思うけど」

「あれか、……あれはな、昨日、モモが取り上げてくれなかったとしたら……、つまり水子を入れて葬るための容器だ。もっとも、母親が健康の場合に限るが」

とオサが静かに言った。数個のどれもが同じ形であったが、上部の出っ張りに母親と思われる顔、胴部には縄文というより抽象的な線描があり、その中に隠し絵のように赤子を表現する図絵が描かれているというものであった。オサの説明によれば、その容器に胎児の遺体を入れて、住居の入口に葬るという。そこを母親が跨ぐ度に、もう一度母胎に戻り出生するという信仰からだという。付け加えて、最初の鉢はカスの作品だとも言った。モモは出発前に、その土器を、テラ第三期博物館で見て、不思議なデザインに何に使うのか不審に思っていた。ふと広場を見ると、カスが天を仰いでは下を向き、何か作っ

ている。オサに断り、カスのそばへ行くと、

「モンモ、モモ」

と言い、作りかけの土器を見せてくれた。円形の中に笑顔があり、回りを細長い三角形が沢山つけられていた。モモは、

「太陽ね」

という意思を送ると、

「そうだ、でも眩しくて良く見えないんだ。あの炎が見たい」

と言う。

「見せてあげようか？　そうしたら何か作る？」

と聞くと、

「うん」

という返事。モモは例のゴーグルを取り出し数字調整する、辺りの景色が全く見えない真っ黒に。

「これ、着けて。太陽が眩しくないから」

と言われて、カスはゴーグルを着けてじっと太陽を見続ける。他の人達もモモとカスが気になり、手を休めて二人を見ている。瞬時ならともかく五分以上見ているので、目のために良い筈はない。

「カス、もうよしな。目に悪いよ」

とモモが取り上げようとしたその時であった。無言でいたカスが耳が痛くなる程の大きな奇声を連続して発し、ゴーグルを放り出す。

「ウッ、ウォー、ウォッー！　ウォッーー！」

カスは体を震わせながら、作業台にいた女を突き倒すようにして粘土の固まりを握り必死で何かを作り始める。皆作業を中止して、呆気にとられていた。目をギラギラとさせ叩きつけるように粘土を付け合わせているカスに、女達は、「気が触れた、狂気に近いもの」を感じ、台を離れて恐ろしそうに見ている。モモも驚いたが、やはり尋常ではない、批評を許さない真の芸術は、常識の中では生まれないのかも知れないとも思った。大きな筒状の深鉢の上には、ギザギザの波形があり、その中に一際大きく太陽風で煽られたような不可解な長い突起が見える。周りで見ていた人達にざわめきが起きる。

「あれは何なんだ？」

「あいつ、前から足りない奴だったけど、今度は狂ったか」

カスは周りの人達など、何も目に入っていない。懸命に造り続ける。胴部の線描も縄文などは、はなから飛ばしているようで、渦巻き、S字形、U字形、更に楕円が描かれている。モモは、目を見張っていた。全てが太陽のコロナと太陽風が形造る模様、カスは見たのではなく観たのだ、カスの感性が捉えた、燃えさかる太陽の炎なのだ。台の上には、例の火焔土器が完成し、火入れを待っていた。

カスは台の下にうずくまっていた。全身で挑み全エネルギーを使い尽くした、燃え尽きたような姿であった。モモには、この時には未だカスが抱いていた自分に対する熱い想いなど理解しようもなかった。カスは太陽のコロナの中にモモを観ていたのであった。皆、呆然としてカスの作品を眺めていた。オサも腕組みしたまま、台の上の火焔土器に見とれていた。

「……煮炊きや水運びには向かないが……何という形だ、太陽を見ていたというから太陽、日の神を表したものか。とにかく焼き上げてくれ。それからにしよう」

　モモはカスのそばに寄り労るように言った。

「カス、凄いもの造ったね。疲れたんだろう。少し休んだ方がいい。目は痛くないか？」

　カスはヨロヨロと立ち上がり、モモがいるのが分かると、笑いかけ、

「作ったよ」

　という意識を伝え立ち去る。皆はまだ興奮がさめずに、カスの作品を眺めていた。

「酔水を見に行こう」

　オサがモモを促す。歩きながらの話となる。

「カスがあんなものを作るとは思わなかった。あいつの本当の力か」

「そう、多分。でも本人は、意識していない。みんなが驚くようなものを作ったなんて考えていないと思う。その時の感情が山の噴火みたいに一気に出て来るんだと思う」

　案内された小屋の中は、あの発酵途上の、モモにとっては吐き気を催すような空気が充満していた。大きな瓶が幾つも置かれ、ぶつぶつと泡が上がり発酵していた。原料は、主に柿、梨や山葡萄らしい。その他にも柔らかい実を叩いて潰して中に入れておくらしい。

　猿が木の洞などに木の実を入れて自然発酵させて作る「猿酒《さるざけ》」の延長のように思えた。モモは、この上澄みを別の小さい瓶にいれ火に掛け加熱して、気化蒸発したアルコール分を冷却し集めて、蒸留酒を造ることを思いついたのであった。オサにそんな説明はできないが、水の沸点の百度に比しアルコールの気化は約七十八度とされるため粗雑な容器でも無駄は出るが可能だと思ったのである。オサにその仕

掛けを説明する。効果としては臭いも薄くなるし、酔水の酔いも速い（アルコール度が強いとは言えなかった）、そしてそれを何回か繰り返したものを傷口に塗ると膿むのを防げるという説明に、オサは積極的に乗ることとなった。瓶に丁度重なる冠状の蓋で上に管と結ぶ穴のある容器と、以前にカスの作った火吹き棒を何本か作らせその日の釜に入れる。モモは接続は粘土を使えばよいと考えていた。

その後、胎児とトシの連れ（チイと言う）を診に行った。トシもいて二人の感謝の言葉を浴びねばならなかった。赤子の名は、オサが付けてくれるのが「ならわし」であったが、トシは事前にオサの了承を得て「モモ」としたそうで、モモは大笑いした。臭いを消すための酔水の処置を話すと少し考えてから、

「下の瓶からの熱で、つないだ粘土も硬化するだろうから、上蓋と一体となるような別の粘土があるので見つけて来ること、また、今回を踏まえて次回は直線のクダではなく多少曲がりのあるものを作ること」

を示唆する。どうもトシは、テラにいるエンジニィアのような存在なのかなとモモは思った。二日後、沢山の男女が見守る中で釜が開かれ、まだ余熱の残るカスの作品が出現する。皆はこれを見に来ていたのであった。方々で驚きの声が上がる。同時に小声で、

「カスが。間違えじゃないの」

「本当にカスが作ったのか」

「あいつ、元々おかしいから、普通の人が思いつかないようなものを作るんだ」

等々の批判的な言い回しに混じって、

「すごいなあいつ、見直したよ」

「今までだって、うちでは使い物にならないって言ってるけど、他の部落で欲しがるものもあったよなぁ」

「うん、あいつは、きっと別の能力があるんだよ」

といった賛同の声も聞こえる。モモは皆の台を囲んだ輪の外にしゃがんでいたカスが、あの製作の時同様にヨタヨタと川の方向へ歩んでいくのが見えた。

「まだ全力を投入してしまった抜け殻状態から復活していない」

と思い可哀想になった。皆のざわめきが、少し収まると、オサが台の上に立つ。

「皆の衆、この焼き物、誰が作ったかということは重要ではない。太陽を見ながら作ったという。つまり、わしは『日の神』への捧げ物として考えることとした。それで、役員会の了承は得たが、この焼き物を『炎の鉢』と名付け、神事の際の燻煙皿の代わりに使おうと思う。皆の意見は如何かな?」

「わぁー」

と賛同の声が上がる。神事とは定期的には秋の収穫の感謝祭（暦がないので秋の胡桃、栗、どんぐり等を大量に採集した後の満月の日、雨天なら次ぎの満月の日の翌日実施）、雨乞い等の非常時の願いで、神茅《かみがや》を敷き詰め、酔水を捧げ、檜の新枝を焼き、その燻煙を以て神の降臨を誘い祈るという厳粛な行事であった。

感謝祭は、木の実の採集に大陸の戦乱から逃げてきた難民が伝えた稲作が加わり、段々米の収穫時に移行し、降臨された神々と共に皆が飲み喰い踊るという楽しい「神人和楽」という日本国特有の境地となっていく。当時の信仰は太陽神「日の神」と大地の神「地母神」それに星座ともとれる「星神」が主体であった。そして、この日、釜が開くのを待っていた中には、「酔水の酔いが速くなる」という話を聞きつけた男達も沢山いた。モモの発想をトシ達が実際に施工したのだが、途中でのロスが多く、得られた蒸留酒は僅かであった。でも皆が味わい「強烈な臭いが消え辛く旨い」という評価で、いずれの時、いずこの地でも「飲んべえ」の酒に対する執着は変わらず、酒好き達は用具の改良に真剣に取り組むことになった。

## カスの恋慕

次の日の早朝、若い男が飛び込んで来る。

「大変だ、カスが大変だ」

オサもびっくりしたが、食事作りを手伝っていたモモは駆け寄る。

「どうしたの?」

「オサ、あいつ、あのスゲー物の焼き上がったのは見に来てたんだけんど、その後、誰も見てない、どうも川原で寝てそのままだったらしい。オサの大事な馬に餌やってないっていうから見に行ったら、いないんだ。みんなで捜したら川原で寝てた。体は冷たいし、息は小さいし、返事しないんだ」

オサがモモを見る。

「診てやってくれるか?」

「どこにいるの?」

「馬舎だけど……案内する」

馬舎といっても、外観は普通の建物で中が土間で、足の短い頑丈そうな馬が一頭いた。馬は貴重品だった。オサが遠くの部落に二人の女を嫁がせる際に沢山の土器と引き替えに手に入れたのだった。奥に沢山の藁が敷いてあって、カスはそこに藁にくるまって寝ていた。発見が早く、体が温まったのもあって、息は正常に戻っていた。モモが体に触っても寝ている。

「心配ない。風邪ひいたのだ。少し寝させていればだいじょうぶだよ」

「風邪って？」

「うーん、寒くなって、体に熱が出る、せきが出る、気持ちが悪い」

「あー、せき、サムサムか」

サムサムとは「寒々」のことらしい。

「心配なら、目覚ましたら、これ飲ましといて」

数少ない栄養剤を一粒渡す。

「おれ、用事があるんだ。モモがやってくれないか」

「じゃ、もう少し見てる」

男は出て行ってしまった。モモは、ぼぉーとしていた。

「今日でもう五日か。手術やらあの炎の鉢なんかがあって、早いと思うけど、少し疲れた、一ヶ月もいるような感じもする。疲れたなぁ。これで戻ればいいか。オサからあの炎の土器をもらって。やはりカスは芸術家だ、本人は意識していないけれど現代でも充分通じる、もったいないなぁ。それにしても疲れた、オサの家でもあまり熟睡していない、でも、これ程内部に入り込んだ調査員もいないだろう。報告も充分だ。やはり区切りだ。明日、戻ろう。でも疲れた、眠い、この藁暖かいなぁ……」

知らない内に横になり眠ってしまった。モモは人の気配で目が覚めた。そばにカスがいた。カスの目に燃えるような情欲を感じ、「いけない」と直感して起き上がろうとしたが遅かった。カスが、ムシャブリついて来た。

「カス、よしな、ダメだよ」

と意識を送ったが、あの土器作りの時と同じで、一切、外は遮断されているようで、モモに抱きついて離れない。モモは、

「しょうがないか」

と思って、

「カス分かったよ、するから、そんなに力を入れないで」

と体の力を抜く。大女の上に小男が乗っていた。

「カス、そこじゃない！　そこ違う」

カスは始めてのようで、確かにカスを相手にしてくれる女なんかいないだろう。モモは諦めてカスを誘導する。終わってカスが離れると、元々疲れていたモモは少し横になっていた。そこへ、さっきの男が戻り、

「あっ」

といって出て行ってしまった。モモは、「しまった」と思い立ち上がり服を着て外へ出ると、その男

が誰かと話している。みんな、そういう話題は好きである。うわさは、またたく間に広がった、尾ひれをつけて。

「カスが、嫌がるモモをやっちまったってよ」

「モモもあの長い足、絡ましてたってよ」

モモは好奇の眼差しの中、肩を落としてオサの家へ戻る。オサが血相を変えて、

「モモ大丈夫か？　カスの奴許さん」

出ようとするオサを連れが止める。

「あんた、そんなに怒って。ほんとは、自分がやりたかったんじゃないの」

モモの方を向くと、

「モモ、本当だよ。男どものあんたを見る目つきは異常だよ。気をつけな。カスだけじゃないよ」

「バカ、俺はオサだぞ。そんなことするか」

「どうだか」

「オサ、もう、いいんです。私も気をつければ良かった。カスを責めないで。それとカスの作った炎の鉢を戴いて、明日、国に戻ります。いろいろ有り難うございました」

オサは一瞬ポカンとしていた。連れが言う。

「モモ、こんな事があったから当然だろうけど、もう少しいてくれないか。さっきも、少し先の部落からモモを貸してくれと言って来た。それは、貸し借りのものじゃないって断るよ。お産は女にとっても一大事だけど、部落の希望なんだよ。その先の部落は小さいんだ。それは飢饉があれば、子など一番先

に亡くなっちまうけど、部落の明日のために、みんなの希望なんだよ。それで、女達にあんたの持っているものを教えてやって。私も聞く。それは、あんたがトシの子にしたような事は始めから出来ないけど、みんな、ちゃんとした事を知っていたほうがいいんだ。それと、カネに、薬になる草を教えるって言ったんだって。それも頼めないかね」

モモは疲れ切っていたが、医者としての自覚が持ち上がってきた。

「キキ（オサの連れ）、先の部落はお産でしょうけれど、産婆はいないの？」

「小さい部落だからいない。今のモモじゃ無理だよ。これは断るよ」

「キキ、取りあえず診るだけ診るよ。そこへ連れって行って」

オサは黙っていた。

「気持ちは有り難いけど、無理だよ。体洗って休みな」

キキは外へ出ようとする、誰かを断りに行かせる気配のようだ。

## 頭をもたげた職業意識

「待って。キキ。これは国でも私の仕事なんだ。お産じゃなくて、もう少し大きな子供が相手だけどね。お産は母親も必死だ。子供に掛ける親の気持ちはよく分かる。行くよ。子供のためになら死んだっていいよ。おまけに部落の希望なんだろ。希望の火を消すわけにゃぁいかないよ」

「あんたって人は……。分かったよ。だけど……見直したよ。私がついていく」

そこへ男が二人駆け込んで来る。

「大変だ、カスが首を吊った」

モモが言う。

「で、死んだの？」

「いや、見に行った者がいて、すぐに紐を外したから今は静かにしている」

キキがモモに小声で囁く。

「行っちゃいけないよ。生きているんだから。恐らく、みんなから何やかんや言われたんだよ。聞こえないんだけど、雰囲気から分かるんだよ。あんたが行けば、またバカ話が広がるだけだよ」

そして声を大きくして、

「モモは、先の部落で欲しいっていうから連れって行ってやるんだ。モモは、おまえたちのいい加減なうわさ話にうんざりしているんだ。モモなんて要らないんだろ。モモ行くよ」

モモはクロ犬に持ってこさせた携帯用医療バッグを持って続く。しばらく行くとキキが笑いながら言う。

「あれで少しは収まるよ。だけど、さっきの話だけど気をつけな。うちの、オサは冗談だけど、あんたこの辺にいない女だから、男の気を惹くんだよ。中には悪いのもいるからね。それからさ、女どもはやっかむんだよ。本当は国へ帰ったほうが、あんたのためだけど、さっき言ったことで、もうすこしだけ居てくれるとうれしいな」

モモは何も言わなかった。二人は道中殆ど無言で先方の部落に着く。モモは「成る程、小さいな」と思った。若いオサが丁重に案内してくれる。妊婦のいる家に入り、手を洗い、触診して安心した。

「大丈夫よ。赤ちゃんも元気。明日あたりかなぁ。取り上げた経験のある人はいないの？」

キキが答える。

「今まではうちにいた産婆が来ていたんだ」

二人は泊まることとなった。キキは何ができるわけではないが、モモを一人にはできなかったのだった。赤子の都合で二人はもう一泊することになる。その間に若い女の子三人に、事前準備と実際の作業を教える。二日後の午後出産となる。モモもここの状況に合わせる必要から、自分も手袋着用はせずに三人に外に沢山生えていた抗菌作用のある「どくだみ」の葉を摘ませ、手にこすりつけてから水で洗い流し、作業する。一人一人に実際の作業を手をとりながら実施する。通常分娩で無事出産する。

赤子の父親はタメと名乗り、腰を折り曲げてモモに感謝した。部落から沢山のお礼の品が用意されたが、二人は「隣近所の当然の協力」として遠慮した。そうしたら、若いオサ自らがタメと一緒に背負い同行する。二人の爽やかな感覚にモモは微笑んでいた。

## 諸悪の根源ジゴロとモモの悩み

戻ると、オサはいなかった。駆け込んできた女がキキに真剣に話している。キキがモモに言う。

「カスが喧嘩して、相手を殴って顔に傷を負わせたんだとよ。相手が悪いんだと思う。あいつは、ろくな奴じゃない」

オサが戻って来る。連れのキキに疲れたように言う。

「モモに炎の鉢を上げたいけど、手元に残らないから、モモとおまえが出掛けた後すぐに、手の空いていた焼き物作りの連中を集めて幾つか作らせたけど、カスの作ったものと比べると違うんだ。形もだけど、迫ってくる感じが違う。みんなも同じで『カスに作らせ、それを見よう』ということになった。暇な奴等を集めて、カスに作らせながら、自分達も作るという仕事を始めたら、ジゴロの奴が『カスが先生だとよ。俺達はカス先生から教えてもらうんだとよ。ふざけるな、あんなウスノロに。おめえ達も偉いカス様に教えてもらえよ、俺は嫌だ』と仲間を煽って出て行ったらしい。わしが、いれば良かったんだが。その後引き返して来て、カスが作り上げた作品二つを地面に放り出し、足で潰して土と混ぜてしまったらしい。『元の土のほうが、すっきりする』と言ったという。さすがに誰かが戒めたらしいが、カスは笑っていたらしい。そうしたらジゴロの奴、かっとしてカスが最初に作った作品に手をかけようとしたら、カスが飛んできて殴って後はもみ合いとなったらしい。ジゴロは腕力を自慢してたけど、カスは労働で鍛えてるから五分五分だったらしい。皆が止めに入って終わったらしいけれど、ジゴロは『カス、余計者がよ、おまんま喰えねぇようにしてやる』って捨て科白で出ていったらしい」

「あんた、ジゴロなんか何で入れるんだよ、あんたがいけないよ」

「……だけどなぁ、皆が仕事してるのに、酔水飲んで、遊んでいるんだから、たまには仕事させようと思ったんだ」

「なら、ちゃんと監督してなきゃ。あいつは、みんなの不満を煽って、あんたに変わろうとして毒の種を蒔いてるんだよ」

役員のトシが来ていた。モモにそっと言う。

「ジゴロというのは、狩の時、事故で亡くなった前のオサの息子で元々素行が悪いから、我々が今のオサを立てて、皆の賛同を得たのだけど、恨んで事故そのものも我々のせいにしているんだ。悪い仲間を集めて次ぎのオサを狙っているんだ」

役員会の評決は全員一致で「喧嘩両成敗、殴って喧嘩を始めたカスも悪いが、ジゴロの行為も悪い」ということになった。キキがモモを呼んで言う。

「カスはあんたに真剣に惚れてるんだと思う。あんたの目隠しで太陽を見せてやったんだろ。しばらく見てたっていうじゃない。それから気違いみたいに、あの凄い炎の鉢を作ったんだろ。あたしゃ、始めあんたに捧げるつもりで作ったのかと思ってたけど間違いだった。ジゴロとのことを聞いてはっきり分かった。カスは、太陽の光と炎の中に、あんた、モモを見ていたんだよ、あの炎の鉢の中にはモモがいるんだよ。だからジゴロが手を掛けたら殴ったんだよ」

モモも理解した。カスとの出会いからを考えて、キキの言うとおりだと思った。しかし、派遣されてから今日で一週間が経つ。規定には、任務は五日以内で終了、手間取っても七日、それを過ぎ何の連絡もなければ事故があったと判断して捜査員を派遣することになっている。確実に捜査が来る。だが、キキに言われて自分のカスに対する気持ちも分かった。

「あの馬舎でカスに身を任せた時、既に自分はカスに惹かれていた。しかし、それはカス自身ではなくカスの才能なのだ。あの才能を守って、考えられないようなものを創るのを見たい」

モモは頭を抱えて座り込んでしまった。キキが言う。

「だいじょうぶだよ。カスもあんたに対しては、多分もう手は出さないよ。私も気を付けているよ」

モモは顔を上げて言う。

「違うの。キキ、どうしたらいいか教えて」

キキは驚いた、口には出さなかったが、

「この女が悩むなんてことがあるのか。何でもテキパキとこなす女が……」

と思った。モモはキキに告白した。手の指を片方は全部残し、もう一方は二本残して、これだけの日が過ぎると国から捜査が来ること、そして今日がその日に当たること、それから今の偽らざる気持ち、カスの才能に対する想いを。キキは少し黙っていた。やがて、

「モモ、あんたが、そんな状態にあるなんて考えてもみなかった。そうすると、もう来るんだね、あんたの国の人が」

「うん、でもここには入らないし、地上にも降りない、空に停止した丸い舟から私に話すと思う」

キキは驚いて聞き返した。

「空からかね。あんたも空飛べるんか？　いや、そんな事はどうでもいい。要するに、どっちか決めなきゃいけないいんだろ？」

「うん……」

「正直に言って。カスと世帯持つ気はあるのかい？」

「……それも分かんない。カスを連れて帰ればいいんだけど、それは絶対無理。許してもらえない。ここでカスと一緒になったって、家もないし、みんなからは変な目で見られるし……。捜査に来る者が

強制的に連行してくれて国に戻れば全ては忘れるしかないけど、それも私の判断を尊重して無理」

「あんたねー、モモ、あんたもう少ししっかりしてると思ってたよ……。みんなが驚くようなことが出来るのに。国に帰るつもりで、他へ行ってみる気はないかい、カスと一緒に」

「そんなこと、出来るんですか？　行くってどこ？」

「そうなら捜すけど。例えば、今帰って来た部落とか」

「……」

「あんたなら、どこだって歓迎するよ。カスだって、あんたが惚れたという能力を前面に出せば大丈夫だよ。それに、あれは労働を嫌がらないもんな。どう？　じゃなきゃ、帰る、帰っていいのを見つければ、カスなんて忘れるよ。これはあんたが決めるしかないよ。それも急ぐんだろ？」

「……」

モモは何かに集中している。外で何か騒ぎが起きている。部落の上空に皿くらいに見える飛行艇が停止していた。反重力装置だからこその停止であった。キキは外を覗くとみんなが空を見上げている。

「来たんだね。そうなんだね」

モモは首を縦に振り、操作員との会話に集中していた。操作員は、上司であった。モモを心配して他に任せずに、自分がやって来て、モモの飛行艇から黒犬を拾うとその記録装置から、モモのいる部落を特定し、意識通信が可能な距離まで来ていたのであった。上司はモモの単純な経過報告に納得せず、モモの派遣後の記憶に接触し、遠距離からで少しぼけるが大枠をつかむと、モモに自分の飛行艇に今すぐ戻るように説得する。迷っているモモに優しく諭す。

「私は、上司としてではなく、普通の人生の先輩として言っているつもりだ。無理だよ。誰でもそう言うと思う。現物を見ていないので何とも言えないが、優れた芸術家かも知れない、だけど本当に結婚するのか。こちらには連れては来れない以上、君がそこで暮らすのだよ。誰でも震え上がるような環境の筈だ。君の体内の免疫機能は悲鳴を上げていると思う。もうすぐパンクするよ。そうならない前に戻ろう。住む世界があまりにも違いすぎるのだから……」

モモは決断できなかった。上司は明日また来るという。これも特別であった。通常なら事務的にこれで終わりの筈である。モモは泣いていた。そして黒犬を戻してくれるように頼む。彼女は、例の炎の鉢を自分の飛行艇へ運び込みたかった。上司は了承し、立ち去った。ぐったりとして倒れ込むようなモモをキキが支える。

「で、どうなった？」

「うん、私が決められないので明日また来るって」

「へぇー、優しいんだね」

「うん、規則、きまりは一回だけなんだけど、心配している」

「その人、独身？」

「いいえ、きれいな連れがいる」

「じゃ、本当に心配しているんだ。責めるんじゃないけど、あんた次第だよ。あたしもあんたの気持ちで動くよ」

「有り難う」

そこへ、オサとトシが入って来る。

「今、いなくなったけど、空に皿が浮かんでいて気味が悪かった」

「それ、モモを探しに来たんだよ」

「えっ、モモの国って空の上にあるのか？」

「オサ、違うと思うよ、多分乗り物だよ、モモそうだろう？」

モモは、トシの頭の柔軟さに驚いた。

## モモの決断

「うん、キキ決めた。もう迷わない。タメとチコ（タメの連れ、モモが出産を助けた）のいる部落で暮らせるように頼んで」

目を剥いて驚くオサとトシを隅に連れて行ってキキは概略を話す。オサは、モモが出て行ってしまうのに拘っていた、オサとすれば、出産だけでなく病人に対しての頼りになる存在であった。トシは冷静であった。

「モモとカスが結ばれるなんて考えてもみなかったけれど、モモには必要な時に頼めばいいでしょうし、カスの安全が図れますよ。ジゴロ達は何をするか分かりません。どうにかしないと、あいつ他の部落にも、グータラ仲間を作り始めていますよ。それと、以前からモモに頼まれていたという炎の鉢は、カスが最初に作ったのを渡せばいい。ジゴロは、自分では手を出さずにあれを壊そうしている」

「うん、分かった。あいつならやりかねない。わしもそう思って、あの騒ぎの後、ここへ持って来てるんだ」

オサは部屋の隅から持ち出す。

「ほら」

三人が笑い、モモも連れ込まれ笑う。

「モモが笑った、あたしゃ、モモの心にある部落にこれから行ってくるよ、正式にはオサ同士の話だけどね」

トシが心配そうに言う。

「それよりモモ、カスの気持ち確かめなくていいのか?」

「うん、馬舎へ行ってくる」

トシが続ける。

「俺も行くよ、大丈夫だよ。中には入らない、外にいるよ、あいつら何をするか不安なんだよ。それにカスとまともに話せるのはモモだけだものな」

馬舎に入ると入口の馬糞の中にカスが転がっていた。意識がない上に馬糞で呼吸が狭められ酸欠状態でもあった。

「トシ、来て!」

「あいつらの仕業だ。カスが話せないから、平気で暴行したんだろう。とにかく体洗おう。水汲んでくる。水掛ければ意識戻ると思うよ」

普通の鉢に水を次ぎ次ぎに汲んでくる。モモは破れて馬糞にまみれた衣を脱がせ、顔に水を掛けると意識が戻る。モモの顔を見ると恐怖の表情で逃げようとするが体が動かない。意識が必死に訴えていた。

「ご免なさい、ご免なさい、ご免なさい、ご免なさい」と。

馬糞を洗い流すと全身に、出血の激しい打撲の跡が確認された。

「トシ、何でそのジゴロを排除できないの？」

「うん、一回やって双方懲りて、当たらず触らずの関係になってしまったのだ。あいつの父親が前のオサだったという話はしたよね。あいつは、父親の事故の後、自分がオサになるつもりでいた。我々はあいつの性格から心配で、今のオサを立てて、みんなの意志決定に任せたら、僅かの差で今のオサとなった。だから今でも支持者はかなりいる。ろくな者はいないけれど。皆あいつのしている悪さは知ってはいるが、そういう方面では恐ろしいくらいに頭がいい、狡猾なんだ。証拠を残さないから、言えば言い掛かりになってしまう。それに殆ど自分では手を下さない。これもそうだ。半殺死にして死ぬならそれでいいんだ。おまけにカスは話せない」

モモはオサの家から医療バッグを持ってくると、傷をアルコール消毒しているとカスの意識が、しきりに謝る。

「あんなことしてご免なさい」と。

その度にモモは優しく意識を送る。

「いいのよ、いいのよ」

そして思い切って聞いてみた。

「あの太陽を見た後に作ってくれた鉢は私なの？」

意識を全開したように力強い答が来る。

「そう、太陽をじっと見ていたら、いろいろな形の炎が合わさってモンモになった。作り上げたら、やっぱり鉢だ。モンモじゃない、でもモンモなんだ」

内心モモは笑った。

「そうか、私の名はモンモなのか」と。

「その液体は？」

ふいにトシの声で現実に戻される。

「これは、別の酔水（本当は化学合成）を何回も、この前の装置で濃くしたようなもの、消毒に使う」

トシに渡すと手に垂らし、すっと蒸発する。

「この強さを出せば薬草なんかよりいいんだね？」

「そう、傷口や手の消毒ならね。お腹のなかは、ダメだよ、内臓が焼けちゃう」

そこへ、尾を大きく振りながら黒犬が来る。黒犬の記憶にカスは最初に入った人で、うれしそうにカスのそばに座る。トシが呟く。

「犬は良く分かるなぁ。カスは動物を苛めないものな」

そう、カスの周りにはいつも小鳥がいた。オサの馬もオサよりカスに馴れていた。カスは自然に動物達と意識交換していた。翌日の暗い内に、上司の飛行艇は上空に来た。黒犬がその背にある炎の鉢を運ぶ。皆を起こさないようにモモは外に出る。上司は、また帰国を促していた。

モモが今までの礼を言い、はっきりと派遣調査員の辞職とテラ離脱の意志を伝えると、一瞬の沈黙の後了承した。しかし、モモの飛行艇の回収は三日後にするので、その間に気持ちが変わったらまだ変更が効くから、利用するようにという余裕を残してくれた。優しい気持ちにモモは鼻をすすって泣いていた。それから自分の個人的好意として、かなりの量の医療物資と個人用の反重力制御の移動機を大きな袋で落としてくれ、引き上げていった。

カスが歩けるようになると、モモがお産を手伝った。「ミト」と呼ばれていた小さな部落から若いオサが自らタメ達数人の男を連れて、モモとカスを迎えに来た。カスの荷物はない。モモは飛行服を捨てて、医療バッグと少ない着替えだけ。男達はモモの上司の贈り物の袋を軽々と担いでくれた。オサとキキ、トシとチイ、それにカネが見送ったのみで、ひっそりとした旅立ちであった。トシが、モモが捨てた飛行服を持って追い掛けて来る。

「要らない」

というモモに、珍しく激しい口調で言う。

「俺は、この頃のモモの疲れを、これを着ないからだと思っている。タメとチコには話してあるから、着て大丈夫だよ。目も来た時よりしょぼついていないか。モモの国とここでは空気が違うと前に聞いた。あの空飛ぶ機械から、多分モモの国の空気はきれいなんだと思う。空気は吸わなきゃ生きていかれない、ちゃんとしないと危ないぞ」

モモは直感的に自分のだるい具合の悪さの原因が分かった。

「有り難う。気づかなかった。トシ、その通りだと思う。本当に有り難う」

トシが照れながら応える。

「また、いろいろ教えてもらいに行くよ。酔水の関係にはタメもいるんだよ」

少し歩くとミトの部落に着く。入口でタメの連れのチコが赤子を抱いていた。部落中が迎えに出ていた感じであった。オサとオサの連れが二人の暮らす家へ案内する。小さいけれど一軒家である。モモの感謝に、

「大変な方をお迎えしたんだから当然ですよ」

とオサの連れが答える。

## モモの新生活

モモはトシの忠告に従い人と会う時以外は家の中でも飛行服を着て、少し静養した。カスはタメと一緒に焼き物作りの釜の改修をしていた。耳と口のダメなカスは、タメより先にする、つまり見本を見せている、それを見てタメは感心した。カスの頭は自分が関わった仕事での弱点をしっかり見抜いていたようで、カスのいた部落より小さいが効率の良い釜が出現する。モモは二日ばかりすると元気を取り戻した。

「やっぱりそうだった、トシ有り難う」

と独り言で感謝する。タメとチコは、トシの所と同じように赤子の名をモモとしたという。男の子なのに、いいのかなと思ったが、名前の性別はモモにはわからなかった。モモは、この前手伝ってくれた女の子三人に、どくだみの他に紫蘇、それに冬期もある南天の葉にも殺菌性があり、檜の新材にもその

成分があること等を教えていた。

　モモは、かつての知識を活かし、部落の衛生状態の改良に取り組んだ。子供達の健康にも。そして、モモには方々からの依頼が来る、往診である。モモはアルコール補充の必要性を感じ始めた。タメに話すと、トシとやっているという。他は飲むのが目的で話が逸れるらしい。救ってもらった人々を中心に、カスがモモの飛行服を着た姿を摸して作った焼き物の人形の需要が増え、ミトの部落は交換した物品で潤う。

　モモの往診には男が必ず二人で護衛したが、帰りには、礼の物品を背負ってくることになる。ある時モモに北の遠隔地からの要請がかかる。大きな部落であったが、族長が病に伏しているという。オサは判断に困った。こちらにも名が知れている、少し違った習慣を持つ有名な部落で、ミトのような小さな部落が対等に付き合える相手ではなかった。付き合いという意味からもモモに行って欲しかったが如何せん遠すぎる。先方は、馬を三頭連れてきている。それで往復して、ミトのものにして良いという。宝物のような馬はミトにはない。しかし、それでも両手の指くらいの日数がかかるという。モモに野宿なんか頼めない。向こうからの使いは、役目からであろうが拝むようにして、モモの往診を頼むが断るしかないと決断した。

　これを耳にしたチコがモモに知らせる。モモはとっさに、先日使いようがないとして部屋の隅に押しやった上司のプレゼントの個人用反重力制御移動機の活用を思いついたが、向こうの場所も特定出来ない中で諦めるしかなかった。そこへタメがトシを連れてやって来た。久し振りであった。モモはトシに飛びつかんばかりに喜んで、飛行服の礼を言う。トシは少し照れながら応じ、小さな瓶を出す。タメも笑っていた。蓋は粘土で密閉している。その蓋を開けるとツーンとした殆ど無臭の透明な液が入っていた。

「出来上がったよ、これで多分モモの役に立つくらいになったと思う」

モモは少し舐める。かなりの濃度のアルコールであった。

「凄い、やったね」

二人は笑いながら話す。

「改良するけれど、無駄が相当出た」

「でも、あいつらが飲んでくれてたからいいんじゃないか」

「意地汚いからなぁ、酒飲みは」

「でも、滲みるけど傷口が膿まないから助かるよ。モモ有り難う。馬が何頭もいる。朝はいなかった筈だ。どうしたんだ？」

居合わせたチコにタメが聞く。

「うん、北の何とかという所からモモに頼みに来ていてオサが応対しているんだ」

「ちょっと見てくるよ」

「俺も行っていいか？」

「おお、構わんだろう」

やがて二人が帰ってくる。

「あそこじゃーなあ」

「うん、多分断りながらも、オサは残念だと思っているよ」

モモが聞く。

「遠いいの?」

「おお、かなりあるよ」

「来た時は、こちらを少し迷ったらしいが、両手の指くらい掛かったと言っていたな。モモには無理だよ、野宿を何日もするんだから」

「一つだけ方法があるんだけど、向こうの場所が特定……つまり、ここって分かれば、トシが経緯を知っているけれど、私の捜査に来た私に命令する人が、自分も決まりに違反して置いていってくれた機械が使えるんだけど」

タメが言う。

「向こうの場所は、こちらは誰も知らん。誰かがあいつと一緒に行くしかないな」

トシが捕捉するように言う。

「行って帰ってまた行くのか。病人が持つか? モモが着いても葬式じゃしょうがないだろう」

またモモが尋ねる。

「その使いの人、信用出来そう?」

「信用って、どういう事? まさか野宿を考えてるんじゃないだろうなぁ」

トシの言い方に、隅にいたチコは気づいた。

「こういうやり取りがチイに誤解を起こさせているんだ。あの人、誰かに吹き込まれて、トシがモモに気があると思ってる。ばかだなぁ」

モモが笑いながら言う。

「野宿は始めからナシよ。こちらが頼んだことをちゃんとやるかどうかよ」

「それは……なぁ（二人で肯きながら）大丈夫だよ。どうするんだ？」

「向こうの門の所へ印しを付けるの。機械はそれを目当てに動く。北のどの辺か分からないけれど一日はかからない」

「いっ、一日？」

タメが仰天したように叫ぶ。トシが声を落として、

「言ったろ。空飛ぶ舟があるって」

「ああ分かった。モモは、それなら行くつもりなのか？」

「ハイッ。命を救うのが仕事だもん」

## 職業意識に徹して

「ちょっとオサを呼んできてくれよ。それとなく座外せって」

タメに言われチコがオサを連れてくる。トシに笑いながら手を挙げて挨拶する。タメが概略を話すと、

「そんな簡単な事で大丈夫なのか？　向こうは喜ぶと思うけど」

タメがトシを見る。トシが笑いながら答える。

「モモの国では子供だましくらいの感覚で皆使っているらしいですよ」

モモは、トシの推測に驚いた。

「モモも一緒に来てくれるか？　いや皆で来てくれ。俺の頭では理解できない」

皆笑いながらオサに続いた。モモ、タメ、トシ、チコと。モモは皆が家族のような、この部落が本当に好きになった。カスも差別されずに楽しそうに仕事している。誰にも出来ないし、まね出来ないのが、モモの飛行服着用でゴーグルをつけた像で、独特な形容もだが軽く全体の安定を図るために中は空洞にして、所々に厚みを調整するのは彼にしかできなかった。他の人が似かよったものを作っても安定が悪く立たなかったり、すぐ倒れたりして用を足さないのでカス一人の仕事になっていた。モモの活躍と共にその需要が鰻登りで部落に幸をもたらしていた。

逆に皆がカスの指導を受けながら、倒れることのない安定した炎の鉢を作っていた。カスは、もう少し低い容器も作り始めていた。先方の使者はモモ本人から承諾の言を得たが、簡単な条件（目印の設置）に不安感を隠せずに、

「私の命に関わりますので、本当に来てください。お願いします」

と何度も言い、モモの手を両手で握り拝むようにする。トシは、オサに異なる部落の者の発言許してくれるように頭を少し下げると、理解したようで手を上げる。

「お使いの方、モモ様の容貌をご覧になって下さい。実を申しますと、『神の国』からいらして下さっています。神の国の乗り物は、空を飛びます。ですから、一日で行けます。ただ目印だけは必要です。お帰りになられたら、族長様にそうお話し下さい」

使者は幾分安心したように戻っていった。モモはオサを通して、三匹の馬も返させた。先に代償をも

らっても、病状を知らないから失敗する場合もあり、使者が戻った時に亡くなっているかも知れないと考えたからで、後でオサに感謝された。オサの家から戻ると、チコが笑いながら改まってトシのまねをする。

「お使いの方、モモ様……」

ここまで言っただけでトシを含めて爆笑となった。モモが真顔になり、

「少ししたら、こちらの門にもこれを付けて」

と使者に渡したのと同じ小さな星形の箱をタメに渡す。

「向こうで付けたら、これの上が光る。そうしたら出掛けます。あまり目立ちたくないので宜しく。そして、これを外されると私は迷子になってしまうので、戻るまでは守ってね」

モモは今回は一人で行かねばならないこと、又、移動機を使い現地に行くこと、先方でミスはしないまでも患者の命を守れない可能性も高いこと等から何か嫌な予感がして、上司のプレゼントを整理してタメ達でも扱えそうなものを選び、項目別に並べた。文字は役立たない。症例としては寒々という風邪が一番多い筈だから、熱冷まし、喉の咳や痰、痛み止め。次ぎに裂傷関係、栄養剤関係等々。消毒用アルコールは少し残しただけで、抗生物質については全てを手荷物に入れた。

翌日、タメとチコを呼び説明すると、二人は顔を見合わせてから真剣に聞いていた。七日目の夜、星形が点滅し出した。移動機から取り出したミニコンピューターが距離を出す。半日あれば充分なのが分かる。モモは目立たないように暗くなったら出て、先方に早朝着の予定をタメに言う。タメとチコそれにカスも手伝い、高い椅子の四隅にポールが立てられ、風防のガードが装着される。モモは風防内部の

機器調整には、手をつけないように言う。

「皆様には、何なのと思うくらいの博物館にある代物です」

見送りには、オサと連れ、カス、タメとチコ、それにトシとチイも来ていた。チイについては、チコがトシに来るならチイも連れてくるように言ったからで、これがこの後大変な事件を起こすこととなる。

移動機は一旦ゆっくりと上昇すると、針路を北に取り、スピードを上げ夜空に吸い込まれていった。モモはトシが「神の国の人」と言った手前、着いてすぐに向こうで睡眠は取れないだろうと思い、全てを機械に任せ、精神安定剤を飲み座りながら熟睡した。

## 北の地での診療

暗い内に目覚め前方画面を見つめていると森が切られた所に集落らしきものが確認される。拡大すると間違いない。計器は後十キロを示している。モモは風防を調整しスクリーンではなく肉眼に切り替えた。北の部落は上空からも相当な大きさに見えた。元いた部落の五倍くらいありそうだった。早すぎるかなと思い部落上空で停止していると、下から男達が見上げている、その中にあの使者らしき顔付きを確認すると騒ぎが大きくならない内に着地に踏み切った。

門から少し離れた草むらにモモは降り立った。移動機から出ると既にかなりの人影が遠くから恐る恐る見ている。モモはまず移動機を囲んだ地にステルス光線バリヤーを張り、見えなくすると共に安全を図った。そして飛行服にゴーグルというカスの作った像そのままの姿で医療バッグを持ち門の所にいた使者を務めた男に話し掛ける。

「到着しました。案内下さい。あの乗ってきたものは、皆さんの目にはみえませんが、あの付近に近寄らないように警備をお願いします」

「はっ、はい」

円の付近にいた家人全員が極度の緊張状態にあった。モモは族長の部屋に入ると飛行服とゴークルを取り隅に置く。使者の男がやっと安心したように、

「誠に有り難うございます」

と丁重に頭を下げ、そばにいた男を紹介する。息子であり次の族長だという男は床に頭をつける様にして言う。

「あそこに寝ているのは、私の母で今の族長です。ここにも術師《じゅし》（呪術と若干の薬草知識を持つ古代の医者）はいるのですが、本人が男の術師を嫌がりますので、あなた様のうわさをお聞きし、遠路なので無理を承知でお願い申し上げました次第です。そうしたら神の国の人だと聞き、半信半疑でしたが、ここまでを空を飛んで一日もかからずにいらっしゃった。本当に神の国のお人だと信じます。恐れ多いことですが、母を宜しくお願い申し上げます」

モモは、イントネーションがモモの脳内にある言語と少し違うので、意識通信に切り替えた。

「それでは、どの様な病なのかを診察します」

ポンと頭に入った言葉に息子は驚いてモモを見る。モモは微笑んでいた。息子はモモを拝んでいた。

病人はモモに向かって頭を上げて、

「お願い致します」

と言った。

「どこが痛みますか？　私はあなたの意識に直接話していますので、周囲には聞こえません。あなたは言葉を口に出してもいいですし、周りに聞かれたくない時は、言う言葉を頭の中で整理すれば私の意識に通じます」

母親は意識通信を選んだ。

「実は、あなた様が女人ということでお願いしたのですが、腹が激しく痛むのです。すぐ吐き気がして食べられないのです」

モモは、マスクと手袋をする。上司のプレゼントの袋の中にあった携帯用ソナーと透視装置で腹部を診察する。胃に塊がある。モモには派遣前研修で習った現生人類特有の病気の一つの病名が上がる。

「通用語でキャンサー、日本国では癌」

と呼ばれるもので、摘出しなければ、どんどん大きくなり死亡に至るという。テロップが流れる。

～「これは、あの大惨事以降、復活した人類が持つようになった遺伝子で、今の我々は勿論、彼等の先祖にもありません。あの大惨事による突然変異ですが、現生人類も遺伝子操作により、もう少しすれば克服できると思います」～

モモはあのトシの連れチイの措置、帝王切開の時と違い、「瞬時細胞増殖光線」が上司のプレゼントの中にあったので、縫合処理が不要なので手術に踏み切ることにした。息子に準備を頼む。きれいな寝台、新品或いはきれい洗濯した数枚の布、汚物入れの壺等々。息子には説明せずに意識通信で話していた。モモは内心笑いながら思った。

「神だもの」

そして母親と息子双方に意識を送る。

「食べ物をドロドロにして体の一部にする器官に大きなコブができています。これは、取り出さないと、どんどん大きくなって、本人は死ぬことになります。お腹を切って、その悪いコブを取り、お腹の切り傷を治せば終わりですが、どうしますか?」

息子は母親、族長次第だという。母親はモモに聞く。

「切る、痛いのでしょうね、でもそうしなければ、そのコブは取れない。お願いします」

「痛まない薬があるから心配なくていい」

と応じ麻酔の効きを確かめるとモモはメスを握り開腹に踏み切る。癌を胃の一部ごと摘出して瞬時細胞増殖光線を当てる。胃も腹部も切断面が一本の筋のような痕跡をのこして接合する。終了であった。

モモは腹部を消毒して息子を呼び、摘出した癌を見せ、手術の成功と三日後くらいには歩けるようになることを伝え、寝台付近の血や汚物の清掃ときれいな布で本人を包むこと等を指示して用意されていた部屋で少しくつろぐ。眠気に誘われ始めた時に、息子と使者に来た男が礼に来た。経過を見るので三日ばかり滞在すると言うと、

「もう何日でも、ずうっといて下さい」

という返事。そして神の食事は普通の人と同じで良いかと聞かれる。すぐに食べきれない程の豪華な食事が届く、かなりの量を残してモモは飛行服をまとい睡眠をとる。

夕方近くに、息子が来る。言いにくそうにしているので、モモが促すと、近隣の部落の族長が狩で熊に襲われ負傷した足が膨れあがって死ぬ程の痛みで暴れるので診てもらえないかということであった。モモは聞いた瞬間に足の切断を考えていた。診ると左足のふくらはぎに受けた傷から雑菌が入り膝下が大きく膨れ勝手あがって紫色になっている。このままだと、反転して膝の上から体全体に毒が回ることを話して膝下での切断を行う、切断跡は、瞬時細胞増殖光線ですぐに治癒する。その地で三つの依頼（お産、重症の風邪二件）を受け、夜遅くまでかかって終了する。

最初の部落に戻り、食事後すぐに睡眠をとる。次の日も、その部落内での往診が三件、重症の風邪が二件と子供の腕の切断。重症の風邪には抗生物質で対応。手術後右手が脇からなくなった子供が片手で遊んでいた焼き物の人形を落とし、人形の左手が砕けてしまい、さびしそうに泣いているのを見てモモが、「大丈夫よ。人形さんが、あなたに代わって、もう一本の手を出してくれたの。だから、あなたは、もう一本の手があるの。大事にしようね」

と言った慰めが、これまた神の言葉として伝えられる。この国の歴史の中で、奈良時代まで「代わり雛」として、また現代でも「身代わり守り」、そして寺社の「ひとがた」を形作った供養等に痕跡が残ることとなる。モモは、近隣部落からの人を含めて沢山の人の見送る中、飛行服にゴーグルという衣装で個人用反重力制御移動機に乗り大空高く舞い上がる。人々は手を合わせ地に伏していた。彼等にすれば、モモではなく神の見送りであった。

## ジゴロの悪巧みとカスの落命

童謡の歌詞ではないが「往きはよいよい、帰りはこわい……」、モモは一瞬迷子になる事態に遭遇する。ミトの部落でタメやチコ達と一緒にモモを見送ったトシの連れチイは、自分の部落に戻るとアキとクチにモモの飛行について話した。悪気のないチイは面白そうに、星形の印しのある所へモモの機械は行くという事を話す。ところが、このクチというのが曲者で、ジゴロのグータラ集団の幹部の連れであった。それだけならまだしも、本人の特技なのであろうか巧みな話術と宣伝で「有ること無いこと、いい加減なデマ」で人を繰るのが旨く、モモがチイの連れトシを誘惑してトシにもその気があるとか、カスもモモが誘ったとか、元々ジゴロの父親が狩の最中転んで崖下に落ちて死んだ事件も今のオサが仕組んだとか、出鱈目を平気で語る女であった。モモに感動したカネ、モモに命を救ってもらった筈のチイもモモに対して反感を持つようになっていた。クチは男達が話題にするモモの容貌とモモの優れた生命救助力に嫉妬していたのであった。

クチは、すぐにジゴロに知らせる。ジゴロ集団の悪巧みが始まる。親分のジゴロは、その空飛ぶ機械があれば今のオサを父の仇として、成敗し部落を征圧してオサとなる道が開けると考え、機械強奪を最大目的として星形を自分達が最近秘密裏に作った隠れ家に置き、モモが来たら機械を奪い、皆で楽しんだ後、口封じに殺す。そして、あのウスノロ、カスも、この前の借りを返す腹で成敗するというものであった。まず、深夜に数人がミト部落の門へ集まり、光っている星形を外そうとしていると、一人が倒れる。人を呼ぶ力のないカスが棒を手にして凄い形相で挑んで来る、しかし、全員で殴る、蹴るという

乱暴の末、地面に横たわっているカスに最初に棒で叩かれ倒れた男が、

「どうせ成敗するんだ、このヤロウ」

と言って棒で頭を力いっぱいに打つとカスは一瞬、目をカッと開き動かなくなる。沢山のハンディを背負って懸命に生きたカスの最期であった。

「死んだのか」

「ここへ置いておいたんじゃまずい。星形外したら、隠れ家に運ぼう。うまくいきゃぁ、このウスノロが持ち出したってなるんじゃゃないか」

「ははは」

殺した男が何の反省もなく、カスの死に顔に唾を吐く。

「さっきは痛かったぜ。人並みな事するからよ、アホ」

「重いけどしょうがないな。その辺の足跡消しといた方がいいぜ」

運び込まれたカスの死体を見て、ジゴロは無表情で皆に言う。

「こういうことにしよう。このウスノロは、酔水を納屋から盗んで川岸の崖でモモの帰りを待っていた。アホだから飲み過ぎて落ちて溺れて死んだ。この前、こいつが眠っていた川原の上に崖があるだろう。あそこから崖に引っ掛からないように落とせ。それで明日の朝、何人かで散歩の途中、下流で発見しろ。流れを考えると、落とすのはもう少し後か。それで皆に徹底しろ。それからクチを使って、夜吐き気がするんで外にでたら、崖の上に誰かいた、カスじゃなくていいんだぞ、暗がりで人影だけ見えたという話をさせろ。それがその星形か、ふっふっふ楽しみだぜ」

そんな事が起こっていようとは夢にも思わなかったモモは、昼過ぎには部落に着けると思って、しばらく寝た後、ぼぉーとしてスクリーンを見ていると行きには通らなかった海側からのルートを機械は選んでいた。

「きれいな海、こっちの方がきっと近道と計算したのかな。それとも私に見せてくれるため？　でも静かで吸い込まれそうな海」

しかし、結末からは、「静かで吸い込まれそうな海」を機械が見せてくれたことになる。機械は深い森の一点の小さい空き地を目指していた。

「どうしたの？　おかしい、狂ったのかしら。計器は正常。星形の標識を動かされたか？　でも、あれを知っているのは信用できる人達だし。とにかく、ここへ着陸したらまずい」

運行を自動から手動に切り替え、上空を旋回するとスクリーンに人影が写ったが、モモは部落を捜すのに躍起になっていた。間もなく元いた部落が見える。そして、その先にミトの部落が見える。嬉しくて涙が出て来た。ゆっくりと下降して門前に着くとオサの連れが跳んでくる。タメやチコは？　それにオサも。部落の他の人達も駈けてくる。モモは素早く飛行服を脱ぎ機械の中に放り込みステルス光線で隠す。オサの連れが抱きつくように言う。

「良かった、帰れたのね」

「あっ、モモだ、カスが……」

集まってきた一人の声に、オサの連れが、

「モモ、今、皆、それでモモが元いた部落へ行ってる。気持ちを落ち着けて聞いて」

と言って涙を拭いながら話す。

「カスの遺体が川下で発見されたらしい」

「遺体って、カスは死んだの？」

「……」

モモは、その場に座り込んでしまった。

「オサもタメも疑ってたけど、酔水飲んで、崖から落ちて溺れたらしい」

とオサの連れが補う。モモは涙で濡れた顔を上げて、

「カスは酔水は嫌いよ。あの星形はどうしたの？　どこへ持ってったの？」

と問う。

「ご免なさい。それが分からないの。朝、チコが見に行ったら、なくなっていたの。部落のみんなで捜している時に、カスの知らせが来て、遺体を確認して引き取ってくれということで、皆、今出掛けたばかり」

「私は、この近くに着陸しそうになった。機械に間違いはない。あそこに星形があるんだと思う」

オサの連れが、

「どこ？」

と聞き、モモの説明に応ずる。

「そこには、部落はない。森だけの筈。おかしなことばかり。まず、モモ、カスの所へ行って」

「うん」

と肯きながらモモの頭には、トシが言っていたジゴロの存在が浮かんだ。

「カスは殺された」

そう思うと解剖しても暴かないとカスがかわいそうだとの考えが稲妻のように走り、そばにあった携帯医療バッグを鷲掴みにして走った。元の部落の広場の地面にカスの遺体は置かれていた。沢山の部落民が詰めかけている。元のオサが何か言うらしく皆は静かになった。モモは息を切らせながらタメとチコのそばに行く。

「モモ、良く……」

タメは、モモ達の元のオサが何か言おうとしているので言葉を止めた。

「皆の衆、元、部落にいたカスの遺体が川下で発見された。夜、納屋から酔水が持ち出された形跡があること、クチが体調が悪くて夜外に出たら、以前にカスが寝てた場所の近くの崖に人影を見たという事から、今まで盛んに殺害ではないかという意見もあり検討したが、オサとしてカスは自殺でも他殺でもなく、酔水を飲んでふらつく足で落ちたという偶然死という結論を下したい。丁度、連れとなったモモが他へ出ていたことから、モモを思い酔水を飲んでいたのではと思う。ミト部落で遺体は引き取ってもらうが、異議のある人は?」

オサとしての最終決定には異議を唱えず、どんなに不満があろうと承伏するのがならわしであった。

「はい」

モモが手を挙げる。皆にどよめきが走る。

「待て!」

ジゴロであった。

「おまえは、今は他の部落の人間だ。この集会に参加できる身分ではない。おまけに、オサの決定に反対らしいが、おまえには、それを言う資格が元々ない。どうかな、皆の衆」

「わあー」

と賛同の声が上がる。

「待ってくれ」

トシの声であった。チイは顔をしかめていた。

「モモはその男の連れだ。そして二人共、ここの部落民ではない。たまたま、ここで遺体が発見されたということだ。本来なら真偽の程は二人が属するミトのオサとうちのオサの協議によるものと思う。その意味からモモの話を聞くべきではないか」

ざわつく周りを気にせずモモはカスの遺体に触っていたが確信を以て発言する。

「皆さんも知っていると思うが、カスは酔水が嫌いだった。元いたとは言え、他の部落の納屋から取り出してまで飲むだろうかと思うが、これはそうだと言われれば納得させる証拠はない。だが、これは確かだ。カスは溺死はしていない。殺されてから川に捨てられたと思う。皆さんは溺死者の遺体を見たことがありますか？　口と鼻から水を吸い顔は水ぶくれで、呼吸が出来なかったから紫色になっていますが、カスの顔はきれいだ。それから、頭の傷、崖の石で打ったというような浅い複雑なものではなく、棒の跡と見られます。後で崖と川岸を調べますが、果たして、このような形で頭の骨まで砕くような岩があるかどうか。外形から他殺は間違えないと思いますが、後、肺を調べます。肺は皆さんが呼吸をすると、その空気を入れ、また出すために胸の盛り上がる所です。溺死であれば必死に空気を吸うために大量の水が入り込んでいる筈です」

ここまで言うと皆が見ている中、カスの胸をメスで開く。もう出血はないが、皆驚いて見ている。クチが大声で、

「みんなよく見な！　連れの遺体を、あいつは切っているよ。人間とは思えないよ」

「皆さん、どうぞ見て下さい。きれいな肺です。水を吸った後はありません。従って溺死ではありません」

トシはつぶやいた。

「凄い知識だ、それに理屈も確かだ……」

隣りでチイが聞こえよがしに言う。

「フン、私にはあんな事はできない、死んでるから平気で切るんだよ、冷たい奴、クチの言う通りだよ」

再びオサが発言する。

「モモの話はよく分からん。唯、トシの理屈は分かった、そこで、こう考えて終わりにしよう。たまたま、この部落の人間が発見した遺体だ、もし発見してもそのままなら、どこかへ流れて行ったであろう。顔を知っているということで引き上げたに過ぎない。むしろ、感謝される話かも知れない。だから、この部落は、その発見された男がどういうことで遺体となったかには関与しない。所属する部落で引き取っていただき、その死因についてお調べになれば宜しかろう。そこで遺体のお引き取りをお願いする次第です」

ジゴロの拍手に皆が同調して集会は終了した。ミト部落はカスの遺体を受け取り引き上げた。ついて

行こうとするトシをチイが止める。

「何で、そんなにモモが気になるの？　さっきだって、ジゴロでさえオサを指示しているのに、モモに味方して。私、あの子の名前、モモは止める。ミトにもいるからね」

トシはため息をついてチイに従った。カスの白い布に包まれた遺体を眺めるモモの前には、オサとオサの連れ、タメとチコがいた。タメが言う。

「モモ、大変なことになってしまって責任を感じる。明日あたり葬儀を出さないといけないが、話していいかい？」

「何？」

「申し訳ないけれど、カスは少し置いておいて、モモの星形から始めよう。俺は星形とカスの死が絡んでいるように感じるんだ。あの星形の件を知っているのは極僅かだ。そして、オサが『動かさないこと』と厳命している。この部落の者であれを捨てたりする者はいない。そんな事をしても何にもならないものね、おまけにモモの命綱なんて知る者はいない。それを知る僅かな者、オサとオサの連れ、俺と俺の連れ、トシとトシの連れそれとカスだ。だが、誰も動かしてモモを危険に遇わせようなんて考える人はいない。誰かにしゃべり、その誰かがしたとしか考えられない」

ここまで言うとタメは少し間を空け続ける。チコは内心どきりとした、まさかチイがと思ったのだ。

「カスはしゃべれない、だから六人の誰かが他人にしゃべったということになる。オサには失礼だけれど、皆思い出してみて下さい。俺も考えるよ」

オサが発言する。

「タメの推論は正しい。わしも思い浮かべるよ。だけど、それを通り越して、わしはあの部落のジゴロを疑っている。さっき、連れからモモの機械が誘導されそうになった場所を聞いた、そこに星形が在ったんだと思う。聞いた限りだが、あのジゴロに組みする連中の姿が良く確認される場所だと思う」

モモが割り込む。

「私もそう思う。星形がない限り、計器は正常だったから、あそこは行かないのは確かよ」

タメが付け加える。

「それにあの集会、普段批判ばかりしている奴が、何であんなにオサに協力的だったのか。でも星形をジゴロが知る筈はない。しかし全て向こうの部落で起きている。つまり向こうの人間、トシとチイしかいない。トシは外したいけど、チイを何で連れて来たのかなぁ」

チコには以前からの知識でタメとモモの言う糸筋がはっきり分かった。

「ご免なさい、トシじゃないの、私が誘ったの」

「何で！」

タメが信じられないという顔で大声で叫ぶように言う。

「聞いて頂戴。全て私の余計なお世話から始まったの。チイは、トシがモモに気があるって誰かに吹き込まれて信じている。だから、トシがこちらに来る度に私に探りを入れて来る。今回のモモの飛行を見送りにトシは一人で来るつもりだった。それをさせると、余計にチイの気持ちが離れていく、だから誘ってしまったの。でも、今私にはその続きが見える。チイに出鱈目を吹き込み信じさせていたのはクチという女、ジゴロの幹部を称している男の連れで、外から見ていると騒ぎの中心に必ずいる。チイはトシがモモに気があると教えてくれた人を信用している。間違えなく、チイからクチそしてジゴロの線です」

「バカ、そんなバカだとは。おまえって奴は……おまえが余計な世話をするからカスは死んだんだ」

泣き出しそうなチコを見てモモが言う。

「タメ、もうよそう。それにカスの死まではチコのせいじゃないよ。明日、カスを見送ろう」

皆いろいろな思いはあったが、モモの言で引き上げる。モモは、カスの遺体を涙で顔をグシャグシャにしながら眺めていた。

「カス、ご免ね。私は最初カスよりカスの才能に恋した。でも一緒に暮らす内にカス、あなたに恋するようになった。純粋で子供みたいな人、他人はバカにするけれど、小鳥や動物達はみんな知っている、慕っている。そして、あの才能、テラでも充分通用する。時代の落とし子なんて考えたくない。正直言って、私はもう長くは生きられない、この土地の空気を吸いすぎた、肺が、もう終わりだって言っている。だから、私の死んだ後をタメとチコに頼むつもりだった。先に行っちゃうなんて。私、テラを捨てて縄文に留まったのは何のため。あなたよ、あなたがいたからよ、カスあなたと一緒にいたかった。私、もう生きていくことができない……あんなに文化の進んだテラでも、あの世の事は不明。カス、待っていてくれる？　すぐ行くよ。カスゥー」

モモは泣き伏していた。モモは早朝に移動機を分解する気力もなくそのまま家の隅に運びこんだ。それから、部落民総出でカスの埋葬をした。気力を無なくして戻ると移動機が持ち去られていた。オサとタメはこだわったがモモはもうどうでも良かった。カスの作ってくれた炎の鉢とモンモの飛行服着用姿でゴーグルをかけた、始めてカスに会った時の姿の人形を見ながら、うつらうつらとしていると、人の気配がする、それも一人や二人ではない。派遣に当たって一応の戦闘訓練を受けているモモは、部屋の隅へ這う。

そこの床の窪みに隠した小さな光線銃を手にすると、ほっとして闇を見つめる。光線銃は超小型のため五回の連続発射しかできない。闇のため、折角捉えても影が重なり、人が特定できない、五人以上はいるような気がした。撃ちもらしたり、人数が五人以上なら縄文の男相手に戦えるとはとても思えなかった。向こうがモモを見つけたようで、立ち上がって歩いて来る、女一人と安心しきっているようであった。全部で六人。モモは相手の頭を狙って連続で五発発射する。全く音がなく光だけが走ると五人がどさっと倒れる。うめいている者もいる。残った一人は、戦うどころか一目散に逃げ去った。

モモも恐怖と疲労からしばらく動けなかった。うめき声もなくなり、五つの死体が残った。モモは本部での指導の通り、光線銃の消滅ボタンを押すと外へ放る。ぼっという音がして一瞬光を発し消滅した。六人はモモの拉致が目的であった。ジゴロは昼間、部落がカスの葬式で出払うのを見計らって易々と移動機を手に入れたが、動かし方が分からない。ジゴロは女が操縦するものだからと安易に考えていたが、全てコンピューター作動、しかも反重力駆動、扱える方がおかしい。拉致して、脅かして動かし方を聞いたら、飢えた男達の自由にさせ最後は殺すつもりだった。モモは死体は、職業上見慣れていたが、自分が殺した死体とは朝まで一緒にいたくはなかった。

夜中で躊躇ったが、タメを起こすことにした。遠くからタメの家へ石を投げる。タメとチコは起きていた。チコはモモが、もう止めようと言っているのに、チイをカスの墓に詫びさせなければ気が済まなかった。その方法をタメと相談していたのだった。タメが投げつけられた石の音に、

「誰だ」

と戸を開ける。誰もいないので閉めようとすると、

「タメ、夜だけど来てくれる？」

「モモ？」

チコの声でモモは茂みから出て来る。

「どうしたの？」

チコが駆け寄る。

「顔が青いよ、モモどうしたの？」

「おお、遠慮しないで上がれよ。俺達はまだ起きていたんだ」

モモはチコに崩れるように寄りかかる。モモの大きな体を支えるのは苦しい。

「モモ、しっかりしろ」

タメが裸足で降りてくる。

「私ね、今、人を五人殺してしまった。人を救い助ける筈の私が……」

二人でモモを運び家の中へ寝かすと、

「ちょっと行って来る、モモを見ててくれ」

とタメが出る。

「気をつけてよ」

とチコは言いながら、もう消えそうな小型の鉢の中の火に小枝を折って入れる。灯りの代わりなので

ある。タメが戻る。

『どうだった？』

「うん、確かに五人死んでいた。暗くて人相も分からないし明日にするしかないな。モモはここに置いてやるしかないだろ」

「そうだよ、死体、五箇だろ。そんな中でなんかいられないよ」

「チコ」

「うん？」

「さっきの話の続きだよ。誰かがモモを狙っている。モモは恐怖で、だけどどうやったかは分からないけど、対応した。そしてもう限界だったんだよ。大抵の事には平気なモモがなぁ」

「ジゴロ？」

「いや、黒幕はそうかも知れないが、あの死体の中にはいないよ。俺も話したことはないが、昨日の集会だって見事だったじゃないか」

「褒めることないでしょ」

「うん、しかし。もう明日にしよう。チコはモモのそばで寝てやれよ」

朝になってもモモの体調は戻らなかった。カスの死。そして昨夜の闘争。でも普通なら回復しているはずだ。モモは上司の言葉を思い浮かべた。

「……君の体内の免疫機能は悲鳴を上げていると思う。もうすぐパンクするよ……」

「パンクか。そうだろうなぁ」と思い、それ以上考えるのも鬱陶《うっとう》しくまた寝てしまった。オサとタメそれに数人の男達がモモの家にいた。五人の死体の内、一人だけが確認できた。ジゴロの幹部を自称する男でクチの連れだった。

「やはりジゴロか。でも不思議だ。血が何も出てない、傷は、五人共そうだけど頭の一点だけだ。こんなので死ぬかなぁ」

オサの独り言にタメが言う。

「どうします？」

「うん、このままの状態で、向こうのオサに来てもらうしかないだろう、悪いけど行ってくれよ、それとトシを連れて来てくれ。あいつが一番冷静だ」

とオサが答える。

モモの元の部落のオサとトシそして本人確認のためにクチと十人くらいの男が、後代の「もっこ」に似た労道具を持ってきていた。死体運搬用なのであろう。クチが連れの遺体に駆け寄る。

「あんたぁ……やったのはあの女だってね。出しな」

「これ、おまえを連れてきたのは顔の確認のためだ。わしが見たところ、この一人を除いて、全員うちの部落の者だ。全員モモが殺害したのか？」

トシが代わる。

「オサ、その言い方は違う。うちは、まず何のためにモモの家へ夜間、うちの男達が四人も行ったのかを問うべきでしょう。男五人の侵入ですよ、モモにしてみれば恐怖だったと思いますよ」

「なーに言ってんだ、いつもモモをかばって。おまえ、モモの男か。あの性悪女を懲らしめるための夜這いだってよ。五人で満足させてやりゃー当分静かにしてるだろうからな」

「おまえ何でそれを知ってるんだ？」

「ん……」

トシの質問にクチはしまったという感じで少し黙るが、

「もう一人いたんだよ。それから聞いたのさ」

「おいっ、知ってて、知らないふりをしてきたのか？　それは後で聞くとして、もう一人とは誰だ？」

オサが血相を変えて言う。

「……夜這いなんだよ、男と女のさ。そんなに追求しなくたっていいじゃないか。それより、オサ、うちの部落の者が四人も殺されたんだよ。夜這いに来た男を殺す奴なんかいないよ。あいつにとっちゃ、みんなよそ者だから平気で殺すんだ。どうすんだよ。モモを引き出して、問いただすくらいしたら？」

「おいっ、ふざけるな。そのもう一人の名を言え。わしはオサとして言ってるんだ」

「オサねえー、だらしないくせによ。モモも呼べないんだ。もうすぐ、ジゴロの時代になるさ」

タメがトシの顔を見ながら言う。

「夜這いだから許されるってことじゃない。部落内だったらまだ分かる。ここは明瞭に他の部落だ。小さいけれどオサもいる。夜這いの前に無断で領地に侵入したという問題がある。しかも五人が深夜だ。これについてオサの説明を聞きたい」

頭に湯気が立っているようなオサを横目に見てトシが、やはりタメの顔を見て答える。

「その通りだと思う。断り無く他領に入り込むことがまかり通るなら、半島や大陸から逃げて来ている奴等と同様に、いつも戦々恐々としていなければならない。我等は平和裏に物事を解決している、その前提とも言えるのが領土の保全だ。ミトのオサ、本日は我等は遺体を引き取り、クチの言った男から事情を聞いた上で日を改めて協議に参る。そちらもモモから当日の様子を聞いて置いて欲しい。オサ、宜しいですね」

「うん、任せる」

「任せるだぁー。うちのを殺したモモがそこに居るんだよ。なんとかしなよ」

ミトのオサがたまりかねて言う。

「おまえさん、少し黙らんかね。オサは、あんたを追放することも出来るんだよ」

「ふん」

さすがにクチも黙った。不明の遺体を含めて五人を担いで全員が引き上げると、オサがため息をついて言う。

「すっごい女だなぁ。あれが騒ぎの元凶だな」

「はい、チイを少し懲らしめねばと思っていましたが……やめます」

「どうして。チコは憤慨してたよ」

「火に新たな木をくべるようなものですよ。あいつ、多分自分の連れをモモに殺された、それだけを女達に言いふらすでしょう、チイもまた洗脳される」

「しかし、自分の連れがいい年こいて夜這いしているのに?」

「それも旨く交わしますよ。さっき言っていた言い方で。『そりゃ夜這いなんてする奴はいけないよ。

だからと言って殺すことないだろ』あれですよ。それよりどうしますか。向こうとの対応」

「うん、タメとトシの組み立ててくれた、あのすばらしい理屈でいこうよ。モモについては、五人の屈強の男相手に女一人という点ではぐらかすか」

タメの想像通りクチの口はもの凄かった。沢山の女達と一緒にチイは勿論カネもクチに同情した。

「確かに、夜這いなんてするのは悪いけど、殺すかなぁ。私だったら、しょうがないけど許しちゃうよ。私に魅力があるんだものね」

「そうよねぇ殺さない。クチ可哀想だね」

「それにさ、クチの言うとおり、自分の連れの遺体を切り捌く女なんていないよ、やっぱり可笑しいよ、モモって奴」

といった具合であった。そして六人目の男は自殺していた。トシはすぐに、クチがどじったための口封じだと思った。そしてキキにチイを含めて説得できないかを聞きに行った。キキは笑いながら、

「無理だね。あんたと同じだよ。カネに何でモモの味方をするのって言われた」

「カネが?」

「うん、あの理屈だよ、『夜這いは、悪いけど殺すことはない』だけどね、相手は一人じゃないんだ、本当は六人だろ? それを言っても受け付けなかった。もうだめだよ、赤子の名もモモじゃなくしたって言ってたよ」

「それは許さない」

その時であった。ドカーンと大きな音が周囲を震わせた。

# 終焉

「何だ、何だ」

と部落は大変な騒ぎになった。クチが真っ青になって走っていった。トシは、騒いでいる男数人にクチを追うように言う。そしてキキの不審顔に向かって、

「ジゴロ達の隠れ家があるらしい」

と言う。ミトの部落でも、タメもオサも見ていた、大きな音の後、しばらくあがっていた火柱を。

「全てケリがついた」

の声に振り返るとモモが憔悴し切った顔で木に寄りかかっていた。

「モモ、寝てろよ、おいチコ」

タメの言に笑いながら、

「大丈夫よ。それより止めたんだけれど、チコ、チイの所へ行ってしまった」

「バカなやつ」

「タメ、チコを責めちゃダメだよ。あの子、随分責任を感じている……向こうも平和になるよ、多分ジゴロも死んだと思う」

「さっきの大きな音？　モモは何だか分かっているのか？」

「うん、間違いなく私の機械が爆発……壊れた音なんだ。あれは無理矢理動かすと、そうなるようになっているんだ。チコの話だとあいつら、私を目当てに来たっていうけれど、多分、あそこに連れて行って

動かし方をしゃべらせるつもりだったんだ。でも全部終わった。何か本当に疲れた。タメ、もう少しいていい？」

「いいも悪いもないよ。好きなだけいろよ。オサ、あの家壊して新しいのを作ろうよ」

「そうだな。嫌な思い出なんか吹き飛ばせ、モモ！」

「有り難う」

それがみんなの見たモモの最期の姿であった。モモは、分からないように裏から出て、おぼつかない足取りでかなり離れている海を目指した。

「あの迷った時見た海はきれいだった。もう一度見たい。何か呼ばれているみたい」

移動機ではすぐだったが歩いては相当な距離がある。モモは歩き続けた。たった一つの大事なものを背にして。カスが笑いながら作ってくれたモンモの飛行服姿の人形を。モモは倒れては立ち上がり歩く、また倒れては立ち上がり歩き続ける。もう歩けない、モモは這っては休みまた這った。

やがて夕日に美しく輝く海が見える。手も足も擦り傷で血だらけになっている。でも痛くはなかった。もう彼女は、既に痛みを感じない世界に入りかけていた。遠のく意識で、岩場を更に這いながら背の人形に手を掛けると、どこかでぶつかったのであろう、破片が寂しくカタカタと音を立てている。でも彼女の意識は別の次元にあった。

「あのカスが作ってくれた人形が笑っている。カスと一緒に人形が笑っている」

崖縁で風に煽られるようによろよろと立ち上がった。モモの顔は幾分微笑んでいるように見えた。モモの頭の中には、紅蓮の炎に舞う、炎の鉢、火焔土器があった。そして、その鉢の中には笑顔のカスがいた。

—完—

# 別離

「ご希望の記録番組は以上で全て終了致しました。またご利用下さい」

長時間の視聴であった。

「これで、席を立つのね」

と、さくらは思った。小さい頃、近くにあった映画館へ父親に連れて行ってもらって真剣に見た後に似てると思った。英武の声がする。

「さくらさん、お疲れになったでしょう。とりあえず、この帽子は外しましょう」

二人は向き合うと、お互いに笑いが出た。

「よく分かりました。義経様のお首。宇都母知神社の由来。有り難うございました」

「さくらさんと一緒に記録番組を見れて良かった。僕の心には、紅鹿やモモの気持ちがジーンと伝わって来た。さくらさん……」

「もう、それ以上は、おっしゃらないで。分かっています」

下を向いて、何も言えない英武に、さくらは襟を正すようにして言う。

「誰かが言いました『この世に別れがたい人がいることは幸せだ』と。それから『会うは別れの始めなり』とも言います。あの神社でお会いして以来、いつか『その日が来る』といつも、いつも思い、いつも、いつも今日でないことを祈っていました。短い、本当に短い間でしたけれど、英武さんは私にとって、忘れることのできない特別な人です。英武さんと歩んだ道、過ごした時間を優しく見守ってくれていた藤沢という街は、私にとっても掛け替えのない『不二沢』です。英武さん、本当に有り難うございました」

「……」

英武には語る言葉がなかった。無言で操縦席の座席ごしに、さくらを抱きしめる英武の目には涙が溢れていた。さくらに再度オウヴァーヘッドコミュニケーターを渡し、自分も被る。視聴器から英武の声が聞こえる。

「さくらさん、あの歌『ラヴ ミー テンダー』を歌いますので聞いて下さい」

さくらが答える。

「英武さん、私も覚えてきました。一緒に歌いましょ。出だしは英武さんから」

二人共、涙声で歌った一緒に。二人の想いは、

「いつまでも、いつまでも一緒に！」

Love me tender
Love me sweet
Never let me go
You have made my life complete
And I love you so
Love me tender

………………

さくらは場所の全く違う東京のキャンパスにいた。その運動場の外れにあるベンチで目覚めた。

「あらっ……私……そうだ……」

さくらの脳裏には新たな記憶がしっかりと刻みこまれていた。コンビニで買ったチョコバーをかじりながら英武がダテマスクを通して語る長い歴史話を一方的に聞いている内に眠気が襲って来て、感動して語ってくれたモモの話などどうでも良かった。英武に肩を揺すられ覚醒した。

「ごめんなさい……」

「いや、僕の話は下手だし、最後の話は、おまけみたいなものだから……」

「英武さん、これで本当のお別れ？」

涙顔のさくらを見つめて英武が無言で肯く。

「もうお会いできない？」

「残念だけど……。さくらさん有り難う」

「私のほうこそ……」

二人は立ち上がって軽く抱き合った。さくらは、足取り重く駅の方角へ立ち去る英武を見送った。小さくなっていく後ろ姿にマスクを外して呼びかけたが、聞こえないのか英武の姿は視界から消えて行った。

さくらは崩れるように腰掛け「丁度一週間か」と呟き、いろいろと思い出している内に浅い眠りについてしまったらしい。駅に向かって歩き始めたさくらに、近くのステルスバリアを張った茂みで見守っていた英武は小型ＵＦＯの中で呟いた。

「さくらさん、本当に有り難う……僕は任務が再開になっても、もうあの地には行かない、行かれない。さくらさんと過ごした藤沢は、もう存在しない。『不二沢』なのだから……」

自宅への道を急ぐさくらは、何故か「ラヴ ミー テンダー」の歌詞が浮かんだ。

「兄貴が昔歌っていた……いい雰囲気。英武さん……夢の人……」

さくらの涙は乾いていた。


―全完―

※ ＵＦＯについて：世界各地で目撃談のあるＵＦＯではあるが、その形態、飛行状況からは我等より数段上のテクノロジーを有していると思わざるを得ない。よくアメリカ合衆国（ＵＳＡ）が宇宙人を捕囚しているという話が聞かれ、大統領選でそれを軽々しく口にした候補もいたが、事実としても我々が捕獲できるとすれば、我々以下の知性体であろう。彼等が遠路地球へ来る手段を持っていたとは考えられないし、ましてやＵＦＯと結びつくとも思えない。ＵＦＯについての知識は圧倒的に物体の目撃談が占める。中には連れ去られ、或いは連れ込まれての実話もあるが、もしそうだとしても「今更何で？」という疑問は残る。

最大の疑問は、沢山の目撃談にも拘わらず「何故彼等は我々に対し大規模な行動に出ないのか?」ということである。我々とは一線を画しているようにも見える。彼等も生物とすれば捕食の必要性はあろう。どこかに食物の補給地があるとすれば、頻繁な目撃事例も頷ける。

本話は、宇宙は虚時間と実時間の時間壁で区切られた反物質世界と我々の物質世界から成り立っているという理論に基づく。この時間壁で区切られた二つの異時空は、別個に存在するものでも隣接するものでもなく、しいて言えば英武が語っているように重なり合って大宇宙を構成しているものと考えられる。

この二つの異時空が均等発展（膨張・縮小）するためにブラックホールの存在があることは英武が説明している。だが、もう一つ、両時空・両世界に宝石の如く無数に散在する地球のような生命圏に於いて生命活動に起因する超微細なエネルギー（動物の呼吸、植物の発芽、生殖等）について特殊な網が掛けられている。

それは、あまりにも微細な上に瞬間性という面から通常の「エネルギー～素粒子～エネルギー」という循環過程にはそぐわない。これを補うために時間制の弱まった共有空間が生命圏ごとに存在すると考えられる。「共有」という言葉だが、ブラックホールのように密接な関係ではなく、多少離れていても隣接と言えるような位置にあるものと推定する。

実際には様々な形態であろうが、取りあえず球体を想定すると共有部分は互いの冠状空間となる。双方にくい込んだ冠状部の頂点に近い程くい込まれた世界の属性に近似する。

ここに、約二億六千万年前の謎の地球史最大の生物の大絶滅から、少数の人類が逃げ込み独自の気が遠くなる程の歴史を刻み現在に至っているという設定である。彼等が元の住み処、我々の実空間に出ようとする際の乗り物が、反重力、重力制御により駆動するＵＦＯと考えた次第である。

# 空の彼方に

令和五（二〇二三）年十月二十日　第一刷発行
著　者　坂本 道直
後援者　坂本 廉直
発行者　齋藤 一郎
発行所　遊友出版 株式会社
〒一〇一―〇〇六一
東京都千代田区神田三崎町二―一二―七
ＴＥＬ 〇三―三二八八―一六九六
ＦＡＸ 〇三―三二八八―一六九七
振替　00100―4―54126
http://www.yuyu-books.jp/
印刷製本　株式会社 コーヤマ
落丁・乱丁の際はお取り換えいたします。小社まで
お送りください。

ISBN 978-4-946510-69-4